Uma esperança dividida

* LIGA DA LEALDADE *

ALYSSA COLE

Uma esperança dividida

* LIGA DA LEALDADE *

TRADUÇÃO
SOLAINE CHIORO

Rio de Janeiro, 2022

Copyright © 2017 by Alyssa Cole. All rights reserved.
Título original: A Hope Divided

Todos os personagens neste livro são fictícios. Qualquer semelhança com pessoas vivas ou mortas é mera coincidência.

Direitos de edição da obra em língua portuguesa no Brasil adquiridos pela Editora HR LTDA. Todos os direitos reservados. Nenhuma parte desta obra pode ser apropriada e estocada em sistema de banco de dados ou processo similar, em qualquer forma ou meio, seja eletrônico, de fotocópia, gravação etc., sem a permissão do detentor do copyright.

Direitos exclusivos de publicação em língua portuguesa cedidos pela Harlequin Enterprises II B.V./S.À.R.L para Editora HR Ltda.

A Harlequin é um selo da HarperCollins Brasil.

Contatos: Rua da Quitanda, 86, sala 218 — Centro — 20091-005
Rio de Janeiro — RJ
Tel.: (21) 3175-1030

Diretora editorial: *Raquel Cozer*
Editora: *Julia Barreto*
Copidesque: *Marina Goés*
Revisão: *Lorrane Fortunato e Cintia Oliveira*
Imagem de capa: *Alan Ayers / Lott Representatives*
Design de capa: *Renata Vidal*
Diagramação: *Abreu's System*

CIP-Brasil. Catalogação na Publicação
Sindicato Nacional dos Editores de Livros, RJ

C655e
    Cole, Alyssa, 1982-
        Uma esperança dividida / Alyssa Cole ; tradução Solaine Chioro. – 1. ed. – Rio de Janeiro : Harlequin, 2022.
        304 p.   (Liga da lealdade ; 2)

        Tradução de: A hope divided
        ISBN 978-65-5970-108-7

        1. Romance americano. I. Chioro, Solaine. II. Título. III. Série.

21-74207   CDD: 813
                                CDU: 82-31(73)

Camila Donis Hartmann – Bibliotecária – CRB-7/6472

Dedicado a todos aqueles que têm esperança quando apenas um tolo teria coragem para tanto. Seja tolo.

Prólogo

1853
Oeste da Carolina do Norte

MARLIE SENTOU-SE BEM PERTO DA mãe no assento da carroça dilapidada, que sacolejava pela estrada de terra cheia de pedras. Não havia frescor algum no ar de primavera, mas ela enroscou o braço no da mãe e se aconchegou perto dela. Marlie levantou o rosto para encará-la, sentindo um misto de reverência e inveja que sempre fora indissociável do amor que sentia por ela. Vivienne estava sentada com a postura ereta e majestosa, as rédeas penduradas de maneira frouxa nas mãos. Suas longas tranças encontravam-se presas por um pedaço de tecido branco, e sua pele negra escura e macia parecia radiante ao sol do fim de tarde.

Sua mãe suspirou e se aconchegou ao abraço, e Marlie, sentindo a pressão involuntária de lágrimas nos olhos, piscou para afastá-las. Marlie era velha demais para um comportamento como aquele — quase 13 anos —, mas estivera inquieta a manhã inteira. O sonho esquisito que tivera na noite anterior recaíra sobre ela como uma membrana de tristeza, desacelerando seus movimentos ao buscar água da bica, pegar os ovos do galinheiro e fazer o resto de suas tarefas matutinas. Ela esperou que a mãe perguntasse a respeito do sonho, como fazia todas as manhãs, mas Vivienne estivera de lábios selados e carrancuda quando Marlie puxou a cortina e adentrou a parte da choupana que servia como sala de poções da mãe. Marlie não a pressionou pedindo adivinhações, mas sentou-se em silêncio ao seu lado, repassando as plantas secas, o pó de pedras e os outros ingredientes necessários às criações dela.

Às criações de ambas.

Mãe e filha seguiram seus trabalhos matinais como de costume, mas tudo parecera estranho para Marlie, como se ela estivesse encenando uma peça para uma plateia invisível. Tinha ficado contente ao deixarem a casa para fazer uma visita naquela tarde, torcendo para que a mudança de cenário levantasse seu astral.

Mas a inquietude só crescia; a estrada era familiar, mas cada curva parecia esconder uma catástrofe iminente. Marlie apertou o braço da mãe com um pouco mais de força e sentiu a longa inalação antes de ouvir sua mãe soltar o ar.

— Calma, Silas — disse Vivienne, puxando as rédeas.

O burro parou diante da pequena e bem-cuidada casa de Lavonia Burgess, uma residência que fazia a simples cabana em que moravam parecer um aglomerado de madeira. Lavonia era uma negra liberta, assim como Marlie e a mãe, mas ela ganhava a vida como trabalhadora do lar, recebendo por isso um pagamento melhor. Ela também não fazia trabalhos de graça, como Vivienne sempre fazia.

Devemos deixar que as pessoas que não têm nenhum dinheiro sofram?

Marlie se irritava com o fato de a mãe ser tão gentil com pessoas que só apareciam quando precisavam de seus serviços específicos, mas Vivienne tinha razão. Muitos de seus clientes eram escravizados das plantações da região, que vinham em busca de cuidados para suas feridas e dores no corpo e, muitas vezes, para seus espíritos. Ajudá-los era um preço barato a pagar quando já se era livre.

— Cal passou lá em casa mais cedo — disse Vivienne ao atravessar a porta e colocar a mala no chão. — O garoto disse que você estava sentindo o peso da idade e precisava da minha ajuda. São as juntas de novo? — O leve sotaque francês que se falava em sua ilha de nascença dava às suas palavras um ar enigmático, embora ela fosse um mistério mesmo quando estava em silêncio.

— Sentindo o peso da idade? Pois eu aposto que é mais velha do que eu, srta. Viv — disse Lavonia em uma risada.

A mulher tinha certa idade, mas não era uma anciã. Ela estava enrolada em cobertores, e um sorriso surgiu através da expressão de dor em seu rosto.

— Só num tenho esses poderes de bruxa que nem você para me deixar parecendo novinha e adorável. Dizem que vocês, duas-caras, não ficam velhas como gente normal.

Vivienne simplesmente sorriu, o tipo de sorriso que fazia Marlie pensar em um gato se esticando preguiçosamente em uma nesga de sol segundos antes de roubar seu último pedaço de tripa e fugir disparado pela porta.

Lavonia pigarreou.

— Não é o reumatismo hoje. Meu estômago está me incomodando, um terror — disse ela, e fez uma pausa antes de continuar. — Achei que pudesse ser alguma coisa que comi, mas é bem estranho que, desde o dia em que Jane Woods me acusou de ficar de chamego com o marido dela depois da missa de domingo, eu esteja me sentindo doente como um cachorro.

— Bem estranho — repetiu Vivienne. — Marlie, ferva um pouco de água e faça tisana para problemas estomacais.

— Ela também tem o dom? — perguntou Lavonia, olhando para Marlie, e foi incapaz de esconder um leve tremor. — Devia ter imaginado com esses olhos que ela tem.

Marlie foi correndo para a cozinha. Lá, retirou da bolsa as garrafinhas contendo os ingredientes, e o vidro refletiu a imagem que ela costumava evitar: um olho castanho normal, e um estranho, cor de mel esverdeado, que levava as pessoas a fazer o sinal da cruz quando ela passava. Alguns diziam que aquilo era sinal de que ela podia adivinhar o futuro; mas, depois do sonho que tivera, Marlie torcia para que estivessem errados.

Ela colocou uma panela de água para ferver, então retirou um pedaço nodoso de caruru-bravo, cortou algumas lascas e jogou na fervura. Tirou a rolha de outra garrafa e com cuidado despejou um pouquinho de seiva de pinheiro, acrescentando ainda uma pitada de sulfato de magnésio. Marlie misturou tudo com cuidado, fingindo ignorar o murmúrio das vozes no outro cômodo.

— Você não anda com um pouco de raiz de glória-da-manhã? — perguntou Vivienne, em tom de censura.

— Sou uma mulher cristã — respondeu Lavonia, desdenhosa, mas, depois de um tempo, suspirou e disse: — Perdi a minha há algumas semanas.

Marlie se esgueirou de volta para a sala e procurou por uma das raízes secas na bolsa antes mesmo que a mãe pudesse pedir. Ela entregou a raiz alongada e enrugada, conhecida por ser uma fonte de proteção, e depois sentou atrás da mãe, já sabendo o que seria dito.

— Salpique sementes de mostarda na porta da casa toda noite. Se a pessoa que conjurou contra você aparecer, não a deixe entrar. Se achar que ela vai tentar te machucar de novo, jogue sal atrás dela toda vez que ela sair pelo portão de casa. Depois de fazer isso nove vezes, ela te deixará em paz, porque vai se mudar para outra cidade.

Marlie observou como a expressão de Lavonia se tornou firme ao escutar e sabia a pergunta que seguiria:

— Você pode...

— Eu não conjuro — disse Vivienne, com a voz baixa, mas firme. — Vou ajudar você a se proteger, quebrar qualquer mal que alguém tenha conjurado contra você, mas conjurar não é o tipo de coisa que ofereço. Agora pegue isso e não perca desta vez.

Lavonia assentiu, acuada, e quando Vivienne colocou a raiz na mão da mulher, Marlie perdeu o fôlego. O mundo desacelerou e ficou turvo, mas voltou com clareza quando a realidade encobriu uma lembrança que ela ainda não deveria ter tido.

Isso aconteceu no meu sonho.

De fato. Cada detalhe, até a maneira que as linhas das palmas da mão de Lavonia se enrugaram quando ela fechou os dedos em volta da raiz de glória-da-manhã. O inquietante véu do mundo onírico recaiu sobre Marlie, fazendo a mente dela girar. Se aquilo havia acontecido em seu sonho, e aquela parte tinha se tornado real, então...

— Tire a tisana do fogo, *chérie* — disse a mãe, virando-se para ela. — Precisamos ir para casa.

———⚭———

O caminho de volta foi silencioso, mas não de um jeito confortável. Agora havia um espaço entre as duas no banco, como se os medos de Marlie tivessem tomado lugar ao lado dela. Marlie desejava que a mãe dissesse algo, qualquer coisa.

— Ôa, Silas! — murmurou Vivienne, se inclinando para a frente e balançando as rédeas para incitar o burro a seguir em frente.

A escuridão chegou ligeira na estrada rural, mas, Marlie conseguia ver que Vivienne cerrava os dentes com força, mesmo estando recostada e olhando para a frente em silêncio.

— Maman, eu...

As palavras morreram na garganta quando elas dobraram uma curva que levava até o lugar que era sua casa desde sempre.

A carruagem parada diante da casa era tão elegante quanto a que vira em seu sonho; os cavalos, enormes e musculosos. No sonho, a cabine estivera vazia, mas irradiava uma sensação de perda de partir o coração que fizera Marlie acordar despedaçada e soluçando. Na vida real, um condutor pulou de cima do assento e abriu a porta da cabine. Uma jovem saiu lá de dentro. Uma jovem branca. Não era com frequência que pessoas brancas vinham à casa de Vivienne — elas não entendiam seu dom e o achavam perigoso. Mas aquela mulher parecia familiar, embora não tivesse aparecido no sonho.

O vestido preto era liso e bonito, simples, apesar de obviamente ser de um tecido caro. Provavelmente o toque era suave, diferente do tecido caseiro áspero que Marlie estava acostumada a usar. O cabelo escuro da mulher estava puxado para trás em um coque elegante, mantido no lugar por grampos brilhantes. Pressionados, os lábios formavam uma linha pálida e demonstravam determinação, embora o olhar revelasse angústia.

Marlie sentiu o mundo oscilar sob os pés quando a mulher desceu da carruagem. Jogou um braço sobre Silas para se manter firme e encarou, incapaz de afastar a atenção dos olhos da visitante: olhos cor de mel esverdeados que combinavam com um dos olhos de Marlie. As orelhas daquela mulher se sobressaíam, por uma ser maior do que a outra, um traço que sempre causara constrangimento a Marlie e que, segundo Vivienne, ela herdara do pai. E embora isso fosse a única coisa que Marlie sabia a respeito dele, agora tinha a sensação de que estava prestes a saber mais.

— Quanto tempo, Sarah — disse Vivienne, que, se estava surpresa com a visita, não demonstrou. — Não vejo você desde que era uma garotinha de joelhos tortos.

A expressão de Vivienne se suavizou, pelo menos por um momento, e Marlie imaginou a mãe quando era mais nova e ainda mais bonita. Marlie sabia que Vivienne tinha sido uma escravizada que desempenhava serviços na casa. Teria sido babá dessa mulher? Gargalhado e brincado com ela como um dia fizera com Marlie?

Marlie apertou Silas ainda mais, sentindo as batidas calmas e firmes do coração dele. Estava com muito medo de olhar para a mãe, porque já sabia o que aconteceria, já conseguia sentir a dor pulsante de sua perda iminente.

— Meu pai está morto — disse a jovem, com os lábios levemente trêmulos. — Minha mãe foi para nossa propriedade na Filadélfia, morar com a irmã. Eu teria vindo antes, mas só fiquei sabendo das suas cartas recentemente. E concordo com você. Marlie é uma Lynch, e por isso deve obter todas as vantagens que esse nome puder oferecer para... alguém como ela. Deveriam ter oferecido mais a você também, depois do... desentendimento entre você e... — A mulher lutou para encontrar as palavras e seu rosto corou. — Meu pai errou em mandar você para longe como fez.

— Consegui minha liberdade e a dela. É mais do que eu teria conseguido se ficasse — disse Vivienne em um tom mordaz.

Sarah abaixou a cabeça como se tivesse levado uma bronca antes de dizer:

— As coisas estão diferentes em Lynchwood agora. Estou cuidando para que os escravizados que ainda temos sejam libertados.

— E Stephen? — perguntou Vivienne.

— Meu irmão foi para o Mississipi com a esposa — respondeu Sarah. — Estou certa de que ele vai concordar com essa decisão, como concordou com as outras mudanças que coloquei em prática. No fim das contas, a opinião dele não importa. Eu vou fazer o certo por ela — disse Sarah, cuja expressão suavizou ao olhar para Marlie. — Eu devia ter mandado um aviso antes, mas simplesmente decidi vir. Me desculpe.

— Não precisa se desculpar.

A mão de Vivienne estava no ombro de Marlie, puxando-a de repente para longe de Silas e virando a garota para encará-la.

— Bem, eu sei que você vai ficar brava comigo — disse a mãe.

Marlie encarava o chão. Sentia uma raiva tão ardente dentro de si que pensou que pudesse entrar em combustão, levando a mãe e Silas — tudo que ela mais amava — consigo. Mas as lágrimas de sua mãe, raras como chifre de unicórnio, extinguiram essas chamas. A lua começava a surgir, brilhante e cheia, e as lágrimas cintilaram prateadas pela luz do luar ao caírem por suas bochechas macias e escuras.

— Lua cheia significa caminhos se dividindo — disse Marlie em uma voz trêmula quando encarou a mãe. — Eu não quero ir, Maman!

Marlie lançou os braços em volta do corpo esguio de Vivienne e apertou com força. Vivienne retribuiu o abraço, e Marlie ficou assustada ao perceber algo próximo de fraqueza naquela mulher que nunca fora nada além de forte.

— Eu quero que você tenha uma vida melhor do que esta, sendo a vizinha curandeira, que serve apenas para romper maus-olhados ou sumir com verrugas.

— Não há nada de errado em ajudar as pessoas — disse Marlie com teimosia. — A senhora sempre diz isso.

A mãe riu baixinho.

— *C'est vrai*. Mas existem muitas formas de ajudar as pessoas, e você está destinada a algo maior. Eu sei disso. Só que isso não pode acontecer se você ficar presa no meio do nada, desenterrando raízes. É assim que deve ser, *chérie*.

— Por que a senhora não pode vir comigo? Ela deixaria, aposto. Se a senhora pedisse.

— As pessoas daqui precisam de mim, Marlie. E não posso voltar... Aquele lugar não foi bom para mim, mas com você vai ser diferente.

Marlie não soube por quanto tempo abraçou a mãe, não soube por quanto tempo chorou, ou o que colocou nas malas ao cambalear sem se dar conta pela casa em que morou a vida toda.

— A senhora é a minha família — disse Marlie quando finalmente foi capaz de falar.

As bagagens haviam sido guardadas e Sarah esperava na carruagem.

— Ela também é — falou Vivienne. — E você tem tanto valor quanto ela ou qualquer outro Lynch. Nunca se esqueça disso.

— E se eu a envenenar e voltar? — perguntou Marlie sombriamente, tomada pelo desespero. Ela não podia ir embora daquele jeito. Tudo estava acontecendo rápido demais. — Eu sou capaz. Sei de coisas que a senhora não me ensinou.

Vivienne a encarou com um olhar que fez os pelos nos braços de Marlie se arrepiarem.

— Eu criei você melhor do que isso, Marlie. Agora, pode passar esses últimos minutos lamentando e fazendo ameaças que não vai colocar em prática porque é uma pessoa boa demais, ou pode vir aqui e abraçar sua mãe antes que ela te deixe ir.

Marlie correu para mais um abraço, que terminou rápido demais. Então, com a roupa cheirando a terra e Silas, ela subiu na carruagem e, sem dizer nada, sentou-se de frente para a mulher com quem compartilhava os olhos, as orelhas e o sangue.

A garota segurou com firmeza a raiz de glória-da-manhã que a mãe lhe dera e pediu forças.

Capítulo 1

Abril, 1863
Condado de Randolph, Carolina do Norte

Em algum lugar além dos muros da prisão, uma mariquita-do-Kentucky gorjeou, relembrando Ewan McCall dos dias que passara tentando avistar a plumagem amarelo-clara nos arbustos próximos da casa de sua família. Ewan não era um homem dado à nostalgia, mas o som remexeu algo dentro dele antes de ser encoberto pelo barulho do martelo contra o metal e dos gritos dos homens enquanto trabalhavam.

No ar gelado da tarde, Ewan puxou para mais perto de si sua fina sobrecasaca, uma barganha ruim que conseguiu de um guarda por um par de sapatos. Alguns dos prisioneiros ansiavam pela chegada do calor do fim da primavera, mas, depois da passagem pelas prisões Libby, Castle Thunder e Florence durante os meses mais quentes, Ewan não era um deles. Moscas e outros vermes se revelavam no calor do sol como alegres participantes de um piquenique; e não lhe agradava nem um pouco pensar em como aquele lugar ficaria quando as primeiras ondas de calor surgissem.

Não tinha a intenção de estar por lá para descobrir.

Ele esfregou as mãos e observou os prisioneiros colocarem pedaços de metais curvados sobre o riacho que atravessava o terreno da prisão; oficiais capturados e soldados de infantaria estavam enfileirados ao decorrer do riacho, alguns falando sobre os planos que Ewan tinha esboçado, outros correndo de um lado para o outro carregando suprimentos. Aquele projeto dera aos homens algo para mantê-los ocupados e, mais importante, beneficiaria os prisioneiros. A nascente tinha sido usada por milhares de homens no campo, fossem soldados da União ou rebeldes desertores, transformando-se em uma fonte de doenças. Isso mudaria agora.

— Certifique-se de que os pedaços estejam alinhados corretamente — disse Ewan, se ajoelhando ao lado de um homem de aparência descorada que estava com dificuldade de manejar uma chave inglesa. — Deve haver uma abertura para permitir o fluxo quando houver chuva forte.

O homem assentiu, claramente menos interessado no resultado do que Ewan, mas, assim como a maioria dos soldados, disposto a seguir ordens.

Warden Dilford se aproximou e parou ao lado deles, o olhar mudando ansiosamente de Ewan para o trabalho sendo feito. O homem viera para Randolph na mesma época que Ewan e, depois de quatro meses no comando, ainda não conseguira se acostumar com a responsabilidade. Tendo em vista o que a maioria dos homens fazia quando adquiriam poder sem ter trabalhado muito para isso, Ewan era grato pela situação.

— Então, uma vez que os prisioneiros não vão mais poder poluir o córrego com o resultado de suas várias, hã, funções corporais, haverá menos surtos de doenças e mortes.

Dilford falou bem devagar, garantindo que tivesse entendido muito bem a explicação prévia de Ewan, provavelmente porque logo ele a repassaria como ideia sua. Por Ewan, tudo bem. Se a apropriação da ideia por Dilford significasse que ela seria usada em outras prisões, melhor assim. Ewan não precisava de glória; sentia-se bastante confortável às margens da vida, só observando. Ele também tinha outro motivo, muito mais importante, para evitar atenção.

— Sim, é exatamente isso, Warden.

Ewan levantou, com o olhar ainda preso no trabalho, seguindo a colocação dos rebites e pregos. As únicas coisas que uma pessoa podia realmente controlar eram os detalhes, embora a maioria dos homens não prestasse atenção nisso em busca de um propósito maior. Tolos. Ewan sabia que o verdadeiro poder residia nas minúcias da vida, coisas do tipo o quanto exatamente um dedo conseguia se curvar antes de quebrar ou quanta dor um homem era capaz de aguentar antes de esquecer seu amor por Jefferson Davis, pela Confederação e até mesmo pela própria mãe. Mas Ewan estava na prisão agora, livre dos tipos de detalhe que haviam se tornado sua área de estudo desde que a Guerra Entre os Estados tinha começado.

Uma onda de barulho surgiu de um grupo de oficiais barganhando por uma pá com um soldado vestindo uma camisa surrada. Ewan estava surpreso por vê-los acalorados por um trabalho tão básico. Afinal, aqueles homens, mesmo presos, moravam em acomodações relativamente melhores, de madeira em vez das tendas remendadas como as de Ewan, e em geral evitavam lidar com quem tivesse patentes menores. Ewan não era de uma patente menor, é claro, mas ninguém sabia disso. Afinal, tinha passado por maus bocados para se certificar de que ninguém soubesse.

Ele percebeu um companheiro da União, de Ohio, segurando o martelo de maneira errada ao bater em um prego, mas ignorou o impulso de corrigi-lo. Era preciso se preocupar apenas com os próprios erros, e Ewan tinha muito no que pensar. Os homens em Randolph achavam que não pertenciam àquele lugar, e com razão, já que a maioria estava presa por lutar pela União. Essa era uma das muitas diferenças entre Ewan e seus companheiros de prisão: ele pertencia *sim* àquele lugar, e pelo mesmo motivo.

Quando Ewan se alistara, todos acharam que seu jeito reservado e peculiar significaria que ele seria um péssimo soldado. Estavam certos. Mas logo lhe foi oferecida uma tarefa que fez uso de sua atenção aos detalhes e seu senso inflexível pela lógica, um conceito aplicável a todos os tipos de situações, nem todas prazerosas.

Você é um soldado medíocre, McCall, mas parece que pode ajudar a União de outra forma...

Ele coçou a barba ruiva curta com a qual ainda não tinha se acostumado. Se barbear diariamente tinha sido um hábito sagrado antes da prisão, mas agora a barba o mantinha quente no inverno da Carolina — e irreconhecível para qualquer rebelde que pudesse ter interrogado antes de ser capturado.

— As torneiras nas laterais vão permitir que os prisioneiros usem a água para beber, lavar e cozinhar, mas o metal espalhado pelo riacho vai reter os detritos — Ewan explicou novamente para Dilford —, assim como as redes nas aberturas dos canos ao longo da barreira. Elas terão que ser limpas, todos os dias se possível.

— Detritos. Certo. Podemos mandar os trabalhadores negros fazerem isso quando forem limpar os aposentos dos oficiais e as latrinas — disse Dilford.

— Os escravizados, você quis dizer — corrigiu Ewan. — Porque "trabalhador" implica prover um pagamento pelo serviço deles. O que não acontece.

Ewan aprendera a conter o impulso de corrigir as pessoas na maioria das vezes — seus irmãos, Malcolm e Donella, ficaram tão exauridos de seu pedantismo ao longo dos anos que começaram a jogar coisas nele toda vez que começava a falar sem parar —, mas alguns assuntos ele não deixava passar sem comentar. Se Ewan quisesse ser mais preciso, poderia chamar esses homens de "escravizados livres mantidos ilegalmente em cárcere", dada a recente proclamação de Lincoln, mas "escravizados" bastava. Se os sulistas não conseguiam chamar suas propriedades humanas pelo nome correto, por que tinham começado aquela guerra maldita?

— Warden, tem carne nova chegando! — gritou um guarda.

— Os, hum… Eles podem garantir que isso seja feito — falou Dilford, olhando por cima do ombro para o guarda e assentindo com a cabeça. — Obrigado pela ajuda.

Ele se virou e caminhou na direção da guarita. Os guardas em uniformes cinzas andavam pelas muralhas, os olhos presos na linha de morte que cercava o perímetro da prisão — assim chamada porque qualquer um que ousasse atravessá-la seria um homem morto.

Ewan viu o próximo turno de guardas se aproximando e percebeu, de novo, como os guardas deixavam seus postos por um minuto ou mais enquanto conversavam e brincavam com os colegas que os substituiriam. Detalhes assim sempre tinham algum tipo de valor, e Ewan era excelente em aproveitar os melhores propósitos da vida.

"Já faz uma hora que estamos analisando várias e várias vezes a localização dessa artilharia roubada. Vejo que está determinado", disse Ewan. "Neste caso, talvez devamos começar a discutir anatomia."

"Anatomia?", perguntou o soldado rebelde. "Bem, podemos falar sobre isso, já que não tenho mais nada pra dizer pra um ianque covarde."

"Muito bem."

Ewan puxou o pedaço de metal longo e fino que seu comandante lhe dera. "Vamos começar com as articulações..."

— Ei, Ruivo, a biblioteca é aqui — disse seu colega de trabalho, Keeley, passando com um sorriso e chamando a atenção de Ewan de volta para o presente.

O irlandês de cabelo escuro sabia que Ewan passava o máximo de tempo possível com o rosto enfiado nas páginas de um livro. Da mesma forma que sabia que, com o carrinho de livros, também chegavam suprimentos para o pequeno negócio que estabeleceram dentro de um ambiente propenso a levar quem não fosse engenhoso ao desespero e desalento. Keeley suspeitava de mais alguma coisa?

Ewan lutou contra a urgência de sair vasculhando o pátio até encontrar o carrinho de livros e a mulher que o conduzia. Avistou rostos conhecidos entre os negros que, de duas em duas semanas, chegavam com uma oferta de ajuda de seus empregadores. Não eram escravizados por serem pagos de fato, ou pelo menos foi o que ouvira. A mulher que enviava seus funcionários semana sim, semana não, Sarah Lynch, chegava o mais próximo possível do limite do que era permitido no Sul confederado sem balançar a bandeira da União, mas sempre se mantinha a um centímetro de distância de qualquer coisa que pudesse classificá-la como traidora. Ewan a vira uma vez, logo após sua chegada: pequena, postura ereta e mentindo descaradamente para convencer o diretor de que suas ações eram motivadas unicamente pela caridade cristã.

Ewan valorizava honestidade, mas não a culpava por mentiras que serviam a um bem maior. Seu irmão, Malcolm, mentia para preservar a União, e Ewan tinha feito muito pior pelo mesmo motivo. As mentiras de Sarah Lynch permitiam que os encarcerados em Randolph vivessem um pouco melhor do que a maioria dos prisioneiros de guerra — e que informações fluíssem do portão para fora e vice-versa, o que de outra forma não aconteceria. Era de valia para a causa dele que tanto os prisioneiros quanto os guardas que os vigiavam partilhassem dos frutos de sua colheita. Guardas rebeldes pegavam livros emprestados do mesmo carrinho, e os homens doentes de ambos os lados pediam ajuda da mulher pela qual Ewan procurava no momento — não Sarah, mas a com um sorriso gentil que o fazia questionar seus princípios toda vez que ela aparecia dentro dos limites da prisão.

Algo atraiu seu olhar para a esquerda, e lá estava ela, ajoelhada ao lado de um homem deitado no chão — um dos insubmissos que haviam sido trazidos pela Guarda Nacional. A caça por desertores estava a todo vapor desde o inverno, e o número de prisioneiros aumentava a cada dia. Ewan começava a achar que havia no condado de Randolph mais homens que eram contra os confederados do que aqueles que *apoiavam* os malditos rebeldes.

— Isso vai baixar sua febre, John — disse ela, lhe entregando uma pequena garrafa cheia de um líquido âmbar, depois procurou algo no bolso de seu avental. — Tome um gole quando acordar, um ao meio-dia e um de noite, antes de dormir. E mastigue um destes depois de comer, mas não engula, está me ouvindo? Isso vai ajudar a manter a comida no estômago.

O prisioneiro doente aceitou o punhado das folhas verdes que a mulher pressionava em sua mão e assentiu com fraqueza.

Os pés de Ewan começaram a se mover na direção dela, aparentemente agindo por vontade própria.

— Você sabe como anda minha Hattie? E as crianças? — perguntou John. — Acho que David não consegue dar conta da colheita sozinho, e Penny mata toda safra que ela toca. Apelidei ela de Pestilência. — Ele riu, depois se moveu desconfortavelmente e acrescentou: — Hattie estava doente, na última vez que a vi. Falei para ela parar de me trazer comida pela floresta, que ela acabaria morrendo com alguma doença ou seria capturada pela milícia, mas ela é boa demais para mim.

— Estão bem — disse Marlie. Houve um agudo suave em sua voz antes da palavra "bem", como se ela tivesse considerado uma resposta menos otimista. — A colheita não rendeu, mas estamos garantindo que eles tenham comida. Não se preocupe.

John assentiu e ela deu um tapinha no ombro dele, levantando e limpando a sujeira da saia. Seu vestido cinza era bem-feito, apesar de simples; não tinha os aros e os acessórios cafonas que teriam tirado a atenção das formas de seu corpo.

Meu reino por uma crinolina, pensou Ewan ao afastar os olhos do contorno nítido de suas curvas quando ela se inclinou para ajustar a bainha da saia. No entanto, ele não conseguia ficar muito tempo sem olhar para ela. Certa vez conseguira contar até cinco, e tinha sido o recorde.

A pele negra dela, clara e suave, ganhava um brilho amarelado quando o sol a tocava. O cabelo escuro e cacheado estava para trás em um coque baixo, deixando à mostra o rosto com a boca carnuda e o nariz arrebitado. Ele havia reparado em cada detalhe do rosto dela na primeira vez que a vira, mas ainda se admirava com o quanto ela era adorável. Uma vez ele visitara uma exposição de arte grega e vira uma linda ânfora restaurada. Fora tomado pelo desejo de tomá-la em seus braços, uma ânsia intensa que quase o levou a pular a corda que separava a obra do público. O sentimento que crescia nele quando via Marlie era assustadoramente parecido.

Ela segurou o puxador do carrinho e o empurrou, indo para a direção oposta.

— Senhorita Marlie?

Ewan sentiu um formigamento de ansiedade ao pensar que ela poderia ir embora antes que tivessem a chance de conversar.

Ela olhou por cima do ombro para ele, e o coração de Ewan subiu à garganta. Ele sabia que era anatomicamente impossível, mas a sensação estranha em seu peito e o nó na garganta só aconteciam na presença dela. E Ewan não podia fingir que era apenas por ela ser uma mulher. Outras que já tinham aparecido e desfilado por ali, observando os prisioneiros da União como se fossem animais em um zoológico, causaram pouco efeito nele. Controlar suas emoções tinha sido o trabalho de uma vida inteira, por motivos tanto pessoais como de caráter prático, e ainda assim... lá estava ele, encarando Marlie como um guaxinim pego em flagrante dentro de um silo de grãos.

Os olhos de cores diferentes ainda eram tão surpreendentes quanto na primeira vez que ele a vira. E o que deveria ser uma imperfeição, ter um olho castanho e o outro verde, na verdade dava a ela um ar etéreo.

Aquilo era satisfação na expressão dela? Não era algo que Ewan estava acostumado a ver direcionado para si, então sentiu o coração bater um pouquinho mais forte. Se ela o conhecesse de verdade, o sorriso não teria cavado marcas tão profundas nas laterais da boca.

— Ah. Bom dia, Sócrates. Estive procurando por você.

As bochechas de Ewan arderam ao ouvir o apelido que ela cunhara no dia em que se conheceram. Ewan pedira por alguma obra de filosofia grega e, quando Marlie entregara um livro sobre mitologia, ele oferecera uma extensa correção sobre a diferença entre as duas coisas. Não tinha sido sua intenção; algo nela havia bagunçado sua cabeça. Quanto mais atentamente Marlie ouvia Ewan falando sem parar sobre a diferença entre Homero e Hermagoras, mais acadêmico ele se tornava. Ewan enfim se interrompera e pedira desculpas, como fora instruído por sua mãe e seu irmão, mas ela simplesmente sorrira com indulgência e dissera:

— Nunca peça desculpas por compartilhar seu conhecimento.

E assim seguira para o próximo homem.

Ewan quisera se bater. Seu irmão mais velho, Malcolm, tinha sido presenteado com o talento de encantar mulheres a cem passos de distância, enquanto Ewan podia fazê-las dormir de tédio com cem palavras. Achava que a arte de flertar e seduzir era um desperdício da sagacidade de um homem, mas pela primeira vez desejara saber o que dizer para fazer uma mulher — Marlie, especificamente — achar que ele era encantador em vez de entediante. Atribuíra o estranho impulso ao tédio causado pela prisão.

Na próxima vez que apareceu, ela lhe dera um livro chamado *Os Estoicos da Grécia Antiga*. Havia comentários escritos nas margens do livro, concordando ou rebatendo alguns apontamentos. Foi em um exemplar de *A República*, de Platão, que o primeiro comentário direcionado para ele apareceu na contracapa: "Caro Sócrates, nenhum outro conhecido meu se importa com minhas opiniões sobre gregos mortos há muito tempo, então vou compartilhá-las com você...".

E assim ela continuou a questionar tudo em que ele acreditava, mas isso não o impediu de arrancar cuidadosamente a página e reler cada palavra várias vezes perto da luz das lamparinas que salpicavam o pátio da prisão todas as noites. Ewan tinha muitas páginas assim, enfiadas nos bolsos. Toda vez que Marlie vinha, os dois passavam alguns minutos discutindo cordialmente as opiniões dela, como se Ewan não conhecesse profundamente os detalhes da caligrafia da mulher.

— Olá — disse ele quando, enfim, se aproximou. Mas o tom pareceu forçado até mesmo para ele e Ewan tentou colocar um pouco mais de suavidade. — Tenho outra carta para mandar para minha família, se estiver tudo bem. E também estava aqui me perguntando se a senhorita conseguiu obter os suprimentos que pedi.

Ele estava se perguntando mais do que isso quando viu os cantos dos lábios dela se curvarem. O formato da boca, amplo e exuberante, era a perfeição. Literalmente. Ewan passara tempo o suficiente refletindo a respeito para saber que era simétrica, harmoniosa e proporcional: um exemplo vivo da proporção áurea, e a inspiração para pensamentos que nenhum homem verdadeiramente controlado deveria ter.

Ela olhou em volta, certificando-se de que nenhum guarda estivesse observando, e entregou uma pequena algibeira para ele ao mesmo tempo que pegava a carta e guardava em sua bolsa com um movimento bem treinado e natural. A algibeira recaiu na mão dele com um barulho metálico.

— Não faço ideia de por que precisa disso, mas aí está. Também tenho outra coisa. Eu vi e pensei em você.

Ela pensa em mim.

Marlie mexeu em alguns livros no carrinho e puxou de lá um tomo bege fino com as palavras grossas impressas na frente: *Manual de Epicteto*.

Um sentimento peculiar tomou conta de Ewan quando ele pegou o livro. Lembrava-se com clareza da primeira vez que o lera. Fora durante um dos momentos ruins de sua família que vinham acontecendo com maior frequência, com seu pai bêbado e resmungando coisas sombrias para sua mãe, que permanecia em seu canto cerzindo roupas. Ewan ficara com medo, como sempre ficava quando o assunto era seu pai, mas sua mãe permanecera focada na costura intrincada que trazia dinheiro para casa, a expressão inabalada ao encarar o abuso que sofria.

Seu irmão, Malcolm, assistira à cena pelo canto do olho enquanto balançava Donella no joelho, mas Ewan abrira seu livro novo, inalando o cheiro bolorento de escapismo. As primeiras palavras que leu o atingiram como um raio, iluminando um mundo que estivera coberto pela escuridão.

1. Algumas coisas estão sob nosso controle e outras não.

Observando as mãos firmes da mãe, Ewan percebera que a costura estava sob o controle dela, mas o marido não. Ele ainda estava frustrado e bravo, mas um novo respeito se formou por sua mãe naquele momento; o que ele tomara por uma fraqueza e tolerância a um comportamento abominável era na verdade força. Ewan leu o livreto depressa, e depois mais duas vezes antes de ir para cama naquela noite. As regras do *Manual de Epicteto* faziam muito mais sentido do que "dê a outra face" ou "honra teu pai". Não havia necessidade de perdão e falsa admiração nessa abordagem da vida, bastava apenas decidir o que era essencial e o que não era.

O pai dele não era essencial, uma conclusão à qual o próprio chegara apenas alguns anos depois do filho. Se as reprimendas silenciosas de Ewan tinham o ajudado a compreender aquele fato, ele não se arrependia.

Ter *aquela* mulher dando a ele *aquele* livro — o livro que salvou sua vida, senão sua alma? Ewan não era supersticioso, mas até mesmo ele conseguia apreciar que se tratava de uma coincidência de grande magnitude. Conseguia compreender como coisas assim poderiam fazer homens mais simplórios acreditarem em algo maior, mas ele não era um homem simplório. O calor e a tontura que sentiu eram apenas gratidão, tinha certeza.

— Esse livro significa muito para mim. Obrigado.

Ele passou os dedos pela textura da capa e, quando a encarou, o olhar dela seguia o movimento.

Ela deu de ombros como quem dizia que era um presente sem importância, o que não correspondia à ardência que Ewan sentia nas faces, no pescoço e no peito. Ela começou a se afastar com o carrinho.

— Algo me disse que você iria gostar desse tipo de coisa.

Havia um tom de provocação na voz dela que remexeu em uma cicatriz antiga dele, aquela que havia selado as feridas causadas pelos sussurros de "o menino é esquisito" e os gritos de "em que tipo de bobagem ele está metido agora?".

— Você não gostou? — perguntou ele, sem entender muito bem por que a ideia o magoava, já que ele era bastante aberto a opiniões diferentes.

Não podemos controlar as ações dos outros, lembrou a si mesmo. Mas se ela achava aquele livro, que era parte tão essencial de seu ser, ridículo, então isso queria dizer...

Marlie olhou para ele, e Ewan viu um certo divertimento sob os longos cílios escuros dela. Uma onda de ansiedade comprimiu a garganta de Ewan ao pensar que ela pudesse estar se divertindo às custas dele.

— Gostei de algumas partes mais do que de outras. Deixei minhas opiniões anotadas, caso esteja interessado nelas.

— Sempre.

Eu espero por seus comentários mais do que pelos livros, e todo mundo sabe o quanto gosto de livros. Mas Ewan não falou isso para ela.

— Dialogar com pessoas que têm opiniões diferentes das minhas é sempre um bom uso do meu tempo. É assim que fortalecemos nossas habilidades retóricas e aumentamos nosso conhecimento.

Ele soava pretensioso, ridículo, mas ela sorriu mesmo assim e Ewan precisou conter um gemido ao perceber como até a mais leve insinuação de um sorriso dela o tocava profundamente.

— Vou ter que discordar — disse ela. — Algumas discussões não valem o esforço. Se você tentasse defender o valor da Confederação, esta conversa estaria encerrada.

Uma das coisas em Marlie que chamava a atenção de Ewan era a suavidade sempre presente em seus modos, mas, naquele momento, o olhar dela ao encará-lo era afiado.

Ewan assentiu em concordância.

— De certo. Existem discussões e existem tolices.

Até mesmo um pedante consagrado tinha algum senso de decoro.

— Marlie! — chamou de longe uma voz grossa. — Hora de ir.

Um homem negro, obviamente mais velho que Marlie, mas não o suficiente para ser uma figura paterna desinteressada, os observava, parado ao lado de um dos oficiais que estavam brigando antes. O oficial deu um tapinha amistoso no braço do homem e se afastou.

O companheiro de Marlie guardou rapidamente no bolso grande de seu casaco o livro que estivera segurando. Algo no movimento chamou a atenção de Ewan. Era casual demais.

O homem o cumprimentou com um movimento de cabeça e, quando se encararam, Ewan viu em seus olhos um quê de divertimento.

Entre na fila, garoto, a expressão dele parecia dizer.

Sou tão óbvio assim? O olhar de Ewan voltou para Marlie involuntariamente, e ele se forçou a sustentar mais uma vez o olhar do homem, que balançou a cabeça e se virou.

Sim, muito óbvio.

— Já estou indo, Tobias!

Marlie lançou um breve sorriso para Ewan e depois partiu, arrastando o carrinho atrás de si. Ewan sabia que deveria parar de olhar para ela como um bezerro perdido, então se virou para voltar a sua tenda. Conseguiu dar quatro passos antes de parar e abrir o livro na contracapa.

Sócrates, qualquer homem que acredita ser capaz de controlar as próprias emoções já foi superado por elas.

Um tumulto do outro lado do pátio chamou sua atenção antes que ele pudesse processar as palavras. Ewan fechou o livro com força e o colocou no cós da calça. Aquilo poderia ser o som de guardas vindo dar uma batida nas tendas, para pegar o que quer que Lynch tivesse mandado aos prisioneiros, como era hábito deles. Ou quem sabe uma das gangues de prisioneiros caçando os mais fracos pelo mesmo motivo. Um homem não podia se tornar muito apegado a pertences na prisão, nem mesmo um que exercesse alguma parcela de poder, como Ewan. Era preciso carregar consigo o que fosse mais importante para você.

Do outro lado do pátio, a aglomeração de prisioneiros começou a se dissipar e Ewan avistou Warden Dilford correndo ao lado de dois homens. Um era esbelto e anguloso, dono de olhos semicerrados e um nariz comprido que lembrava a Ewan um cachorro faminto. Ele liderava três ou quatro homens, todos mostrando sinais de uma surra, ligados por uma corda amarrada na cintura de cada um, sem espaço entre si para que caminhassem sem tropeçar. Toda vez que um homem dava um passo em falso, o homem magro dava um puxão violento na corda. Ewan fez uma careta. Ele sabia o estrago que uma corda áspera podia fazer na pele; aprendera tudo sobre a fragilidade do corpo humano enquanto conduzia seu trabalho.

— Trouxe mais ratos traidores — disse o homem. — São piores que os ianques, esses fujões.

Um dos capturados, um homem mais velho de pele curtida por anos de trabalho nos campos, se pronunciou:

— A palavra do Senhor é maior do que as disputas insignificantes do homem. Você quer me obrigar a lutar, mas minha única batalha é resistir honradamente contra as injustiças. A escravidão e a avareza não são justas.

Isso causou um murmúrio de apoio da multidão, provavelmente de companheiros quacres* — aqueles que seguiam os ensinamentos da doutrina, mas que não haviam se registrado antes da Lei de Inscrição. Todos os desertores fascinavam Ewan, mas aqueles homens mais ainda. Homens que haviam escolhido não lutar por um senso moral fortíssimo, ao passo que Ewan havia se alistado justamente pelo mesmo motivo. Ainda assim, tinha sido cometendo os atos mais imorais que ele mais ajudara o país. Não se arrependia de ser bom em algo tão terrível — sempre fora bastante óbvio que ele não era como os demais, e aquilo era apenas mais uma prova —, porém se perguntava sobre qual seria o preço. Se a alma de fato existia, a dele estava irrevogavelmente manchada pelo que ele fora delegado a fazer pelo bem da União. Ele nunca pensou em dizer não.

— Por que fazendeiros pobres lutariam por escravagistas ricos que podem pagar para não servir enquanto sacrificam pessoas que não têm nada a ganhar com esta guerra? — continuou o homem, encorajado pela multidão. — Vinte escravizados é tudo o que há entre um fujão e um homem de bem aos olhos do governador Vance!

Uma forma grande se mexeu atrás do homem, com a espada empunhada. Ele ergueu a arma e baixou, e por um momento, Ewan achou que veria um homem indefeso ser cortado ao meio. Em vez disso, o homem armado desferiu vários golpes com a parte chata da lâmina, batendo no velho como se ele fosse não um bezerro gordo a fatiar, mas um burro de carga empacado.

— Essa rebeldia será tirada de você à força assim que chegar ao Campo de Instrução. Vamos ver o que o bom Deus dirá quando você

---

* Membros do sociedade religiosa protestante inglesa conhecida como Sociedade dos Amigos, que rejeitava qualquer organização clerical, defendia o pacifismo e se opunha à Guerra Civil. (N.E.)

chegar a Raleigh — disse o homem, e depois ele olhou para cima, evidenciando o rosto inteiro pela primeira vez.

Cahill.

Ewan sentiu o estômago se contrair em uma bola de descrença, e uma explosão de raiva e medo subiu direto para a cabeça, causando um enjoo fortíssimo, como um soldado que toma uma dose exagerada de morfina. Meses e meses haviam se passado. Ewan acreditara ter superado o que acontecera na sede da fazenda na Georgia, mas a pontada que sentiu na cabeça e os dentes trincados contavam outra história. Cahill caminhou com esforço — Ewan sabia precisamente como o homem tinha adquirido a dificuldade de locomoção — e passou o olhar pelos prisioneiros como um vendaval de inverno. Quando chegou a Ewan, parou por um segundo a mais e semicerrou os olhos.

Ele não pode te reconhecer.

O instinto de Ewan era sustentar o olhar de Cahill. Não, não é verdade — seu instinto era atravessar a multidão, pegar a espada do maldito e perpassá-lo com a própria arma. Mas foi esse exato instinto que fizera Ewan questionar tudo a respeito de si mesmo. Uma coisa era executar seus serviços em nome da nação, e outra era o que acontecera durante o interrogatório de Cahill. Na ocasião, houvera a fúria alucinada contra as injustiças que deixara Ewan envergonhado e Cahill com uma prótese sob a perna da calça. E o reconhecimento de que Cahill nem de perto tinha pagado o suficiente.

Ewan coçou a barba e olhou para o céu escurecendo. Os raios de sol do fim de tarde não eram fortes o bastante para atravessar a névoa de péssimas lembranças que Cahill trouxera consigo. Sangue e risada e corpos negros caindo um atrás do outro.

— O nome é Cahill — sussurrou Keeley ao parar ao lado de Ewan.

Keeley era um homem que arranjava informações como outros prisioneiros arranjavam encrencas — motivo pelo qual ele e Ewan trabalhavam bem juntos. Conversas casuais não eram o ponto forte de Ewan.

— Antes da guerra, o sujeito era um feitor da pior espécie. Ele é líder da Guarda Nacional que o velho Zebulon criou para encontrar desertores, um cargo que ele mesmo pediu ao governador. Vance disse para ele fazer absolutamente qualquer coisa para tirar os fujões de seus esconderijos e obrigá-los a servir, e Cahill ficou mais do que feliz em obedecer. Dizem que ele teria o feito mesmo ainda que Vance o tivesse rejeitado, esse é o tanto que o homem odeia os desertores.

Cahill também era um Filho da Confederação, mas Ewan não deu essa informação para Keeley. Se o fizesse, teria que explicar como sabia da existência do grupo radical secessionista e que Cahill em particular era um membro.

— Eu ouvi alguns boatos, boatos horríveis, Ruivo. Sobre manter homens em cima de fogueiras, queimando suas bolas como se fossem castanhas. E às vezes encontravam a mulher ou o filho do sujeito... — Keeley cuspiu, depois limpou a boca com a manga da camisa. — Ele aqui não é bom sinal.

— Nós já estamos presos — disse Ewan, dando um tapinha nas costas do amigo. — Não dá para ficar muito pior do que isso, certo?

Ewan não gostava de mentir, mas às vezes era preciso por um bem maior.

Capítulo 2

Marlie concentrou toda sua atenção no líquido descendo pelas espirais de vidro no condensador, no vapor perfumado que passava pela matéria orgânica vegetal e nas gotas que se agrupavam na ponta do tubo e pingavam na garrafa que as esperava embaixo.

Pensava com frequência no que sua mãe diria sobre seu local de trabalho, que era ao mesmo tempo diferente e parecido com aquele que dividiam em sua casa de infância. Folhas, raízes e cascas de todos os tipos de árvores se acumulavam em qualquer superfície disponível, assim como fora em sua vida anterior, mas as paredes de Marlie estavam cobertas de anotações presas por tachinhas, papéis demonstrando novos processos de destilação. Pequenos frascos com água para cultivo das várias plantas medicinais estavam enfileirados no parapeito da janela e balançando nas beiradas das estantes repletas de livros sobre medicina botânica.

Marlie uma vez levara consigo o seu exemplar de *Guia Ilustrado de Botânica Americana* em uma visita, e Vivienne o folheara com desdém.

— Você precisa que um homem branco ensine o que já sabe em cada fibra de seu ser? — perguntara ela antes de deixar o livro de lado e retomar o trabalho.

Marlie guardara o livro na bolsa e nunca mais o mencionara novamente, ou qualquer outro livro e o que aprendera com eles. Para Marlie, que só havia viajado entre sua casa de infância e Lynchwood, os livros eram um portal para o mundo. Ela ficava sabendo sobre as últimas descobertas na França, podia testar se as especificações sugeridas por Helmhein na Alemanha seriam úteis ou não ao recalibrar seu processo de produção. Com os livros, aprendera que havia motivos pelos quais certas plantas provocavam algumas reações, motivos que podiam ser quantificados e explicados. E então, quando as pessoas olhavam para os seus olhos estranhos e a chamavam de bruxa, ela respondia que era uma cientista, algo que achavam ainda mais desconcertante.

Marlie passou meio abaixada pela porta que dava para uma saleta anexa a fim de pegar ramos secos de alecrim para a decocção que estava preparando. As cestas de ervas e plantas necessárias para o seu trabalho cobriam a madeira escura das estantes e as botas esmagavam folhas secas caídas sobre o assoalho de tábuas empoeiradas. Esses aromas reconfortantes pairavam no ar gelado que penetrava pelas rachaduras no batente da janela.

Ela foi da sala de secagem até sua mesa diversas vezes, a mente focada em cada etapa do processo que resultaria em um tônico eficaz. Lá fora, as carruagens faziam as entregas semanais da fazenda dos Lynch, mas os sons quase não chegavam até o território dela — local de trabalho, sala de secagem e quarto. O sótão inteiro era seu. Quando pequena, Marlie não tinha certeza se tivera direito a ele porque Sarah queria escondê-la dos convidados ou porque queria compensá-la pelos erros passados, e ela se sentira solitária ali. Com o tempo, aprendera a apreciar o próprio espaço, e o amor de Sarah ficou evidente — o cuidado que tinha com o bem-estar de Marlie era, algumas vezes, até sufocante, um dos motivos pelos quais Marlie nunca se mudara para os quartos dos andares de baixo, mais apropriados para uma dama. O outro motivo era que Marlie nunca teve muita certeza se pertencia àquele lugar.

Sarah era sua... amiga. Benfeitora. Parceira de traição. *Irmã* era o que sempre lhe ocorria primeiro, mas ela nunca disse isso. O pai de Sarah fora um senhor de escravizados, embora sempre dissessem que ele só os comprava para ser bem-sucedido nos negócios com seus compatriotas sulistas, como se tal ressalva o absolvesse. A mãe de Marlie havia sido uma das escravizadas compradas por ele. Todo o resto eram conjecturas e, depois de tantos anos, Marlie não sabia mais como pedir informações.

Você não deveria ter que pedir.

Ela afastou o pensamento, como de costume. Marlie era sortuda; a maioria das crianças como ela acabavam vendidas ou trabalhando nas terras do pai. A ela foi concedida uma vida de luxo. Era livre. Aquilo deveria ser o suficiente.

Deveria.

Ela abaixou a chama do bico do gás e abriu o exemplar de *As viagens de Gulliver* que um prisioneiro devolvera a Tobias enquanto ela conversava com Ewan. A biblioteca fora uma ideia particularmente genial de sua parte. Enquanto os guardas eram subornados para deixarem Marlie, Tobias e outros supostos escravizados levarem cartas escondidas entre as páginas dos livros, a vantagem real eram as pequenas mensagens feitas com furos de alfinetes que lhe permitiam repassar informações para a Liga da Lealdade, um grupo de pessoas — negras e de outras etnias — dedicadas a ajudar na preservação da União. Ela passou as pontas dos dedos pela página, sentindo novamente a mensagem que decodificara mais cedo naquele dia: *FuGa possível. tenTatIva DuRanTE a LuA MinGuAnTE.*

Ela baixou o livro e respirou fundo, pensando no que singelos furos com agulha tinham dado início. Seus atos de rebeldia eram pequenos dentro da dimensão total da guerra — outros membros da Liga da Lealdade se disfarçavam, corriam grandes riscos ao se colocar na linha de frente do combate para reunificar a nação. Sarah achava que o pouco que Marlie fazia para ajudar a resistência já era muito, mas Marlie se apegava à cada pequena vitória como algo que daria orgulho para sua mãe. Ela não esperava que seus esforços resultassem numa fuga, mas com certeza não viraria as costas para um pedido de ajuda. E, embora não fosse participar diretamente do plano, ela sabia que Sarah não aprovaria que ela estivesse minimamente envolvida.

Então Marlie simplesmente não contaria.

Nos últimos tempos, não contava muitas coisas para Sarah. Não dissera nada sobre os furos nas mensagens nem sobre a nova tinta invisível que havia criado para repassar suas descobertas para a Liga da Lealdade. Também não contara sobre como conversava com os prisioneiros, sobre o que descobrira a respeito da movimentação da tropa em Piedmont e como estava o moral das pessoas nos acampamentos rebeldes — ou a falta dele. Em cada ida à prisão, Marlie reunia mais informações, tanto nas páginas dos livros quanto nas conversas com prisioneiros enfermos. E, quando retornava, percebia quão pouco sabia sobre o mundo que havia além de Lynchwood. Um mundo que raramente lhe fora permitido conhecer porque estava "mais segura em Lynchwood", segundo sua irmã. Marlie começara a entender que os passarinhos também eram mantidos em gaiolas para ficarem mais seguros.

Ela conhecera homens vindos desde cidadezinhas de lugares tão distantes quanto o Maine, no Norte, a cidades grandes e agitadas como Nova York. Eles tinham sotaques muito diferentes da fala arrastada com a qual estava acostumada, e falavam de lugares que ela não conseguia se imaginar visitando, mesmo com a riqueza da família Lynch. E então havia Ewan. Outra vantagem inesperada que havia surgido com sua biblioteca, e que nada tinha a ver com a resistência.

Marlie esticou o braço e limpou uma mancha do vidro quente do tubo, e a lembrança dos dedos de Ewan deslizando pela capa do livro surgiu em sua mente. Houvera tanta reverência naquele toque. Se ele tratasse suas amantes com um carinho minimamente parecido com aquele...

Marlie se levantou, esfregando as palmas das mãos no avental. Pensar em coisas do tipo não resultaria em nada de bom, então tratou de fazer um uso melhor do tempo e foi até a mesa na sala estreita. A luz do sol que entrava pela janela aquecera os papéis sobre a mesa e Marlie sentia o calor emanando deles como se fossem algo vivo. Parou e fechou os olhos, lembrando-se por um momento da sensação das mãos de sua mãe nas dela na última vez que se viram. Vivienne olhara para Marlie como se procurasse por um reflexo em um espelho embaçado, soltando sua mão em seguida e virando-se para ir embora, como se não tivesse encontrado.

Às vezes eu gostaria de não ter mandado você para lá. Você parece tanto com eles agora... Mas essa é a melhor proteção que se pode ter neste mundo, chérie.

Marlie folheou os papéis, manchados de sujeira e grudentos com seiva de pinheiro. Quando os ergueu até o nariz, sentiu o cheiro do bálsamo de alecrim que a mãe usava para manter as mãos macias. O pacote tinha sido entregue no ano anterior, junto com um baú com os pertences de Vivienne e a chocante notícia de que ela partira de forma repentina. Vivienne sempre parecera imortal, e Marlie ainda não tinha conseguido se conformar com a verdade, mesmo depois de visitar o túmulo da mãe. Sarah se certificara de que Vivienne tivesse uma linda lápide, mas o mármore frio não apagava o fato de que a mãe tinha morrido sem que Marlie soubesse. Nada a preparara para isso; ela não pressentira coisa alguma.

Houvera um tempo em que Marlie acreditava que seus sonhos eram presságios, mas não sonhava havia anos, e a morte de Vivienne não mudou aquilo. Sentia-se boba por ficar magoada com algo que era apenas outra superstição de sua juventude, mas aquilo não anulava a sensação de perda. A ausência de sonhos significava que nunca mais veria Vivienne.

Ela suspirou e folheou as páginas diante de si. Marlie muitas vezes se perguntara o que a mãe fazia nas horas vagas, quando não tinha mais a filha por perto para cuidar, até que eventualmente descobrira: Vivienne havia contado sua história. As primeiras páginas eram nitidamente antigas, o que queria dizer que a mãe começara a colocar a história no papel havia muitos anos. A biografia começava em Guadalupe, a ilha em que a mãe nascera, e Marlie supunha que terminava na casa em que ela mesma, Marlie, crescera.

Tudo o que sempre quisera saber sobre sua mãe sempre tão reticente estava naquelas páginas, se prestasse atenção. Entre as frases de uma receita de salva para dor nas costas havia a história de como a avó de Marlie tinha distendido um músculo por carregar uma criança doente nas costas enquanto cortava cana. A receita da tisana para acabar com enxaqueca foi aprendida depois que a irmã de Vivienne levara um golpe na cabeça por responder ao feitor.

Todas as histórias que foram negadas a Marlie quando criança tinham sido entregues a ela, com apenas um impedimento: o texto estava em francês.

"Ici mon passé écrit, pour toi, m'avenir qui vit", Vivienne tinha escrito em letras destacadas na primeira página. "Aqui, meu passado escrito para você, meu futuro que ainda vive."

Muito tempo atrás, Marlie entendera a maior parte das coisas que Vivienne dizia quando falava o idioma lírico. Tinha sido fascinante, como se a mãe se tornasse alguém diferente bem diante de seus olhos. Quem era essa mulher que conseguia fazer a letra *r* soar como algo vivo, prestes a voar, que era capaz de libertar uma torrente de sons lindos que faziam as pronúncias mais rebuscadas do Sul parecerem provincianas? Mas Marlie não estudara francês nos últimos dez anos, desde que saíra de casa, e Vivienne só falara com ela em seu inglês carregado nas vezes que Marlie foi visitar. Marlie se perguntou se não seria esse um último teste da mãe, que sempre a incentivara a aprender mais e depressa. A se tornar uma pessoa melhor do que fora permitido a Vivienne.

Marlie pegou o dicionário de francês que pedira em Raleigh e começou o trabalho lento e doloroso de transcrever um idioma que ainda estava aprendendo. Se a preparação dos tônicos que vendia para a farmácia de Weberly não tinha sido capaz de manter sua mente longe de Sócrates, a gramática francesa certamente seria.

"Fait pression sur la feuille avant que l'ebullition." Marlie piscou. Havia percorrido apenas um quarto da pilha de papéis, mas algumas palavras tinham se repetido o suficiente para que já tivesse entendido seu significado. *Pression.* Pressão. Pressionar. Ela pensou nos dedos de Sócrates de novo e suspirou, deixando a cabeça cair nas mãos.

Não sabia por que ele chamava tanto sua atenção. Em um campo repleto de homens, todos prisioneiros por lutar contra a detestável Confederação, havia homens mais atraentes do que ele. O cabelo dele tinha um tom de laranja avermelhado chamativo, a barba um tom mais escuro que parecia não combinar com o rosto fino. O nariz era pontudo, as sobrancelhas cheias e os olhos de um azul que deixavam a pessoa sob seu foco inquieta.

As pessoas muitas vezes perguntavam se ela tinha clarividência por causa de seus estranhos olhos, mas Marlie acreditava que era Ewan que talvez visse claramente além do reino dos mortais. Havia uma intensidade em seu olhar, como se ele examinasse cada detalhe do mundo ao redor para saber como se encaixava em sua filosofia. Marlie tinha a impressão de que a maioria das coisas não se encaixavam. Talvez por isso sua pele ficasse mais quente e seu coração batesse mais rápido quando ele se aproximava, com seu ar de incerteza e falando sem parar sobre lógica. De algum modo, Marlie parecia ter sido avaliada e considerada digna.

Houve uma batida na porta.

— Marlie? Acabamos de receber notícia de Diane Sims — disse Sarah com uma voz estridente e animada, o que só podia significar duas coisas.

Já que Marlie não testemunhara o exército da União invadindo e clamando a Carolina do Norte em nome de Lincoln, ela presumia que tinha trabalho a fazer. Logo teriam passageiros.

Rapidamente enfiou os papéis em uma pasta de couro que ficava sobre sua mesa e disse:

— Entre.

Ela afastou a palavra "irmã" e toda sua conotação e se virou para Sarah assim que ela entrou na sala, com as narinas inflando ao sentir o cheiro das ervas. Como sempre, tampou o nariz.

Marlie pegou alguns livros atrás de si e os colocou dentro da pasta, escondendo os papéis. Por mais que amasse Sarah, não queria compartilhar aquela parte de sua vida. A parte que havia nascido em uma plantação no meio de uma floresta de uma ilhota, que fora acorrentada e arrastada para os Estados Unidos e, ainda assim, tinha sido capaz de criar uma fonte de alegria e satisfação graças à própria engenhosidade. Esconder mais uma coisa de Sarah era desconfortável como um espartilho mal ajustado, mas aquilo não era da conta dela. Não ainda, e talvez nunca.

— O que Diane disse? Quantos estão vindo? — perguntou Marlie.

Ela pegou um cesto da prateleira e começou a juntar os suprimentos que costumavam ser necessários para fugas. Antes da guerra, quando Marlie convenceu Sarah de que ela deveria levar suas tendências abolicionistas um passo adiante e permitir que Lynchwood se tornasse uma estação da Underground Railroad*, os passageiros eram sempre escravizados que seguiam para o Norte em busca de liberdade. A guerra mudara essa demografia. Mais e mais brancos passavam pela rota, tropas da União ou sulistas que se opunham à guerra, todas as pessoas da região de Piedmont. Marlie ainda considerava Lynchwood um lugar seguro para os negros fugindo da escravidão, mas aprendera que outras pessoas que por ali passavam podiam falar com ela como se fosse uma serviçal e considerar seu trabalho como algo que era deles por direito, como acontecera com o último grupo de soldados ianques que passara.

Marlie focou no fato de que estava ajudando e que não precisava gostar da pessoa para ajudá-la. Mas o contraste entre o ar pedante dos soldados e a gratidão dos escravizados fugitivos nunca passava despercebido. E isso também lhe serviria de lição sobre como era o mundo além de Lynchwood.

Quem quer que estivesse vindo, negro, branco ou indígena precisaria dos mesmos cuidados quando chegasse: tônico de raiz de equinácea para limpar os pés feridos depois de quilômetros de viagem descalço ou em trapos velhos que mal poderiam ser chamados de sapatos; casca de carvalho vermelho para as bolhas; sassafrás para dor de estômago; ruibarbo para diarreia; óleo de olmo para machucados ou, naqueles que acharam a viagem muito estressante, para úlcera; camomila para os nervos.

---

* A Underground Railroad era uma rede secreta de rotas e esconderijos utilizada por escravizados para escapar até os estados livres ou o Canadá. O esquema era apoiado por abolicionistas e pessoas simpáticas à causa. (N.E.)

— Estão vindo três, talvez quatro — disse Sarah.

Ela se abaixou para entrar na sala de secagem e depois voltou com tiras de linho que antes foram da cortina de um quarto de hóspedes, mas que agora servia para funções mais nobres: curativos.

— Não sei ao certo quem são, mas estão indo para o Norte como os outros.

Marlie assentiu enquanto continuava a juntar suprimentos. Ela não gostava de conversar muito quando havia trabalho a ser feito. Precisava que tudo dentro de si ficasse em silêncio, para dar espaço para o sentimento que surgia quando estava diante de uma pessoa que precisava de sua ajuda. Antes, quando era mais jovem e tola, ela acreditava que eram fatores externos que indicavam se devia ou não usar sorgo ou sassafrás, raiz de maranta-cascavel ou perpétuas. Mais velha, descobriu que não era isso; a compreensão vinha de estudo e experiência, não de um poder de outro mundo. Sarah tentara convencê-la de que essa sensação era o amor de Cristo, mas Marlie duvidava que um homem de olhos azuis e cabelo comprido fosse o responsável por executar o serviço através dela.

Embora não fosse se importar em ter outro homem de olhos azuis fazendo um serviço em você...

O pensamento obsceno fez subir uma onda de calor da ponta dos dedos do pé até o couro cabeludo. Ela se perguntou se existia alguma tisana para suprimir pensamentos impuros, porque estava precisando muito.

— Você está bem? — Sarah andou até ela, com preocupação no olhar e colocando as costas da mão na testa de Marlie. — Talvez você deva tomar alguma coisa. Está quente.

O barulho dos cascos de cavalos na trilha que dava na residência afastou o riso nervoso de Marlie. Elas não estavam esperando companhia, e os fugitivos com certeza não chamariam tamanha atenção com uma chegada tão barulhenta. Os olhos de Sarah encontraram os de Marlie, arregalados de medo, e ela soube que ambas compartilharam o pensamento:

Guarda Nacional.

A milícia de Vance estava caçando sem piedade os desertores e qualquer um que os ajudasse. Outra guerra era travada simultaneamente à batalha do Norte contra o Sul, e, em vários aspectos, era uma ainda mais brutal. O interior outrora pacato estava banhado de sangue, e a União não era a causa disso — embora qualquer apoiador em potencial estivesse em risco. Alguns dos condutores mais obstinados, fossem quacres e os ateus, tinham sido arrancados de suas casas e famílias e aprisionados por atuarem na Railroad e ajudarem outros desertores.

O som dos cascos se aproximava.

Os Lynch eram suspeitos de simpatizarem com o Norte antes mesmo de Sarah alforriar seus escravizados e começar a pagá-los um valor justo. E depois veio Marlie, a prova viva de que as ideias da família eram contrárias às da Confederação. A educação, as roupas e o comportamento dela eram evidências claras. Alguém, enfim, as denunciara formalmente?

Tobias entrou na sala, dobrando as mangas da camisa.

— Vou empurrar a mesa.

Eles já haviam decidido que a sala de secagem de Marlie, um excelente esconderijo, não poderia ser descoberta. Marlie fechou a porta e Tobias empurrou a mesa para bloqueá-la com apenas dois movimentos. Feito isso, era como se a sala não existisse.

Ele se virou para Sarah.

— Vou atender, mas a senhorita deve ficar logo atrás de mim. Não quero ser pego por esses soldados fajutos.

Sarah disparou para fora da sala atrás dele.

Marlie soltou a cesta para segui-los e depois parou para recuperar a compostura. Colocou uma mão sobre o peito pela força do hábito, e então se lembrou de que havia anos que não via a raiz de glória-da-manhã, que antes usara como amuleto da sorte. Quando ela decidira que o presente da mãe não era mais valioso para levar consigo?

Fico feliz que tenha deixado para lá essas tolices que tinha quando chegou aqui. Você é uma Lynch. Não precisa dessa bobagem vodu para estar segura.

Sarah dissera coisas parecidas ao longo dos anos, e Marlie? Marlie rira da bobagem enquanto abraçava com força seus livros de ciência. Mas, agora, algo terrível arrepiou seus pelos da nuca. A inquietação intermitente que a atormentara durante a noite virara medo.

Marlie fez menção de tirar o avental esfarrapado que usava por cima do vestido, e então parou. Brancos desconhecidos não tolerariam uma mulher negra descendo as escadas como se fosse um membro da família, mesmo que assim fosse. Ao descer lentamente, apertou mais o nó do avental, uma lembrança de como o mundo além de sua casa a via. O barulho revelador da porta da frente se abrindo ecoou pelo saguão de entrada, deixando-a tensa à espera do estampido das botas e das vozes de homens. Em vez disso, Sarah soltou um grito agudo de surpresa.

Marlie se esgueirou silenciosamente escada abaixo, aproximando-se do térreo com um medo crescente. Não conseguia afastar a certeza de que algo terrível tinha entrado na casa delas. Chegou até a curva da escada, o último ângulo de onde não podia ser vista, e esperou, tentando dispersar o mal-estar estranho que a envolvera. *Perda*, era isso — do quê, não tinha certeza, mas o sentimento era familiar, e apertou seu pescoço como uma corda.

— Ah, graças aos céus! Achei que ia nos deixar do lado de fora para sempre e estou completamente exausta.

A voz feminina que veio lá de baixo estava embebida em um sotaque do Extremo Sul, como um chá doce esquecido no sol por tempo demais. Marlie passou relutante pela curva da escada e não pôde evitar o som de surpresa que deixou escapar.

Stephen Lynch, o pródigo irmão mais velho e dono da casa em que viviam, tinha retornado. Stephen se casara com uma mulher do Mississippi por causa do dinheiro da família dela, mas logo descobrira que os dois não combinavam em nada. Ele costumava passar todo seu tempo cuidando de negócios na Filadélfia, mas ficara preso no Sul quando a guerra eclodira.

Ele encarou Marlie com seus castanhos olhos funestos, e depois seu olhar deslizou para longe, como sempre. A seu modo, Stephen também era um abolicionista, mas sempre parecia desconfortável na presença de Marlie. Pelo que Sarah dissera, ele idolatrava o pai; Marlie entendia que, sendo ela uma lembrança viva da perfídia do sr. Lynch, talvez vê-la o magoasse, embora não fizesse a rejeição doer menos.

— Stephen chegou, Marlie — disse Sarah, tensa, ao olhar por cima do ombro. — E Melody. O general Grand não desistiu de seu ataque em Vicksburg e a casa deles foi destruída por canhões. Teremos a honra de recebê-los até conseguirem outro arranjo.

Marlie se perguntou se alguém além dela podia sentir a ansiedade emanando de Sarah. Ela torcia para que Diane e os passageiros vissem a carruagem e seguissem para a próxima estação, mas logo avistou Tobias saindo e soube que ele acenderia o lampião, um código para "não é seguro". O coração dela doeu pelas pessoas que acreditariam estar chegando a um lugar seguro, só para ter que dar meia-volta. Ainda assim, ela temia pelo que aconteceria caso aparecessem e fossem vistos pela esposa de Stephen, que não compartilhava das opiniões abolicionistas deles.

— Outro arranjo? Esse é o arranjo. Acredito que ficaremos aqui até esses ianques covardes serem mandados ao inferno — disse Melody. — Cansei de viajar, e essa casa é grande demais para abrigar apenas uma solteirona, não acha?

Melody era desinteressante. Uma mulher de cabelo castanho, olhos castanhos, nem voluptuosa nem esguia. Ela olhou para cima e Marlie sorriu, apenas para ser recebida por uma careta.

— Por que essa escurinha está parada feita uma tonta nas escadas? — perguntou ela com muita naturalidade, seguindo com um riso incrédulo. — Desça aqui e pegue nossa bagagem.

Marlie tinha sido chamada dessa forma antes, mas não muitas vezes — as pessoas a conheciam por seus tônicos em Weberly e a ajuda gratuita que ocasionalmente oferecia para os mais pobres nos condados ao redor. Mais importante: Marlie era uma Lynch. As pessoas não tinham coragem de chamá-la desse modo, a não ser pelas costas, e certamente não cometeriam um ato tão insolente sob o teto de Lynchwood. Não no lugar que havia sido seu santuário por quase metade da vida.

Ela prendeu a respiração, imobilizada pela percepção dolorosa de que, num piscar de olhos, não era mais bem-vinda em seu próprio lar. A segurança que sentira por tanto tempo se deteriorou sob seus pés diante do olhar de desprezo entalhado nas expressões ordinárias de Melody. Marlie sustentou o olhar, as unhas afundando na madeira do corrimão, mas não por raiva, mas para segurar com toda força aquele que era o seu lar.

— Não usamos essa palavra aqui, Melody — disse Sarah.

Seu tom não era mais ansioso, estava calmo e mais baixo do que o sibilar de uma cobra, a mesma voz que ela usava na rua quando as pessoas caçoavam de suas origens nortistas.

— Não com Marlie, que é parte desta família, nem com nenhum dos serviçais.

Melody riu, mas parou ao perceber que Sarah não estava brincando.

— Menina boba, mas se é assim que eles são chamados...

— Não aqui na minha casa — replicou Sarah, e Marlie sabia exatamente como a expressão de Sarah devia estar: sobrancelhas erguidas e bochechas começando a corar.

— Querida irmã, acho que isso está parecendo perigosamente com o discurso de uma ianque — disse Melody, a cabeça pendendo para o lado. — Estamos no Sul. A Proclamação da Emancipação não vale por aqui, apesar do que Lincoln pode ter dito a vocês.

— Não preciso de uma proclamação para me dizer que devo tratar outros seres humanos com respeito — rebateu Sarah. — Essa é simplesmente a forma com que as coisas são aqui em Lynchwood.

Melody riu, mas sem qualquer bom humor.

— Independentemente do que você ache, devo lembrá-la de que essa propriedade está em nome de Stephen. Como esposa dele, *eu* sou a senhora desta casa agora, e suas opiniões a respeito do funcionamento das coisas não são mais necessárias.

Com isso, Melody saiu do saguão, observando atentamente o cômodo como uma leoa reconhecendo seu novo local de caça.

— Me desculpe — falou Stephen, enfim.

A voz dele estava carregada de cansaço e ele parecia o homem mais digno de pena do mundo, com seu terno amassado e o chapéu esmagado em seus dedos inquietos. Marlie, porém, não sentiu compaixão alguma por ele, já que acabara de fazer as vezes de cavalo de Troia para uma inimiga que agora estava à solta na casa delas, livre para saquear e destruir.

— Eu não sabia para onde mais ir. A nossa casa não estava mais em condições habitáveis e ela se recusou a ir até nossa propriedade no Norte.

— Fico feliz que esteja a salvo — disse Sarah, abraçando o irmão. — Está tudo bem. Vai ficar tudo bem.

Marlie sentiu uma pontada repentina de dor no dedo e ergueu a mão do corrimão para ver uma farpa afundada na pele. Uma certeza se acomodou dentro dela enquanto assistia a uma gotícula de sangue surgir, algo que ela não sentia de maneira tão forte desde que deixara Vivienne. O pensamento a manteve com os pés no chão quando Sarah se virou e sorriu para ela de forma tranquilizadora.

Não, não vai ficar nada bem.

Marlie estava espantada pelo fato de nunca ter enterrado um gris--gris de segurança na entrada da casa, mesmo depois de tantos anos vivendo na residência Lynch. Primeiro, não o fizera por esquecimento; depois, porque havia deixado de lado aquelas ideias. Mas, agora que o mal acabara de entrar dançando em sua casa, ela se dava conta de que não havia providenciado a defesa mais básica para prevenir isso. Vivienne teria ficado, de fato, desapontada.

Capítulo 3

— Olha, Marlie, ela pode ser sua parente, mas eu não sou uma Lynch. — Lace, a cozinheira da família, pegou um espeto de madeira afiado no balcão e enfiou em um pedaço de carne temperada. — Sou uma mulher livre. E foi com meu sangue, meu suor e minhas lágrimas que ganhei cada centavo que usei para comprar a minha liberdade. Não sou obrigada a tolerar abuso nenhum dessa mulher.

Marlie enrijeceu a postura enquanto enrolava outro pedaço de vitela para o jantar. Muitas vezes ajudava na cozinha quando a presença de determinados convidados significava que ela não podia jantar com Sarah, mas estava sempre ciente de que seu trabalho ali era uma escolha, não um serviço. Sarah desencorajava essa sua maneira de passar o tempo e algumas vezes Lace não estava com paciência para satisfazer sua necessidade de distração. Ela também não poderia esquecer o fato de que Marlie nascera livre e era membro da família, não uma funcionária.

— Me desculpe, mas devo dizer que esta é uma das ocasiões em que ser uma Lynch não é um privilégio — disse Marlie. — Melody me odeia mais ainda por isso.

Lace estalou a língua nos dentes e se virou para mexer a sopa.

— Pelo menos eu só trabalho aqui. Não toleraria uma vadiazinha amarga como aquela chegando na *minha* casa e me chamando do que bem entendesse. Rá!

Lace balançou a cabeça, como se conjurasse uma fantasia letal; pensamentos que provavelmente não eram muito distantes dos caminhos obscuros que a imaginação de Marlie tomava ultimamente.

Marlie respirou fundo. As duas semanas desde a chegada de Melody tinham sido horríveis. Marlie era inteligente, capaz e se achava irrepreensível. Ela vivenciara algumas injustiças do racismo e lera muito sobre como isso afetava toda a sua raça país afora, fossem esses negros livres ou escravizados, mas em sua cidadezinha, Marlie era tão conhecida que poucas pessoas eram abertamente cruéis. Todos usavam suas decocções e seus bálsamos e essa utilidade servia como um escudo contra o ódio racial, assim como seu lugar na casa dos Lynch. As pessoas tendem a tratar você melhor, ao menos quando estão na sua frente, quando precisam de algo e não podem forçar você a trabalhar na base de chicotadas sem encarar as consequências.

A armadura que construíra ao longo dos anos fora despedaçada desde que Melody tomara para si o serviço de reeducar Marlie; no instante em que Marlie saía de seu quarto, Melody aparecia, censurando a textura de seu cabelo, a forma com que o vestido apertava suas curvas de um jeito "lascivo", a cor de sua pele. Tinha parado de chamá-la de escurinha depois de uma discussão com Stephen — Marlie ficara chocada nessa ocasião, porque ele realmente se recusara a ceder —, mas ainda se referia aos demais funcionários dessa forma.

E Stephen deixava Marlie quase tão desconfortável quanto Melody, por sempre se manter a dez passos dela, mas encarando-a como se fosse uma criatura mitológica andando pelo salão. Marlie não achava que tinha a ver com luxúria — eram irmãos, mesmo que ninguém nunca falasse sobre isso —, mas Stephen ainda era uma mina terrestre em um terreno antes seguro.

Lace parou de mexer a sopa e olhou para Marlie de canto de olho.

— Lá na plantação onde eu cresci, havia formas de se livrar de alguém assim. Era só ir até a curandeira, e ela fazia o truque. Conseguia dar um fim a qualquer um que estivesse causando problemas.

Marlie parou com o espeto na metade do rolinho de carne rosada. De repente, ela era uma criança de novo, viajando com Vivienne. Elas foram visitar outra conjuradora. Marlie ficara nas pontas dos pés para espiar através da janela e vira uma mulher adulta, o rosto manchado de lágrimas e o nariz escorrendo como o de uma criança, segurando um pássaro piando ansiosamente na mão.

— Isso vai sumir com a esposa dele? — perguntara ela, e depois assentira e apertara a mão em um punho.

O pio cessara.

Marlie largou o espeto, sentindo uma repulsa repentina pela carne.

— Você sabe que esse tipo de coisa não passa de uma bobagem feita para as pessoas se sentirem melhor, certo? Isso não as faz conquistar coisa alguma.

— Agora que você tem esse tanto de livros acha que é boa demais para conjurar, é? — perguntou Lace.

Não havia maldade em sua voz, mas as palavras doeram do mesmo jeito. Vivienne nunca conjurara maldições, mas justamente por *acreditar* que a magia tinha tal poder, não por refutá-la. Marlie sentiu um nó na garganta, como na primeira vez que Vivienne olhara para ela com decepção profunda.

Lace encarou Marlie, mordendo o lábio inferior.

— Eu me lembro de quando Sarah trouxe você. Você estava segurando um punhado de barro do jardim da sua mãe, tentando conjurar uma forma de voltar para lá.

— Não funcionou.

Marlie ficou surpresa por se lembrar com tanta clareza da dor da tentativa falha. Tinha sido então que compreendera totalmente que não importava a força de sua crença, não importava seus olhos estranhos ou sonhos vívidos: ela não tinha poderes. Seu único poder vinha do conhecimento que ganhara com seus livros importados sobre plantas e ervas.

— Além do mais, qualquer pessoa que acredita nesse tipo de coisa sabe que aquilo que se faz para os outros volta para você dez vezes pior.

Lace grunhiu em concordância, mas sorriu e olhou para longe ao perceber que Marlie pegava um punhado de sal, colocava em um tecido e guardava no bolso do avental. Havia conjurações grandes e pequenas e, mesmo que Marlie não acreditasse nelas, era melhor do que não fazer nada.

Jogue sal atrás dela toda vez que ela sair pelo portão da casa. Depois de fazer isso nove vezes, ela irá embora.

Um salzinho nunca machucou ninguém.

— Preciso subir para o meu quarto antes do jantar para preparar alguns tônicos — disse Marlie.

Ela também queria traduzir um pouco mais do diário da mãe, uma das poucas coisas que a fazia feliz desde a chegada de Melody. A concentração total que o trabalho exigia a ajudaria a se acalmar antes dos eventos daquela noite.

O jantar que Melody planejara para alguns figurões confederados certamente seria exaustivo, mesmo Marlie não tendo sido convidada. Ela estava acostumada a não participar quando certas pessoas eram convidadas, mas a irritava mais quando a demanda vinha de Melody, em parte porque a fonte de informações que Marlie vinha passando para a Liga da Lealdade tinha secado. Ficar presa no quarto significava que as únicas informações viriam através de Sarah, que passava o tempo acomodando Melody ou confortando Stephen, e Tobias, que agora era designado constantemente para trabalhar na fazenda. Marlie se sentia presa; talvez ela sempre tenha estado presa, mas aquela era a primeira vez que se dava conta disso, e a sensação era bem desagradável.

Subiu discretamente as escadas para ir ao sótão, mas, no andar de cima, viu que não tinha sido a única a escapulir do térreo. Melody estava inclinada na direção da porta do quarto de Marlie, girando uma chave na fechadura. Cada célula de Marlie esperou ver a porta ser escancarada, e sua mente recuou diante da violação iminente.

Lynchwood vinha sendo seu refúgio, mas havia um lugar no mundo que era sagrado para Marlie, e não era a capela. Seu laboratório, sua sala de destilação, sua sala de conjurações — seja lá como quisessem chamar — era o único lugar em que Marlie se sentia realmente em paz. Onde podia focar sua atenção em moer, destilar e misturar as riquezas naturais na proporção exata para ajudar a salvar vidas.

Melody balançou a cabeça com irritação antes de passar para a próxima opção em seu molho de chaves e, no meio da raiva que a consumia ao ver aquela cena, Marlie se lembrou de que também sabia como tirar uma vida.

A raiva arrefeceu um pouco quando pensou na decepção de sua mãe.

"Nous qui ont reçu cette cadeau dois choisir comment nous utilisons. Et comment elle nous utilise."

"Nós que recebemos este dom precisamos escolher a forma com que vamos usá-lo. E também a forma com que seremos usados por ele."

Ela traduzira a passagem na véspera da chegada de Melody; providência, com certeza. Marlie não podia ferir essa mulher odiosa, por mais tentada que estivesse, e isso a fazia se sentir como Eva poucos segundos antes de encontrar a serpente.

— Precisando de alguma coisa do meu laboratório? — perguntou ela bruscamente.

Melody deu um pulo e as chaves caíram no chão, fazendo barulho. Ela se curvou graciosamente, como se fizesse uma cortesia, e as pegou de volta.

— Meu Deus, mas que gente para estar sempre à espreita das pessoas! Deve ser por isso que chamam vocês de espectros.

Ela cobriu a boca para dar um risinho, mas o brilho em seus olhos era afiado.

Marlie rangeu os dentes ao ouvir aquilo.

— Só queria ver o que você faz por aqui — disse Melody com doçura. — Ouvi todo tipo de coisa sobre o que sua gente consegue inventar com raízes e ervas.

— O que eu "invento" são medicamentos para curar as pessoas. Se precisar de algo do tipo, pode pedir. Algo para icterícia, talvez?

Ela franziu a testa, numa preocupação fingida, e analisou o rosto de Melody com cuidado.

Havia formas mais gentis de afastá-la dali, mas Marlie havia tolerado com educação os gestos mais vis desde a chegada de Melody e havia esgotado sua reserva de gentilezas.

— Não sabia que precisava pedir para entrar em uma sala da *minha* casa — disse Melody, cruzando as mãos na frente da saia e mostrando o molho de chaves e tudo o que ele simbolizava.

— Imagino que devo esperá-la entrando no quarto de banho quando eu estiver indisposta, então? — perguntou Marlie.

Não sabia de onde tinha vindo a pergunta grosseira, não era de seu feitio, mas Melody era um cataplasma que exsudava as toxinas de Marlie.

Melody apertou a boca.

— Eu disse para Stephen que nada de bom poderia sair de tratar escurinhas como iguais. Pelo menos aqueles metidinhos lá de baixo ainda sabem seus lugares. Você não cozinha. Não faxina. Tudo seguiria muito bem sem você aqui.

Ela deixou que as palavras pendessem no ar ao encarar Marlie.

A fúria fez uma onda de calor subir pelo pescoço dela, que sentiu muita vontade de estapear Melody até fazê-la parar de sorrir. Em vez disso, endireitou a postura e canalizou o sorriso indecifrável de Vivienne.

— Ah, eu tenho um propósito. Talvez um dia você venha a compreendê-lo. Intimamente.

Ela passou por Melody com a cabeça erguida, perto o suficiente para esbarrar nela de uma forma tão simbólica quanto o molho de chaves à mostra. *Eu estou aqui. Não sou um espectro e vou revidar qualquer ataque dentro da* minha *casa.*

— Melhor você ir se aprontar antes da chegada dos convidados, não? Se me der licença — disse Marlie, sabendo muito bem que Melody já estava usando sua melhor roupa para o jantar.

Ela pegou a chave presa em uma longa corrente em seu pescoço e destrancou a porta, deslizando para dentro da escuridão e fechando-a atrás de si antes que Melody pudesse ter qualquer vislumbre do cômodo.

Mais tarde naquela noite, Marlie sentou-se na cadeira de balanço perto da porta da cozinha com um lápis em uma mão e uma alcachofra frita na outra. Ela deu uma mordida delicada naquela delícia gordurosa, então escreveu na parte de trás do livro ao seu lado.

Tenho pensado muito sobre o que você disse na última vez que conversamos, Sócrates, sobre confrontarmos pontos de vistas diferentes dos nossos. Devo admitir que queria poder descobrir com qual filósofo aprendeu isso para chutá-lo na canela. Sei que a essa altura eu já poderia ter perguntado a você quem é ele, mas minhas visitas à prisão foram interrompidas graças a uma hóspede indesejada em nossa casa. É terrível se sentir uma estranha no lugar em que deveria se sentir mais em paz. Sabe, sempre imaginei que, diante de alguma situação que exigisse coragem, alguma força interior surgiria, mas tudo que aprendi nas últimas semanas é que sou capaz de tolerar mais do que sou impulsionada a mudar. Talvez eu também esteja me tornando uma filósofa.

Marlie parou, limpando um pouco de óleo que tinha pingado na página. Por que estava compartilhando isso com ele? Geralmente ela mantinha suas mensagens restritas às opiniões sobre qualquer que fosse o assunto do livro em questão, mas aquilo era pessoal. Imaginou que pudesse ser por conta do tédio, mas a verdade era que em algum momento ela se habituara às conversas semanais com Sócrates, mesmo que breves. Acostumara-se a compartilhar abertamente seus pensamentos com ele, então fazia sentido continuar fazendo isso, mesmo que ele não pudesse responder.

Pensar nisso a deixou inquieta. Ele era um amigo, ou do tipo de homem que poderia vir a ser um amigo, e era difícil imaginar um futuro no qual ela nunca mais visse aquele cabelo ruivo chocante ou recebesse um dos seus raros sorrisos.

Pearl, uma das funcionárias, adentrou a cozinha de forma brusca com uma expressão de dor no rosto.

— Alguma novidade? — perguntou Marlie.

Pearl concordara em ser seus olhos e ouvidos durante o jantar. Marlie não permitiria que a presença de Melody a impedisse de transmitir qualquer informação que pudesse para a Liga da Lealdade.

— Cahill mastiga de boca aberta e adora o som da própria voz, embora não tenha nada importante para dizer. Mas a Melody... Melody! — Pearl balançou a cabeça. — A vaca quase empurrou um prato da minha mão e depois teve a audácia de dizer que eu estava limpando pelo lado errado. A audácia! Ela não reconheceria o modo francês de servir nem mesmo se uma rã pulasse nos olhos dela.

— O passatempo favorito dela é tentar magoar as pessoas — disse Marlie. — Você sabe que é excelente em seu trabalho.

— Obrigada. Ela é a criada do diabo, tenho certeza — falou Pearl ao colocar com cuidado na bandeja o espeto da vitela com azeitonas que estivera esquentando no forno. — O sr. Stephen parece não ter piscado o olho faz dez anos. Provavelmente porque ela o faz de capacho todas as noites.

Pearl terminou de organizar a bandeja e começou a picar salsinha para decorar a beira do prato. Marlie odiava o desperdício. Isso cairia muito bem em seu Expediente do Estômago Enfurecido.

— E você devia ouvir o que ela está falando lá! Que qualquer pessoa que defende a União devia ser enterrada e depenada, que ela ouviu que existem simpatizantes da União em algumas das casas mais abastadas em Randolph... tudo enquanto sorria para a srta. Sarah e perguntava o que ela anda fazendo para ajudar a Causa! Uma víbora no ninho nunca sibilou com tanta doçura.

Marlie sentiu um peso horrível recair sobre ela novamente, aquele que a enchia de certeza de que algo maligno estava para acontecer.

— Ai! — Pearl apertou a mão e a aproximou do corpo.

Marlie pulou para se colocar de pé e viu sangue saindo do corte que perpassava três dedos de Pearl.

— Ah, querida. Está tudo bem — disse ela, com a voz suave ao pegar um pano e esticar para alcançar a mão dela. — Lace, pode me trazer um pouco de Tônico Curador?

Ainda era estranho falar o nome que usava para vender na farmácia em vez daquele que aprendera com sua mãe, mas agora era um hábito. Ela estancou o sangramento e depois aplicou a solução ardida antes de enfaixar os dedos de Pearl.

Passos apressados ressoaram no salão, e então Sarah cambaleou cozinha adentro. Tinha a expressão exausta.

— *Ela* está lá fazendo um inferno pela demora em servir. Está tudo bem?

Pearl tentou flexionar sua mão enfaixada e fez uma careta.

— Sinto muito. Eu me cortei colocando salsinha no prato.

— Ah, Pearl! Você está bem? Por que parece que tudo está desmoronando desde que ela chegou? — Sarah prosperava quando conseguia colocar tudo em ordem, mas a aparição de Melody colocara tudo de cabeça para baixo. — E ela está lá me atormentando, dizendo que pode fazer Cahill me jogar na prisão, ou pior.

Sarah colocou a mão sobre o peito, que subia e descia depressa. Marlie repousou as mãos nos ombros dela e se inclinou para a frente até que suas testas quase se encostassem.

— Ela não pode provar nada — disse Marlie em voz baixa. — Trabalhamos duro para garantir isso. Respire fundo e volte para lá. Pense em tudo que conquistamos durante os anos. Ela é um problema temporário, e vamos estar livres dela em algum momento. Eu vou servir enquanto Pearl descansa.

— Sim, você tem razão, como sempre, Marlie — concordou Sarah, permitindo-se repousar a testa contra a de Marlie por um momento. — Sou tão sortuda por ter você... Já teria enlouquecido se não estivesse aqui.

Marlie sentiu um misto confuso de sentimentos: felicidade e gratidão, mas também ressentimento por ser ela quem estava consolando. Sarah ainda dispunha de cartas na manga que a manteriam a salvo, mesmo se Melody a acusasse abertamente: ela era rica e branca. Isso era algo que abria muitas portas para uma pessoa, sendo ela do Norte ou do Sul.

Marlie não tinha essa proteção.

Estava cada vez mais claro que ela era inteiramente dependente de alguém que também não era completamente livre. O pensamento lhe trouxe sobriedade, e, enquanto Sarah se afastava, Marlie virou e olhou para a bandeja, tentando descobrir qual era o melhor jeito de carregar aquele peso.

Lace riu.

— Desde quando sabe servir, srta. Marlie?

— Você prefere fazer? — rebateu Marlie. — Tenho certeza de que Melody adoraria elogiar a cozinheira de novo.

Melody tinha mandado a sopa de pato, o primeiro prato da noite, de volta, dizendo que estava salgada demais.

Lace bufou e entregou a bandeja a Marlie.

— Pode ir — disse ela, apertando os lábios.

— Me desculpe, Lace — pediu Marlie.

A cozinheira estava em uma situação ainda mais vulnerável do que a dela e não merecia a ira de Marlie por causa de uma situação que também fugia de seu controle.

Compreensiva, Lace assentiu. Marlie segurou a bandeja com as duas mãos e deixou a cozinha. Foi marchando até o salão, a porcelana morna parecendo um morteiro prestes a disparar a qualquer momento.

Do outro lado da porta, ouviu uma voz masculina grossa desconhecida.

— Esses desertores covardes imperialistas não são muito melhores do que os ianques. São piores, na verdade, porque viram as costas para os vizinhos, os amigos e o país. Eles ficaram corajosos e rebeldes, saqueando quem é leal à Causa. Pensei que estaria combatendo garotos de farda azul, mas acabar com esses desertores é um serviço ainda mais importante, a meu ver.

Quando Marlie entrou na sala de jantar, percebeu que não fazia ideia do que fazer. A mesa estava repleta de comida, e não havia espaço para acrescentar aquela bandeja pesada. Sarah estava de costas para Marlie. Stephen, no entanto, estava de frente, e seu olhar cansado encontrou o dela por um breve segundo antes de desviar. Marlie ficou tentada a se aproximar e jogar a vitela na cabeça dele, mas então ela o viu cautelosamente empurrando um prato para esquerda, outro para direita, até que houvesse um espaço vazio do tamanho exato para acomodar a bandeja.

Ela não questionou os seus motivos, apenas se aproximou e colocou a comida pesada ali, virando-se para ir embora em seguida.

— Ah! Vejo que alguém aprendeu o seu devido lugar — provocou Melody. — Coloque mais champanhe para mim e para o capitão Cahill. — Ela se virou novamente para o convidado. — Vou te contar, não tem escurinha mais metida do que essa. É o que acontece quando se é frouxo com eles. Lá na casa do meu pai, ela já teria ido ao tronco pela forma que perambula por aqui.

Marlie manteve os olhos baixos ao servir o álcool borbulhante. Ela esperou que Sarah dissesse que ela não era uma escravizada para levar chicotadas, mas a defesa nunca veio.

— Tem um lugar para mestiços que começam a se achar importantes — disse Cahill casualmente, enquanto ela enchia a taça. — As mulheres, em especial. Criadas chiques arrecadam muito dinheiro nos leilões, mas logo aprendem seu lugar no mundo, que é deitada de bruços.

Marlie ergueu os olhos bruscamente ao ouvir o insulto descarado e se viu encarando o homem que avistara em sua última ida à prisão. Ele empurrara prisioneiros de mãos e pés atados para fora de uma carroça, chutando os homens indefesos para que caíssem no chão de terra batida.

Ele a encarou do outro lado da mesa, e a frieza em seu olhar era pior do que o ódio no de Melody. O homem não sentia coisa alguma, olhava para Marlie como alguém que olha para uma mosca e se pergunta se a mata ou a enxota pela janela. Ele parecia do tipo inclinado a matar.

— Já vi esses olhos demoníacos, lá na prisão, com outros escurinhos, distribuindo comida e outras coisas. — Ele baixou a taça e se virou para encarar Melody. — É você que anda oferecendo ajuda e consolo para aqueles ianques e desertores?

Melody sorriu abertamente e apontou seu espeto na direção de Sarah.

— Isso acontecia antes da minha chegada. Mas, fosse como fosse antes, os Lynch nunca mais vão oferecer auxílio aos inimigos da Confederação. Garantirei isso.

A barriga de Marlie se contraiu como se ela estivesse sobre um cavalo prestes a arremessá-la para longe. As visitas à prisão vinham sendo sua única fonte de liberdade desde que a guerra começara, o único momento que ela andava sem Sarah e podia tomar decisões sem ter que checá-las com sua sempre tão prestativa irmã. Não eram agradáveis, exatamente, mas faziam com que ela se sentisse útil para o país. Foi lá que ouvira a informação sobre confiar em LaValle e conversara com homens que achavam que seu trabalho ali fazia diferença. Foi lá que sua esperança se renovara, já que ela vira todos aqueles homens dispostos a lutar e morrer — ou morrer mesmo sem lutar — para salvar a União.

Bastou uma frase atrevida para Melody também tomar isso dela. Marlie ficava sem ar só de pensar em não poder mais ajudar as pessoas, e o que percebeu em seguida foi ainda pior: não haveria mais Sócrates. Não haveria mais conversas sobre filosofia. Nem aqueles olhos azuis a encarando e o sorriso peculiar. Ele era a única pessoa fora de Lynchwood que ela podia chamar de amigo. E tinha acabado de perdê-lo.

— O alimento da fazenda também é distribuído para os hospitais do exército e os regimentos dos confederados — disse Stephen rapidamente. Os olhos dele estavam presos nos talheres enquanto cortava a carne em pedaços cada vez menores. — Muito pouco ia para a prisão.

— Muito pouco? — perguntou Cahill, fazendo uma careta. — Nada seria o ideal. A prisão está repleta de ianques, os inimigos deste país, e de desertores, traidores da própria nação e do próprio povo.

Raramente uma noite se passa sem que um desertor roube ou ataque um cidadão de bem. Você acha certo ser bonzinho com essa gente?

— Se está falando de ataques, pode também falar sobre o fato de mulheres e crianças estarem com medo de sair de casa e encontrarem a Guarda Nacional — disse Sarah de forma acalorada, mas então se conteve e se recompôs para acrescentar: — Sou uma cristã, senhor. A guerra não muda o fato de que somos todos filhos de Deus e que devemos ajudar ao próximo, especialmente os desviados.

Cahill a encarou e depois soltou uma risada baixa e feia.

— Que tolice é essa, típica de republicanos negros? O único Deus por aqui é o Velho Jeff[*], e qualquer um que não esteja do lado dele está do lado da danação. É melhor se lembrar disso.

— Até mesmo o Velho Jeff não pode convencer um homem que não quer fazer parte dessa guerra a descruzar os braços — contestou Sarah. — Se forçar um ideal goela abaixo fosse tão simples, essa ruptura entre Norte e Sul nunca teria ocorrido.

Cahill sorriu, uma expressão feia que não carregava alegria nem divertimento.

— Convencer? Não estou aqui para isso, srta. Lynch. Prometi ao governador Vance que arrebataria todos os inimigos de nossa causa gloriosa. Se esses homens não podem ser convencidos, serão exterminados.

Ele sustentou o olhar de Sarah até que ela estremeceu e desviou o rosto.

Melody tomou um gole de champanhe, os olhos brilhando de diversão enquanto olhava ao redor da mesa.

— Bem, o que está esperando, escurinha? Traga o próximo prato.

Marlie saiu do cômodo, um torpor desacelerando seus passos. As palavras vis de Cahill eram como um jugo pesando sobre os ombros, o prazer de Melody aumentando ainda mais o peso. O silêncio de Sarah, porém, foi o que quase a fez desmoronar. Ela defendeu os

---

[*] Jefferson Davis, líder dos confederados. (N.E.)

desertores, mas não disse uma palavra sequer quando Cahill ameaçou alguém de seu próprio sangue.

Na cozinha, Marlie pegou o livro em que estivera escrevendo, arrancou a página preenchida com sua caligrafia, a amassou e jogou nas chamas.

— O que era isso? — perguntou Pearl.

Marlie observou o papel queimando até virar cinzas.

— Nada importante.

Capítulo 4

... Eu concordo que muitas partes deste livro oferecem bons conselhos, mas toda essa conversa sobre lógica me faz rir. O desejo de controlar as emoções não é, em seu cerne, apenas outro desejo? Desse modo, a lógica parece substituir tudo que um homem — ou mulher — pode apreciar por conceitos moldados a partir das mesmas emoções, apenas de um modo mais monótono. Não sou uma grega da Antiguidade andando por aí com uma toga, mas acho que tenho razão. Pode ficar em seu navio, Sócrates, como esse camarada Epicteto encoraja, mas creio que, indo à terra firme de vez em quando, você possa encontrar outras coisas mais satisfatórias nas quais focar tamanha disciplina.

Ewan se agachou na tenda e leu o fragmento da última carta de Marlie pelo que era — em uma estimativa conservadora — a milésima vez em um mês desde que ela lhe dera o *Manual de Epicteto*. Ewan provavelmente leu o livro o mesmo tanto de vezes quando era criança.

Tinha encadernação diferente do exemplar de sua infância — que se perdera em um dos acessos de fúria do pai —, a tradução também era um pouco diferente, mas o sentimento que evocava permanecera.

"*Como esse garoto pode ser um McCall?*", perguntou o pai com sarcasmo. *Três dias bebendo uísque e comendo nada além de farinha de milho deixara um fedor em sua boca que podia ser sentido enquanto ele intimidava Ewan.*

"*Eu devia ter jogado ele para fora do navio quando ficou chorando fino feito um filhote de gato. Devia mesmo. Sempre soube que tinha algo de errado.*"

"*Ewan é um bom menino*", disse a mãe. "*Assim como o pai é um bom homem quando está com a cabeça no lugar.*"

A voz dela era calma, mas firme, e a injustiça de tudo aquilo fez o couro cabeludo de Ewan pinicar. Ele sabia que aquilo estava além de seu controle. Epicteto lhe dera permissão para aceitar os ataques do pai e o estoicismo de sua mãe.

"*Sempre defendendo o garoto*", disse o pai. "*Talvez ele seja um bastardo, como a Donellazinha. Talvez aqueles malditos ingleses não tenham sido os primeiros para quem você abriu as pernas, sua...*"

"*Quem me dera!*", disse Ewan, ficando de pé, os olhos cheios de lágrimas, não de medo, mas de raiva. "*Quem me dera ser filho de outro homem. Donella é que tem sorte de não ter o seu sangue nas veias.*"

"*Ewan...*", disse a mãe em uma voz que parecia distante, afastada pelas batidas furiosas do coração dele.

Anos de raiva haviam moldado a lança afiada e precisa de emoção que ele apontava para o pai.

"*Se nos odeia tanto assim, por que simplesmente não vai embora?! Seríamos mais felizes.*"

A porta se abriu e ele ouviu os passos de Malcolm. O irmão não tivera motivos para aprender a ser furtivo como ele.

Ewan esperou o tapa. Seu pai nunca batera nele, mas agora Ewan queria que o fizesse. Ele era só um garoto franzino, mas, se o pai o batesse, ele revidaria. Deixaria jorrar toda sua fúria e frustração. Faria com...

O pai pegou o Manual de Epicteto *das mãos de Ewan e marchou até as chamas do fogão à lenha.*

"*Pai, não*", intercedeu Malcolm de algum lugar ao lado de Ewan.

"*Eu serei respeitado dentro da minha própria casa*", disse o pai com seriedade.

E então jogou o livro no fogão e observou as páginas serem consumidas. Ewan também ficou ali observando, as mãos em punhos junto às laterais do corpo, resistindo à vontade de chorar, chutar e gritar apenas por causa da mãe.

O pai virou-se para ele. Sua expressão era séria, a boca repuxada em uma carranca. Ele soltou a garrafa de uísque e saiu de casa.

Às vezes Ewan pensava na própria crueldade que empregava em seus interrogatórios e se perguntava se não era mesmo filho do seu pai no fim das contas. Ele suspirou e abriu o livro de novo.

Nos anos que se seguiram, Ewan se lembrou várias vezes das lições do *Manual de Epicteto*, especialmente em momentos de medo e incerteza. Achou que elas sempre o guiaram muito bem. E agora, do nada, Marlie o presenteava com um exemplar. Marlie, que era sua única fonte de incerteza na vida. De uma prisão poderia se escapar, uma guerra se pode ganhar ou perder, mas os sentimentos que Marlie evocava desafiavam categorizações tão objetivas. Não estavam sob o controle de Ewan.

Ele leu a carta pela milésima primeira vez.

Nem sequer podia mentir para si mesmo sobre o motivo para aquilo — não estava à procura de falhas nas argumentações dela, embora estivesse certo de que poderiam debater sobre a definição de lógica e desejo escrita ali.

Desejo.

O uso que ela fizera da palavra fez o cérebro dele adentrar rapidamente em um território que ele se tornara adepto de evitar, e ali estava o problema. Uma vida passada com a cara enfiada nos livros dera a Ewan uma imaginação fortíssima, e quando o assunto era Marlie, sua mente estava determinada em deixar claro que mesmo as palavras mais simples poderiam ser transformadas em realidade.

Marlie de repente estava diante dele, usando uma toga, seus ombros negros e macios revelados pelo tecido branco drapeado. As curvas das panturrilhas surgindo sob o tecido enquanto ela andava calmamente na direção dele... talvez estivesse entrando em uma sala de banho enfumaçada, íntima, compartilhada apenas pelos dois. A pele dela estava salpicada de suor, gotículas se acumulavam naquele doce espaço logo acima dos lábios e na fenda entre os seios. Ele já estava rijo à espera dela, submergido na água morna, quando Marlie parou diante dele, desfez o nó da toga e deixou o tecido deslizar por suas curvas...

Quando sentiu o membro latejar dolorosamente, Ewan dobrou a carta e a guardou no bolso com as outras que removera dos livros antes de passá-los adiante. Até receber a primeira mensagem, sempre achara um sacrilégio destruir livros. Mas a mais pura cobiça o induzira a dobrar cuidadosamente a página até perto do alinhavado da encadernação, primeiro um lado, depois o outro, antes de arrancá-la com um gesto preciso. Devia ter percebido ali que estava em apuros.

Uma vibração de desejo o perpassou, como uma oscilação na superfície da água provocada pelo choque de correntes poderosas. Ele levou a mão até a ereção que fazia o tecido da calça subir. Satisfazer-se não estava entre o vasto grupo de coisas às quais se negava, e mesmo assim...

Ele se jogou na cama dura e deixou a mão cair para o lado. Ewan não mancharia a imagem de Marlie recrutando-a para suas fantasias, mas sua imaginação não gostava dessa ideia. Quando se satisfazia, costumava pensar em uma mulher genérica, colocando juntos traços superficiais que lhe atraíram ao longo dos anos. Cabelo loiro, pele rosada, um sorriso sedutor. Mas agora a estranha fantasiosa que fora sua musa sexual por tanto tempo não mantinha sua antiga forma. Seu cabelo agora era cheio, cacheado e escuro, a pele tinha a cor da argila da Carolina durante o verão. E os olhos? Um verde, outro castanho, encarando-o enquanto a boca carnuda se movia em direção a seu membro.

Ewan respirou fundo e se sentou, fechando os olhos com força para afastar a imagem de compartilhar aquele prazer com Marlie. E era por esse motivo que ele não podia abrir a calça e resolver a situação. Com a musa erótica anterior, Ewan estava no controle de cada aspecto do próprio desejo. Era seguro. Mas, quando Marlie entrou em seu mundo de fantasia, a coisa fugiu do controle e toda a sua compostura foi esmagada sob o peso da vontade. Prazer sexual era uma coisa. Querer se perder em uma mulher e nunca mais voltar era outra, até mesmo em teoria.

Ele precisava se ocupar com algo. Essa era a única forma de manter seus pensamentos longe daquilo que poderia ser um perigo para si mesmo. Não era que achasse que Marlie o machucaria, mas permitir que seu desejo por ela se desenvolvesse certamente poderia. Ela estava longe demais de seu navio, lá longe no horizonte róseo junto com as coisas que não foram feitas para homens como Ewan.

Quaisquer que sejam as regras morais que deliberadamente propôs a si mesmo, cumpra-as como se fossem leis e como se fosse ser condenado por impiedade se as violasse.

Isso estava no fim do *Manual de Epicteto*, o número cinquenta da lista, mas Ewan achava que deveria estar pelo menos entre os três primeiros itens, porque quebrar uma regra própria era a maior tentação que um homem poderia encarar, e quanto mais a pessoa conhecesse a lógica, mais o perigo crescia em vez de diminuir. Se as mentes dos líderes dos estados do Sul conseguiam se convencer de que aquela guerra era justa, ou que se tratava simplesmente de uma questão de autonomia, então um homem poderia se enganar a ponto de fazer qualquer coisa que lhe agradasse.

Ele esticou o braço para o lado da cama até a pilha de madeiras retangulares que recolhera das lenhas e o rolo de arame. Ewan pegou a bolsinha cheia de molas que Marlie lhe dera, ignorando as batidas aceleradas em seu peito quando tocou a bolsa que estivera aninhada no bolso da saia dela...

Maldição.

Talvez essa obsessão passasse se não fizesse exatamente vinte e sete dias desde que a vira; Ewan resguardou a dignidade de não contar as horas. Se a prisão não tivesse perdido rapidamente aquilo que lembrava vagamente um estado de ordem — mérito de Dilford — e começado a se tornar um inferno. Se Cahill não fosse a causa disso.

Cahill não viera a Randolph apenas para deixar o grupo de desertores que encontrara; ele também viera para dizer a Dilford que os soldados que vinham fazendo a guarda da prisão seriam recrutados para a Guarda Nacional. Os desertores eram muitos e o conflito de guerrilhas eclodira para dobrá-los à Confederação. Assim, os guardas minimamente competentes foram substituídos por homens nem um pouco adequados para guerra, muito menos para serem guardas penitenciários.

Com apenas um golpe, todas as ligações que Ewan forjara durante seu tempo na prisão Randolph se perderam. Os novos guardas não entendiam o equilíbrio delicado na economia prisional. A importação de alimentos e dinheiro tinha cessado, porque os primeiros homens da União que tentaram a sorte ao oferecer roupas e outras mercadorias para os guardas levaram uma surra ou coisa pior.

Haviam acabado com a atuação de homens que montavam seu comércio à beira da prisão e faziam um bom dinheiro ao usar os guardas como intermediários para vender as mercadorias. Cortaram as árvores que atraíam pássaros e outras fontes de comida para além da escassa alimentação oferecida na prisão, o que tinha chegado a um volume muito baixo desde que a oferta de comida de Lynchwood cessara. As porções de alimento diminuíram, e muitas vezes estavam estragadas e cheias de larvas, já que os guardas escolhiam a comida de melhor qualidade para eles e seus familiares. Infelizmente, a piora das condições garantira que a mais nova aventura de Ewan seria um sucesso.

Ele entortou o arame com eficiência, uma tarefa simples depois de dias de prática, e encaixou cada ponta nos buracos já feitos nas laterais do bloco de madeira. Então encaixou a mola, criando tensão no pequeno maquinário, e lembrou de Cahill. Muitos meses atrás, o homem não gritara, amarrado em uma cadeira, o joelho de sua calça molhado de sangue. Ewan ficara suado, respirando com dificuldade, enraivecido. Ódio não era um sentimento novo para ele — sempre esteve lá, na verdade, logo abaixo da superfície —, e era por isso que manter a compostura era sempre tão importante. Cahill fizera Ewan perdê-la e, embora o rebelde fosse quem estivesse com sequelas agora, ele nunca se entregara. Cahill fora o vencedor naquela sala improvisada de interrogatório e sabia disso.

Um ótimo lembrete do que acontece quando você permite que suas emoções tomem conta.

— Ei, Ruivo, está aí? Tem uns camaradas interessados no produto. Keeley colocou os dedos pela entrada da tenda para anunciar sua presença.

Ewan conferiu se seu estado induzido por Marlie tinha desaparecido, e então recolheu os produtos finalizados. Quando colocou a cabeça para fora, viu um grupo de homens de aparência patética amontados ao redor. Ewan tentou não sentir pena deles — pena não valia de nada naquele mundo. Por outro lado, o bem-estar deles não estava inteiramente fora de seu controle. A perturbação criada pelos novos guardas deu início a uma reação em cadeia: falta de comércio significava estagnação na economia da prisão, uma que fazia eco à economia despedaçada que mantinha refém o restante da nação. Ewan não podia fazer nada em relação ao mundo além das grades — pelo menos não ainda —, mas a razão ditava que ele usasse sua engenhosidade para um bem maior. Ele seguira o mesmo raciocínio quando estava recolhendo evidências dos traidores do Norte e capturando rebeldes. Leis morais, não é mesmo?

Keeley, parecendo mais abatido e sujo do que o normal, puxou uma caixa de madeira e fez um gesto exagerado na direção dela.

— Sua audiência aguarda — disse ele, antes de fazer uma careta no meio de uma tosse e esfregar o peito.

Ewan subiu na caixa, se imaginando um grande orador por apenas um momento. Mas, em vez de um público de intelectuais gregos, ele estava diante da visão de lastimáveis rostos encovados e olheiras profundas. Roupas que não eram lavadas havia semanas, corpos que não tinham acesso a água limpa. Os olhos de Ewan lacrimejaram. Ele mesmo não cheirava a rosas — os guardas raramente permitiam a limpeza da grade que protegia os canos das torneiras, o que significava que, em vez de passarem por ela, os detritos se acumulavam ali, proliferando justamente as doenças que o mecanismo visava interromper.

— Olá, nobres cavalheiros do exército da União — começou Ewan, parando ao perceber de repente que era o centro das atenções.

Ele empurrou o desconforto para longe, como se fosse uma dor física.

— Não somos todos ianques — disse um homem irritado, e os resmungos de aprovação na multidão foram ficando cada vez mais altos.

— Correto — disse Ewan sem se sentir ofendido. Ele corrigia as pessoas com naturalidade, era mais do que justo que estivesse aberto a receber críticas. — Olá, nobres cavalheiros do exército da União, desertores do exército da Confederação, quacres e ex-quacres; *coppers* e *bushwhackers**. Qualquer que seja a ofensa que tenham feito a Jefferson, uma coisa é certa: se estão aqui, estão com fome. O suprimento de alimentos diminuiu. Os novos guardas parecem gostar de usar os cinco metros dentro da linha da morte como prática de tiro ao alvo, então não conseguimos caçar pássaros como antes. Mas momentos desesperados pedem por medidas desesperadas, e ultrapassamos o desespero já faz um tempo.

— Ande logo com isso!

— Me interromper é um desserviço se quer que eu ande logo — disse Ewan.

— Ruivo — disse Keeley, o apelido desenrolando da língua com um toque de irritação.

— Desculpem, tudo bem. Podemos estar quase sem comida aqui em Randolph, mas, se tem algo que temos em abundância, são pragas. — Ele puxou do bolso o projeto no qual vinha trabalhando. — Eu tenho uma solução para ambos os problemas.

— É uma ratoeira! — gritou alguém. — Você está tirando com a nossa cara?

Ewan levantou a ratoeira mais alto para que todos vissem.

— Sim, é uma ratoeira. E não, não estou.

Ele olhou para os homens abatidos ao seu redor.

— Nós comemos coelhos, esquilos, gambás… Por que não ratos? Saibam que os ratos são a única coisa disposta a entrar nesta prisão.

---

* Os *coppers*, ou *copperheads*, eram um grupo político da União que simpatizava com a causa confederada, mas buscava uma solução pacífica para o conflito. *Bushwhackers* era o termo generalizado para se referir a membros de guerrilhas de ambos os lados da guerra. (N.E.)

Houve um alvoroço, mas Ewan pôde sentir quando alguns homens começaram a ser realistas sobre a situação.

— Acreditem em mim, eu preferiria comer frango a rato assado. Mas é uma questão de sobrevivência.

— E quanto você vai cobrar de nós por essa sobrevivência?

Ewan levou um momento para observar a multidão. O interesse brilhando nos olhos dos homens fez seu estômago se revirar. Eles tinham sido reduzidos àquilo: homens dispostos a lutar por ratos para o jantar. Ele deu um passo à frente e ofereceu a ratoeira para o homem diante dele.

— Nada.

— Como assim nada? — perguntou o homem, desconfiado.

— Não vou cobrar nada. O que quer que tenham agora, provavelmente precisam muito mais do que eu. Então, vou dar as ratoeiras de graça para vários de vocês, mas com uma condição: elas devem ser usadas por todos. Ninguém pode ser dono da ratoeira ou dos ratos que forem pegos. Eles devem ser compartilhados.

— E se alguém não seguir essas regras? — perguntou outro homem.

Ewan simplesmente o encarou. Não fez careta, sorriu ou fez qualquer movimento agressivo, mas encarou por tempo suficiente para que aquilo se tornasse desconfortável. Em determinado momento, o cérebro do sujeito pegou no tranco e ele percebeu que estava sendo observado por um predador. O homem desviou os olhos.

Ewan se voltou para a multidão e dessa vez se permitiu sorrir.

— Eu garanto que a cobiça é um preço alto demais para ter a resposta à pergunta.

Houve alguns grunhidos, mas ninguém o desafiou.

— Keeley, pode me ajudar a distribuí-las? — pediu Ewan.

— Não acredito que você vai dar o nosso trabalho de graça — praguejou ele.

Ewan se impediu de lembrar Keeley que "nosso" não era o pronome correto, já que Ewan tinha encontrado os materiais e construído as ratoeiras sozinho.

— Caridade vale mais do que dinheiro nos dias de hoje — disse Ewan em voz baixa.

Sua intenção não era mercenária, mas isso não fazia seu argumento menos verdadeiro.

— O que está acontecendo aqui? Vocês não têm permissão para se reunir!

Abriu-se um caminho entre a multidão quando alguns guardas novatos começaram a empurrar os homens a fim de chegar até Ewan, que sorrateiramente entregou a última ratoeira para um dos prisioneiros.

— Não está acontecendo nada — respondeu Ewan, mostrando as mãos vazias.

Um dos soldados mais jovens correu até ele e o segurou pelo colarinho. Ewan, sempre observador, pensou em uma lista de formas com as quais poderia machucar o tolo imprudente — uma torção simples para quebrar seu pulso, um golpe no pescoço para atingir sua traqueia, um gesto ágil para pegar o rifle que ele carregava de forma frouxa. Seria tão fácil fazer o rapaz chorar de dor, mas, quanto mais fácil uma coisa é, mais se deve evitá-la.

"Nunca vi o braço de alguém entortar daquela forma sem quebrar, mas você fez aquele rebelde confessar. Você é um soldado medíocre, McCall, mas talvez possa ajudar a União de outra forma..."

Causar dor era algo tão fácil para Ewan que o Exército de Potomac entendera que aquilo era a única coisa válida nele.

Ewan ergueu as mãos em sinal de rendição.

O rapaz sorriu com desdém, segurou Ewan pelo braço esquerdo e o torceu para as costas dele. Foi um movimento desajeitado, e Ewan ajudou o garoto, jogando o braço para trás, fingindo sentir dor. Não precisava constrangê-lo — um homem com o orgulho ferido tinha mais chances de agir sem pensar. Mas o rapaz levou Ewan na direção da guarita, e então ele desejou ter resistido. Cahill estava parado ali e olhava para ele com o mesmo ódio desinteressado que Ewan vira quando os médicos da União o carregaram sangrando para fora da sala de interrogatório.

Os instintos de Ewan disseram para parar de se contorcer e sustentar o olhar, mas ele rejeitou a ideia.

— Por que você está me detendo? — perguntou ao jovem, fingindo resistir. Se tivesse mesmo a intenção, o rapaz estaria de costas no chão. — Um homem não pode falar com seus compatriotas sem ser algemado?

O rapaz apertou Ewan com mais força, e ele parou de se debater.

— Cross — ordenou Cahill. — Venha reportar o que acabou de acontecer com o prisioneiro...

— Qual é o seu nome? — perguntou o guarda, dando um cutucão em Ewan.

— Homer — disse ele. — John Homer.

O guarda falou o nome mais alto, e pelo canto dos olhos, Ewan viu Cahill assentir e voltar para a guarita.

O guarda largou o braço dele.

— Você chamou a atenção do homem errado — disse ele com uma risada vulgar ao passar por Ewan.

Algo feio e violento cresceu em Ewan, a vontade de correr até Cahill, de machucá-lo de novo. Parecia que Ewan não tinha exorcizado aquele demônio particular, aquele que era invocado na presença de homens sem coração, sem o menor escrúpulo de destruir tudo de bom que havia no país. Alguns dos confederados eram motivados por suas próprias lógicas distorcidas, mas outros, como Cahill, simplesmente buscavam um modo de causar dor.

Talvez você devesse vender espelhos em vez de ratoeiras. Algumas vezes ele odiava essa sensibilidade, queria destroçá-la junto com todo o resto, mas exatamente por esse motivo a sensibilidade era necessária. A sensação desconfortável que o atormentava desde a infância despertou em sua mente, em um sussurro enlouquecedor que só trazia maus agouros.

Ewan apertou as mãos em punhos ao lado do corpo e deu meia-volta. Não havia tempo para raiva ou suas consequências. Seu cronograma parecia ter sido acelerado: ou Cahill já sabia quem Ewan era e que estava mentindo, ou descobriria a qualquer momento. Ele se apressou pelo campo, sem se importar com a chuva fria de primavera que mandava os homens correndo para dentro. Os aposentos dos oficiais, onde ele deveria ficar em vez de nas tendas com homens alistados, apareceu diante dele. Ewan evitava qualquer menção à sua posição e não pretendia se revelar, mas precisava de uma mudança rápida de planos. Se os guardas procurassem por um barbudo de cabelo ruivo volumoso mais tarde — e ele sabia que esse momento chegaria — ajudaria estar com cabelo e barba aparados. Não lhe daria muito tempo, mas qualquer coisa ajudava.

Ele entrou.

— Preciso me barbear — disse ao homem que operava a rudimentar cadeira de barbear no canto da sala.

— Isso aqui é apenas para os oficiais, rapaz — falou o homem, uma carranca repuxando suas bochechas murchas.

— Sei que patente é bastante importante para certos tipos de homem — disse Ewan. — Mas eu terei que ser um tanto rude e dizer que a minha é superior à sua. Tanto que eu poderia deixar as coisas bem desconfortáveis para você se for necessário. Tudo o que quero é me barbear e depois sigo meu caminho.

O homem o olhou com firmeza, e Ewan sentiu seus músculos ficarem tensos, iguais às vezes em que ele servira seu país, deixando de lado a própria humanidade. *Se esse desgraçado se recusar...*

Ewan fechou os olhos para conter a raiva e a frustração que se formavam. Lembrou-se do sorriso acolhedor da mãe.

Inspire. Expire. Assim mesmo, meu filho.

Ele se lembrou de Malcolm contando uma história. De Donella olhando para ele com orgulho ao vê-lo vestido com a farda azul da União. De Marlie e seus brilhantes olhos de duas cores.

E então ouviu o barulho de uma cadeira sendo puxada.

— Sente-se.

Ewan assim o fez, e então o homem começou a reunir seus apetrechos de barbeiro improvisados.

— Suspeito que não se sinta inclinado a me contar para quem serviu e em quais batalhas atuou — disse ele.

Ewan passara por aquele homem centenas de vezes dentro da prisão, mas agora ele semicerrava os olhos como se realmente o visse pela primeira vez.

— Não — respondeu Ewan. — Não gosto de conversinha fiada.

O barbeiro assentiu, com um sorriso sem humor no rosto.

— Os do seu tipo não costumam gostar, suponho. Devo dizer que estou surpreso em ver você aqui se for o que imagino que seja.

— Conversa fiada — disse Ewan, e o barbeiro começou a trabalhar em silêncio.

Ewan pensou na insinuação do homem enquanto sentia os puxões da tesoura cega. Não havia um bom motivo para ele ainda estar em Randolph. Ele poderia ter escapado se quisesse, já fizera isso antes. Mas Ewan tinha estado em várias prisões confederadas no período de um ano. Supunha que apenas demonstrava que ele realmente não fora feito para guerra. Só podia ser esse o motivo. Não havia outro para um homem capaz de escapar continuar acomodado, revivendo triunfos antigos, enquanto o país precisava dele. Nenhum mesmo.

Ele fechou os olhos para afastar a lembrança sensorial do choque que percorreu sua perna quando acertara a bota no joelho de Cahill. Se Ewan se concentrasse de verdade, ainda seria capaz de reviver o prazer doentio que sentira ao fazê-lo.

Ele focou na sala ao seu redor. Uma pilha de roupas sujas de lama estava amontoada no canto. Havia sujeira de terra sob as unhas do barbeiro, apesar da pele limpa de sua mão. Ele ouviu passos de botas quando uma toalha morna cobriu sua barba; certamente não tinha o cheiro refrescante de loção com o qual ele estava acostumado, mas era suportável.

— Conseguimos — disse alegremente o oficial que entrou, fazendo uma dancinha e dando um tapinha nas costas do barbeiro.

Ewan reconheceu o homem como aquele que estivera conversando com Tobias, amigo de Marlie. Era um dos oficiais que havia brigado pela pá na construção do duto.

O barbeiro lançou um olhar duro ao recém-chegado e o enxotou sem dizer uma palavra, antes de ajustar a toalha de modo a bloquear a visão de Ewan. Mas, segundos antes de perder a visão, Ewan observou a lama nas botas e na calça do homem, as mãos vermelhas de argila.

E então sorriu sob a toalha. Eram os pequenos detalhes que faziam toda a diferença.

Capítulo 5

— Como assim você não pode voltar para a tenda? A temperatura está caindo e vai ficar mais frio do que teta de bruxa, essa primavera falseta.

Keeley entregou a mochila a Ewan, como ele havia pedido, depois colocou as mãos nos bolsos e estremeceu.

— Temo que não posso mais ficar por aqui — disse Ewan baixinho, de onde estava agachado sob uma das únicas árvores que restaram.

Fogueiras criavam pontos de luz em um padrão irregular pelo campo da prisão e ele recuou para as sombras enquanto conferia a bolsa para ver se continha o único objeto que queria de verdade: o *Manual de Epicteto*, com as cartas de Marlie dobradas em segurança entre as páginas. Keeley não trazia mais nada consigo, o que preocupou Ewan.

— Acho que alguns oficiais vão fugir essa noite, e tenho a intenção de me juntar a eles. Por isso falei para você trazer suas coisas.

— Você faz parecer que fugir daqui é uma tarefa simples — disse Keeley.

Ewan não chamaria a fuga de algo exatamente fácil, mas com certeza era manejável. Ele apenas não tentara o bastante, por motivos que ainda não analisara com mais cuidado. Mas havia chegado a hora de sair e retornar ao seu dever. Era isso o que importava. Keeley se juntaria a ele.

— E se você for pego com eles? — perguntou Keeley, parando por causa de um terrível acesso de tosse carregada. — Além do mais, temos algo bom acontecendo aqui. Podemos deixar a guerra passar e...

Ewan balançou a cabeça com firmeza, interrompendo as ilusões do homem.

— O quer que esteja dizendo agora, está sendo motivado por medo, não por lógica. Seja sensato, Keeley. Você está ficando cada dia mais doente.

— Quando os escurinhos voltarem, sua dama de olhos esquisitos pode me dar alguma coisa para melhorar. Eles vão ter que deixá-los voltar uma hora, certo?

Ewan cerrou os dentes pela forma despreocupada com que Keeley tratava as pessoas que poderiam ser sua salvação, e pela ideia de que, se Marlie voltasse, Ewan não estaria lá.

É melhor assim, disse sua mente, mas sentiu um aperto no peito que a contradizia.

— Keeley, não há garantia de que eles vão retornar ou que ela será capaz de te ajudar se isso acontecer — disse Ewan, mas viu a resposta nos olhos apáticos de Keeley e na expressão fechada. — Ou de que conseguirá fugir da guerra ficando aqui.

— Bem, também não há garantias lá fora — falou Keeley, afundando ainda mais as mãos nos bolsos.

Ele deu de ombros e estreitou os lábios.

Ewan suspirou. Contra-argumentos circulavam em sua mente, mas o senso comum não era páreo para a teimosia, e Keeley era teimoso que só.

— Você pode ficar com minha tenda e meu colchão. Cave no chão perto da ponta da cama e vai encontrar uma lata de metal com algum dinheiro para usar se os guardas vierem a entender que o propósito deles não é nos matar.

Ewan não tinha muita esperança de que isso aconteceria, mas havia pegado o necessário para uma viagem segura e podia torcer para que Keeley conseguisse fazer uso do resto.

Keeley assentiu, e, relutante, estendeu a mão, que Ewan apertou com firmeza.

Eu queria que ele... Queria que...

Não foi adiante. Aprendera havia muito tempo que desejos eram algo tão útil quanto uma rede de pesca furada. Desejos não tinham protegido a mãe e os irmãos de seu pai. Mas a lógica de Ewan o protegera. E, embora ele devesse se arrepender de como as coisas acabaram na época, o dia em que o pai pegou o rifle, saiu para a floresta e nunca mais voltou fora um alívio para ele.

— Se cuida, Ruivo.

Ewan assentiu, mas não respondeu com o mesmo clichê. Ele sabia que Keeley já estava em busca do próximo homem que pudesse lhe ser útil, em vez de pensando em como ser útil para si mesmo. Ewan não o julgava por essa fraqueza... pelo menos não muito.

Keeley cambaleou para longe, e Ewan sentiu uma pontada de culpa quando o homem parou e lançou um último olhar desamparado antes de se misturar outra vez a um grupo de prisioneiros. Ewan afastou o olhar; ele precisava estar perto de quem tinha a chave para seu sucesso, não de quem sequer acreditava na possibilidade do próprio sucesso.

O barbeiro e o outro oficial estavam sentados ao redor de uma fogueira próxima, perto da escuridão que cercava o pátio. Dois outros oficiais se juntaram a eles. Ewan conseguia ouvir as piadas cruéis e as músicas que cantavam, mas à medida que foi chegando mais perto da hora de todos se recolherem — e da mudança de turno dos guardas —, foi notando os rostos que desapareciam daquela reunião.

Ewan se esgueirou pelas sombras entre as fogueiras, mantendo os passos silenciosos. Por um instante, sentiu-se criança de novo, se esgueirando ao cruzar com o pai, que muitas vezes ficava parado, olhando amargamente à distância. Todos aqueles anos vivendo como um gato desconfiado vieram a calhar; ninguém prestou atenção nele enquanto passava por vários grupos de prisioneiros. Os homens conversavam, jogando e apostando, como faziam todas as noites em Randolph. Os guardas vadiavam, tão sonolentos e prontos para dormir quanto aqueles que eram vigiados.

Ewan caminhou até a área mais adequada para se cavar um túnel para fugir. Era uma que ele mesmo tinha achado; cavar tinha sido um dos muitos planos que tinha elaborado. Cada um tinha algum perigo, mas cavar um túnel também exigiria um grupo de conspiradores, e ele não confiava em ninguém além de Keeley.
Confiava?
A confiança de Ewan só ia até certo ponto. Keeley não sabia nada sobre ele. Se os dois se reencontrassem, seu amigo mais próximo na prisão só seria capaz de lembrar seu nome e seu jeito inquieto. Ninguém conhecia Ewan de verdade, e era melhor assim.

Enquanto se aproximava do muro mal iluminado no ponto mais longe do acampamento, ele vislumbrou sombras se mexendo nas sombras. Não era uma alucinação visual: era a possibilidade de liberdade.

Os homens tinham cavado no ponto mais longe da guarita. Quando a mudança de turno acontecesse, os guardas ficariam de costas para aquela área pela maior parte do tempo, e demoraria mais para seus substitutos alcançarem suas posições de perto.
Muito bem, oficiais.
— E pensar que eu estava preocupado com o quanto estava emagrecendo — sussurrou um homem. — Mas, se me ajudar a passar pelo túnel, terá valido a pena. Vamos nessa, pessoal. Abe está nos esperando.

Ewan se agachou na escuridão, perto o suficiente para distinguir as silhuetas dos homens assim que o primeiro se arrastou pelo buraco e começou a passagem. Uma piada quebrava o silêncio deles vez ou outra, mas não diminuía a tensão. Entrar na terra, motivado apenas pela esperança de emergir do outro lado, era um tipo corajoso de loucura, até mesmo para um homem acostumado à eminência da morte.

— Tudo bem, quem é o próximo? Desce, Hendricks.

Ewan olhou ao redor, conferindo para ver se nenhum dos guardas do novo turno havia chegado mais cedo ou se nenhum do turno anterior tinha voltado. Estava torcendo para os homens seguintes irem mais rápido, ou ele estaria encrencado. Foi então que ouviu.

Um rangido nítido e breve emergiu da abertura. Um som de madeira. Ewan ouviu algo estalar alto — uma corda? — e depois um rangido mais longo.

— Puta merda, está desmoronando! — gritou alguém, o medo superando a necessidade de silêncio.

Ewan não conseguia enxergar naquela escuridão, mas podia ouvir o rangido constante e o estouro de fibras torcidas, levando-o à única conclusão lógica: uma parte da paliçada da prisão estava desmoronando. Ao que parecia, embora os homens tivessem tido o bom senso de procurar o lugar perfeito para fugir, escolheram cavar perto de um ponto de apoio na cerca de hastes de madeira, que já não era muito estável.

— Meu Deus! Corre!

Houve um gemido pavoroso e depois um impacto ecoou pelo campo, alto o suficiente para acordar os mortos. Terra e destroços, levantados pelo impacto da cerca com o chão, salpicaram o rosto de Ewan.

A tentativa estava acabada, ao que parecia… ou será que não? Os oficiais se espalharam assim que a cerca começou a cair, mas agora parte da barreira estava no chão, deixando um caminho aberto. Uma brisa gelada entrava pelo buraco, atravessando a extensão do campo e trazendo o aroma silvestre.

Ewan não teve tempo para pensar. Em um momento ele estava abaixado, no outro estava em disparada, pulando por cima dos restos da cerca e correndo na direção da liberdade. Aquelas coisas que mal podiam ser chamadas de sapatos ecoavam alto na madeira, e os tocos de lenha rolavam para um lado e para o outro à medida que corria, forçando-o a reajustar o equilíbrio a cada passo. Ouviu a comoção atrás de si. Um som de tiro ressoou, e Ewan não tinha certeza se fora disparado na direção dele ou de outro prisioneiro azarado.

Pense apenas no próximo passo. E depois no próximo.

Ele pulou para a terra firme, e o contato lançou um tremor de alívio por sua perna. Mas aquele chão não era diferente do chão no qual estivera agachado. Ewan ainda estava embrenhado em território confederado, mas, naquele momento, correndo pela liberdade, foi tomado pela fúria de Atena ao brotar da testa de Zeus. Ele, porém, não fez trombetas tocarem; não era um deus ou uma deusa, apenas um mortal que agora teria que se curvar e se arrastar até o território da União.

— Hmmmm!

Ele quase passou pelo grito abafado, mas então viu a vala cavada no chão, e a mão pálida se esticando na luz do luar. Por um momento, pensou em continuar correndo; era a coisa lógica a fazer, afinal de contas. Em vez disso, Ewan parou e começou a rapidamente cavar a terra macia, até que um rosto se revelou. O barbeiro.

— Obrigado — disse o homem.

Estirado no chão, o homem estava com a respiração pesada e os olhos arregalados. Ele estava se remexendo, tentando emergir da terra devagar. Ewan tentou puxá-lo pela mão para fazer com que se levantasse mais rápido, mas não serviu de nada. Outra tentativa, e dessa vez foi quase. Mais gritos e o uivo de um cão de caça.

— Vai — disse o oficial. — Vai rápido! Em direção ao rio!

— Boa sorte — disse Ewan.

Ele não pensou no que aconteceria com o oficial caso fosse encontrado. Torcia para que alguma virada do destino o permitisse escapar também. Mas ele seguiu a ordem do homem, correndo desenfreado, porque cuidado era um luxo que ele não tinha mais.

Mais um uivo de cachorro. E outro.

Inspire. Expire.

Ele repetiu as palavras em sua mente como lhe fora ensinado quando criança, dando a si mesmo apenas uma única tarefa na qual se concentrar.

Inspire...

Ewan colidiu com algo sólido e duro na altura do peito e a forte pancada o fez cair de bunda no chão. Uma árvore? Não, era uma obstrução feita de carne; sólida como um carvalho, mas completamente humana. Ele olhou para cima e conseguiu distinguir a silhueta escura com o pouco de luar que havia.

— Onde estão os outros? — perguntou a voz num sussurro áspero, apressado.

Um pouco de alívio relaxou os músculos de suas costas, que estavam tensos e prontos para atacar o homem, mas aparentemente ele era um aliado, não um inimigo.

— Presos — respondeu Ewan, levantando-se lentamente. Só porque o homem era aliado dos oficiais não significava que era aliado de Ewan. — O túnel fez a barreira ceder.

Houve um suspiro pesado, seguido de gritos vindos da direção da prisão.

— Vamos. Agora.

Uma mão alcançou e se entrelaçou com a de Ewan, o aperto forte ajudando-o a se equilibrar. Ewan discerniu o formato do homem na escuridão. Depois disso, seu foco ficou completamente nas costas do sujeito enquanto lutava para acompanhá-lo, para se mexer silenciosamente, para não cair e ser deixado para trás na floresta escura. Eles colidiam com árvores, pisavam nas partes rasas do rio para despistar cães-farejadores. Depois do que pareceu eras, Ewan percebeu que não conseguia ouvir mais nenhum sinal de perseguição. Não soube discernir se ela de fato havia cessado ou se as batidas de seu coração e o barulho da respiração bloqueavam todos os outros sons.

Ewan corria sem prestar atenção ao redor, os sentidos treinados para manter o foco em seu parceiro de fuga pela escuridão. Arrependeu-se de manter a visão assim tão focada quando enfiou o pé em um buraco. A torção o fez cair no chão, mas Ewan não gritou, mesmo quando a dor aguda o percorreu.

— Machuquei o tornozelo — avisou calmamente, mesmo tendo dificuldade para se levantar.

— Consegue andar? — foi a resposta tensa.

Ewan fez uma tentativa de colocar o peso sobre o tornozelo machucado e reprimiu um grunhido baixo quando milhares de pontadas de dor surgiram.

— Consigo dar conta. — Ele deu um passo na direção da voz do homem, mas o tornozelo cedeu. Ewan caiu no chão de novo, mas dessa vez aparou a queda com as mãos. — Pode seguir sem mim, você já me ajudou o suficiente. Obrigado.

Ele não sentiu nada sobre a ideia de ser abandonado. Muitas vezes era a solução mais sensata para um problema, embora raramente usada porque a decência humana e a lógica às vezes eram coisas opostas.

— Não — grasnou o homem. — Até porque se você for pego pela patrulha, pode levá-los até nós, e não posso arriscar.

— Eu não contaria — disse Ewan, e não estava mentindo.

— Isso é o que você diz — disse o homem, suspirando. — Sabia que algo assim aconteceria. Está bem, venha.

O homem se ajoelhou e colocou o braço de Ewan sobre os ombros, passando um braço ao redor da cintura dele para apoiar seu peso. Avançaram devagar, Ewan tentando o máximo não ser um fardo. Pouco tempo depois, chegaram ao perímetro de uma propriedade. Aproximaram-se de uma cabana — Ewan conseguia ver a silhueta de uma casa grande ao longe — e o homem usou uma chave para destrancar o cadeado da porta.

— Vamos ficar aqui por enquanto — disse ele bruscamente, mas seu toque era gentil e lento por causa da própria fadiga.

— Obrigado — disse Ewan com dificuldade.

A palavra parecia inadequada, mas o homem deu um tapinha no ombro dele e depois voltou a caminhar em direção à noite, fechando e trancando a porta atrás de si.

Ewan jogou o corpo contra a parede da cabana e sentou no chão, imaginando o que mais havia no cômodo escuro. Materiais de jardinagem? Alimento? Armas?

Homens esquartejados a ponto de não ser possível identificar quem estava os ajudando e por quê?

Ele se deitou enquanto as sensações incômodas percorriam seu corpo, aceitando a mancha vermelha diante dos olhos quando mexeu a perna rápido demais e balançou o tornozelo. Ewan respirou fundo para afastar a dor. A fisgada na lateral do corpo e a secura nos lábios, os pés machucados presos nos sapatos cujas solas tinham se perdido quilômetros antes de chegarem onde quer que ele estava. Todas essas dores eram lembretes de que estava vivo, algo que precisava muito de tempos em tempos.

Ewan se colocou sentado ao ouvir o som de uma chave procurando a fechadura, embora não tenha ouvido nenhum passo. Provavelmente tinha cochilado.

A porta se abriu e duas pessoas entraram, fechando-a atrás deles. Acenderam um fósforo e usaram para acender uma vela. A luminosidade o deixou tonto a princípio, e depois ele teve certeza de que estava sonhando, porque avistou o rosto de Marlie rodeado por um círculo suave de luz. Seu cabelo estava trançado como uma coroa de louros da Antiguidade, e os ombros cobertos apenas por uma camada de tecido branco.

Sua fantasia tinha se tornado real?

Então a luz tremulou enquanto Marlie fazia alguns ajustes na imagem: apertou mais o penhoar de lã escura e pesada que a cobria até o pescoço.

E então se aproximou e arregalou os olhos que atormentavam as fantasias de Ewan.

— Sócrates?

— Já fui chamado assim antes — disse ele, esquecendo completamente a dor.

Ewan percebeu que sua boca estava curvada em um sorriso, um pouco inapropriado dada a atual situação. Ele franziu a testa, esperando que aquilo o equilibrasse em um semblante de seriedade.

— Também atendo por Ewan McCall.

O homem que o havia guiado se aproximou da luz e Ewan reconheceu a mesma expressão irônica que vira meses antes. *Entre na fila, garoto.*

— E você é Tobias — disse Ewan. — Obrigado por me ajudar.

Tobias parecia um pouco surpreso por Ewan saber seu nome, e soltou um suspiro pesado ao se virar para Marlie.

— Você machucou o tornozelo, pelo que ouvi dizer — disse ela naquela cadência adorável que ele ouvia toda vez que lia as cartas dela para si mesmo.

— Ele não estaria aqui se não fosse isso — falou Tobias. — Eu te disse...

— Bem, ele está aqui agora, então vamos ver o que podemos fazer. — Ela se ajoelhou diante dele e ergueu sua perna para que o calcanhar dele descansasse entre suas coxas. Ewan soltou um ruído abafado que ela confundiu com dor. — Desculpe.

As mãos dela alcançaram a bainha da calça muito curta, subindo-a um pouco para ter uma visão melhor do tornozelo. Marlie franziu a testa com o que viu. O olhar de Ewan estava tão fixo no rosto dela que nem percebeu o que a mão dela estava fazendo até que uma dor surgisse em seu tornozelo. Ele não se permitiu gritar.

— Consegue mexer seu pé para um lado e para o outro? — perguntou ela.

— Consigo.

Ela o encarou.

— Então faça isso.

Ewan soltou um riso doloroso ao tentar.

— Talvez seja mais sério do que imaginei.

— Talvez.

Ela começou a tirar os sapatos dele gentilmente, e Ewan se viu num misto estranho de excitação, dor e constrangimento. Marlie estava arrumada e cheirava a flores e ele precisaria de um esfregão para sequer lembrar algo limpo. Ainda assim, ela não franziu o nariz ao posicionar o calcanhar descalço dele de volta entre suas coxas, apertando para mantê-lo firme enquanto examinava. Ewan estava profundamente ciente de que ela não usava nada além de uma camisola por baixo do penhoar.

— Parece uma torção. Uma bem ruim. Acho que você não vai muito longe se tentar partir para qualquer lugar nos próximos dias.

— Sarah vai querer minha cabeça por isso — resmungou Tobias, andando de um lado para o outro atrás de Marlie.

— Ela proibiu operações *novas* — disse Marlie. — Mas essa já estava em andamento. Além do mais, se você não tivesse ido, o que teria acontecido com ele?

— Ele? E quanto aos outros? Eu fui para buscar um grupo de homens, não um só.

— Um só homem já vale a pena — disse ela, com um tom sério que Ewan nunca ouvira antes.

Tobias finalmente parou de andar, seu suspiro indicando concordância.

— Ele pode descansar um pouco aqui, creio eu — disse ele, espiando por cima do ombro de Marlie enquanto ela trabalhava. — Melody tem metido aquele nariz arrebitado dela para todo lado pela casa, mas aqui é seguro.

— Hum. Não tenho certeza se concordo.

A voz de Marlie estava mais suave agora, desatenta, enquanto abria uma garrafa e embebia uma tira de pano com o conteúdo. Ewan identificou sálvia e hortelã no aroma forte de ervas que preencheu o ar. Marlie então começou a enrolar o tecido gelado e molhado em volta do tornozelo dele.

— Essa cabana fica longe da casa, isso é verdade, mas ele pode ser descoberto a qualquer momento.

Ewan observava a cena que se desenrolava diante de si com uma curiosidade distante. Pensou em todos os boatos que ouvira sobre Sarah Lynch: a mulher libertara seus escravizados, pagava seus funcionários negros, provavelmente era uma apoiadora da União, ajudava os presos pelos confederados. Na prisão, ele presumira que Marlie e Tobias estavam no mesmo nível, mas havia algo de diferente na dinâmica entre eles. Tobias parecia reverente, como se trabalhasse para Marlie. O que significava…

— Você é uma Lynch? — perguntou Ewan, percebendo o quanto fora insensível apenas quando ela o encarou com aqueles olhos diferentes semicerrados.

— Os Lynch têm a honra de ter a mim em seu seio — disse ela, já com a cabeça baixa novamente.

Ele presumiu que a pontada que sentiu no tornozelo enquanto ela trabalhava tenha sido coincidência. Tobias revirou os olhos e retomou a conversa que Ewan interrompeu.

— Melody nunca veio aqui antes — disse ele. — Você acha que ela seria vista fazendo qualquer coisa parecida com trabalho?

Marlie apertou os lábios.

— Ela não veio aqui *ainda*, Tobias. Mas poderia, e provavelmente virá em algum momento para ver o que mais pode tentar reivindicar para si. Ou, se ela continuar insinuando coisas para os amiguinhos dela na Guarda Nacional, eles podem muito bem fazer uma busca em Lynchwood. Há apenas um lugar que ela não tem acesso, que seria ignorado em uma busca, e nós dois sabemos disso.

— Não — disse Tobias, enrijecendo. — É perigoso demais. Precisamos falar com Sarah.

Uma ponta da boca de Marlie se ergueu, como se a ideia de perigo a excitasse, e Ewan sentiu uma fisgada de desejo apesar de todas as dores.

— Você sabia que era perigoso quando pedi para fazer isso, e ainda assim saiu no meio da noite para ajudar esses homens. Se pedi para você se colocar em risco, preciso estar disposta a fazer o mesmo. Eu resolvo isso com Sarah. — Ela terminou de enfaixar o tornozelo de Ewan e suspirou. — Além do mais, um ianque malnutrido não vai mudar muito a nossa sorte, dado todo o resto.

Eles olharam para Ewan ao mesmo tempo de novo; Tobias irritado, Marlie inexpressiva.

— Você entende o conceito de ficar quieto, Sócrates? — perguntou ela.

Ele quase riu, lembrando-se de todas as noites que passara encolhido em um canto com um livro diante de si; sempre olhava por cima do livro depois de virar lentamente a página, para se certificar de que mesmo aquele som baixo não teria chamado a atenção de seu pai.

— Tenho bastante prática na arte do silêncio, srta. Marlie.

Finalmente, ela sorriu para ele, e foi como sentir de novo a brisa fria que o impulsionou a correr para a liberdade. Algo se remexeu dentro de Ewan, e ele afastou o olhar do rosto dela. Nada deveria estar se remexendo nem saltitando nem fazendo qualquer outra coisa alegre por causa dela. Fantasiar com Marlie era uma coisa, mas aquilo, aquele momento, era realidade, e, na realidade, ele era um homem que não era nem digno dela nem disponível para qualquer tipo de laço.

Ewan se forçou a ficar de pé, e então focou na dor que sentia em vez de na beleza de Marlie.

— Venha — disse ela.

Capítulo 6

Marlie tentou decodificar a carta que havia recebido do sr. LaValle, um dos maiores nomes da Liga da Lealdade, por quase vinte minutos. Ela mergulhou o dedo em uma xícara de leite, espalhou-o na superfície do papel e esperou calmamente que os rabiscos em tinta preta aparecessem quando o componente fosse ativado. Olhava para as palavras e para sua cifra de Políbio, tentando captar o significado oculto. No entanto, não foi capaz de ir além da segunda frase, devido à distração causada pelo prisioneiro que decidira impulsivamente abrigar em sua casa. As únicas coisas que a separavam dele eram a escrivaninha e a parede em que o móvel estava encostado, e ela podia *senti-lo*, mesmo ele tendo permanecido em silêncio o dia inteiro.

Seus nervos estavam à flor da pele. Ela sentia a boca seca e as mãos tremiam toda vez que pegava o lápis, e não só porque o homem sobre o qual passava uma quantidade desconcertante de tempo pensando estava escondido em seus aposentos. Quando pedira para Tobias finalizar a missão que haviam começado a dar andamento em sua última visita à prisão, Marlie achou que ele lideraria um grupo de homens para longe dali, não que traria para casa um homem machucado e precisando de ajuda. Talvez Sarah estivesse certa; Marlie não estava preparada para aquilo. Ela minimizara o perigo ao conversar com Tobias, mas agora que estava sentada no silêncio de seu quarto, os ouvidos atentos para qualquer sinal de movimento de Ewan, percebeu como tinha sido tola ao propor aquela solução. Era imprudente, perigoso e inapropriado... e Marlie quase cantarolava de alegria, apesar de todas essas coisas. Ou talvez por causa delas.

Ela voltou a atenção para a página, tentando manter o foco apesar da situação tensa em que se encontrava. Depois de mais algumas tentativas, finalmente decodificou a mensagem.

> *Agradeço por suas informações contínuas sobre Cahill e a Guarda Nacional. Os relatórios confirmam que a resistência aos secessionistas é forte na sua área e não demonstra nenhum sinal de abrandamento. Um dr. Johnson contatou o exército da União sobre os Heróis da América, que a senhorita mencionou em sua última correspondência. Parece que o que acreditávamos serem grupos bem-vindos de resistência local vêm se transformando em uma frente antirrebelde organizada. Agora entendo por que o governador Vance está tão ansioso para destruir esses grupos e apresentar uma frente única dos confederados — a Europa está de olho, afinal de contas. Mas nós também. A senhorita é a única entre nós que teve contato com o grupo; se em algum momento surgir a oportunidade de formar uma ligação sólida com esses Heróis, daremos nosso total apoio.*

Marlie baixou a carta, sua mente já sobrecarregada lutando para conciliar o que acabara de ler com a realidade. Seu envolvimento com a Liga se dera por acaso, um encontro nascido de um sussurro aqui e ali, de condutores e escravizados em fuga. Ajudar os oficiais a escaparem recaíra sobre Tobias, e fora algo independente de suas interações com a Liga da Lealdade. Aquela era a primeira vez em que pediam a ela algo além de informações mais simples, e Marlie se perguntou se LaValle daria risada se soubesse para quem estava intercedendo. Marlie Lynch, que passava mais tempo com plantas do que com pessoas e que nunca saía de casa desacompanhada. Que, naqueles últimos dias, quase não tinha coragem de sequer sair de seus aposentos.

Marlie Lynch, que tinha um homem da União escondido em sua casa. Ela se permitiu se sentir um pouco orgulhosa dessa pequena ousadia, corajosa como os detetives sobre o quais já lera. Contudo, ela não era detetive, e a carta reforçava algo que a incomodara o dia inteiro: a ameaça da Guarda Nacional era nítida e urgente. A área estava infestada de membros em sua caçada por desertores; os outros condutores da Railroad tinham até cessado seus trabalhos por um tempo por causa do perigo. Assim, além da mulher que os entregaria às autoridades num piscar de olhos, Marlie agora estava abrigando uma prova irrefutável das inclinações à União dos Lynch e não fazia ideia do que fazer com ele quando se recuperasse, além de deixá-lo à própria sorte.

E Sarah... Marlie ainda não contara para ela. Naquela manhã, Melody forçara Sarah a ir com ela até a casa dos vizinhos. Eram escravagistas inveterados que não cumprimentavam Sarah na rua e que fizeram pequenas ameaças veladas contra ela no jornal local. A irmã não falava com aquelas pessoas havia anos.

O que Marlie acreditara ser um segredo a fim de poupar Sarah de preocupações tinha se transformado em uma mentira deslavada. Ela não achava que Sarah obrigaria Ewan a ir embora, mas uma parte de Marlie se preocupava com sua reação. Sarah sempre insistira para que Marlie melhor prevenisse do que remediasse, para que não acabasse fazendo muita coisa muito rápido. Sarah ficara surpresa com Marlie se oferecendo para ir pessoalmente à prisão e não fazia ideia sobre o combinado entre Tobias e os oficiais presos para elaborar uma fuga. E ela certamente nunca suspeitara que Marlie estivesse conversando tanto com os prisioneiros a ponto de se encantar com um deles.

Marlie tentou imaginar o que faria no lugar de Sarah, se lhe dissessem que um homem estranho, cuja presença colocava todos em risco, estava escondido no sótão de sua casa, mas no final sempre concluía: *bem, é o Sócrates.* Uma explicação que jamais seria aceitável.

Mas como ela poderia explicar o que havia entre eles? As cartas que escrevera quando acreditara que os muros da prisão e da sociedade se manteriam firmes entre eles? Como poderia explicar que, na última vez que o vira em Randolph, ele a encarou como se a conhecesse, o que a fez sentir como se talvez quisesse aquilo? Os olhos dele eram azuis como gelo, mas, quando recaíam nela, Marlie sentia o calor que irradiavam. Fora como a percepção que tivera na primeira viagem sem luvas no frio do inverno: o gelo podia queimar.

E a segurança de Ewan agora dependia da reação de Sarah à omissão de Marlie. Seus medos acentuaram nitidamente a natureza da relação entre elas; Sarah podia dizer "não" e Ewan teria que ir embora independentemente do que Marlie quisesse ou acreditasse ser o certo.

De repente, Marlie ouviu o som estranho de algo deslizando sob sua saia e deu um pulo de susto que quase a fez cair da cadeira. Quando se recompôs, viu um bilhetinho no chão.

Senhorita Marlie,
*   Agradeço mais uma vez por sua gentileza. Tenho uma pergunta muito inconveniente, mas o resultado de não a fazer seria ainda pior: existe alguma maneira que eu possa fazer minhas necessidades?*
*   Seu mais humilde e obediente servo,*
*   Sócrates.*

Marlie se levantou e olhou em volta: na pressa insana de escondê-lo dentro da casa, ela não lhe deixara um penico, e sabia por quê. Na noite anterior, tinha pensado em levá-lo junto com algumas sobras do jantar, mas, quando chegara ao quarto com o prato, ele estava despido até a cintura, se equilibrando em uma perna enquanto limpava a imundice da prisão. Ewan estava fedendo quando chegou — ela nunca o vira sequer perto de estar limpo —, mas lá estava ele, sem barba e sem camisa, com os músculos dos braços e do torso iluminados pela luz da vela.

Marlie pousara o prato sobre um punhado de alecrim e o deixou em paz com sua higiene, sem pensar mais a respeito das outras necessidades corporais do visitante. Estivera distraída demais com as próprias necessidades corporais.

Ela se mexeu para procurar por um penico, mas logo se deu conta de que o pedido provavelmente era urgente, se ele chegara ao ponto de escrever um bilhete. Ele poderia esperar enquanto ela procurava em guarda-roupas e armários? A casa estava em silêncio enquanto ela considerava as opções; todos tinham saído e, se alguém voltasse de repente, não teria acesso aos aposentos dela.

Ela hesitou; fazer isso seria flertar com o perigo. Por outro lado, Marlie e o perigo aparentemente já eram próximos o suficiente para se chamarem pelo primeiro nome.

Silenciosamente, ela arrastou a mesa para longe da parede, mas não muito, já que Ewan era magro, como vira por si só algumas horas antes. Ela deslizou a mão pela parede até sentir o sulco onde fora cortada a porta, e então a empurrou. A porta abriu para dentro, e o rosto de Ewan apareceu na abertura, com os lábios retorcendo suavemente.

— Me desculpe por ser um incômodo ainda maior do que já ando sendo, mas... — O sussurro dele desapareceu.

Ela balançou a cabeça para demonstrar que ele não era um incômodo e depois gesticulou para que ele passasse. Marlie o encarara de cima quando ele se agachou para passar pela porta, mas agora ele estava com a postura ereta e ela precisava olhar para cima para ver aqueles olhos que sempre pareciam vê-la por dentro.

O rosto dela esquentou.

— Há um toalete no meu quarto — sussurrou ela. — Tem um sistema de descarga, então...

Terminar aquela frase romperia a tênue compostura da situação deles, então ela se virou e começou a andar em direção ao quarto. Ewan era um homem inteligente, podia descobrir como funcionava o mecanismo de caixa d'água no telhado e a gravidade.

Não havia barulho atrás de si, mas, ao olhar para trás, Marlie viu que ele estava bem perto, o que a assustou. Ele dissera que era silencioso, e aparentemente não fora apenas para tranquilizá-la.

Como um homem grande assim consegue se mover de forma tão silenciosa, mesmo machucado?

— O remédio para dor está funcionando? — perguntou ela baixinho. — Eu tenho láudano, embora esteja guardando para ocasiões extremas.

— Já vi homens demais deixando-se levar pelo láudano para ser capaz de pedir — disse ele, sua voz baixa, mas clara. — E presumo que tenha feito o tratamento que acha que é melhor para mim, o que está ótimo.

Marlie não sabia se todas aquelas palavras queriam dizer que ele não estava com dor; Ewan conversara tranquilamente mesmo quando deveria estar em prantos, com um inchaço tão horrendo no tornozelo.

Ela parou na porta do quarto e apontou para o banheiro, depois voltou ao seu local de trabalho.

Marlie ficou parada ao lado da mesa, brincando com a cifra de Políbio.

Ele é só mais um passageiro a caminho da liberdade.

Ewan estava à mercê dela e pensar em qualquer coisa além disso era inapropriado. Mais importante, Marlie se lembrou do óbvio: ele era branco. Ela estivera imersa na sociedade branca nos últimos dez anos, tinha sangue branco nas veias, mas era uma mulher negra em um país que estava travando uma guerra para manter o povo dela escravizado. Não importava que Sócrates fosse da União. Ela não gostava da devoção que ele tinha pela lógica, mas não precisava ser uma estudiosa do ramo para perceber que o fascínio que sentia por ele não era sábio.

Eles tomam aquilo que querem porque nada é negado a eles, Marlie. Mas tomar é diferente de amar. O problema é que isso se parece muito com amor até você descobrir que não é.

As palavras da mãe surgiram de um canto de sua mente. O que elas estiveram discutindo? Talvez sobre o garoto branco da loja central que sempre dava muita atenção para ela quando iam à cidade? Marlie não se lembrava, mas na época achara a mãe superprotetora. Atualmente, compreendia que se tratara de um aviso.

— "Ah, potente graça, imensas propriedades, têm erva e pedra, e ocultas qualidades."

A voz baixa a assustou, e Marlie se virou para encontrar Ewan olhando seus equipamentos com aqueles olhos ávidos. Ele parecia arrebatado pelo vapor acumulado nas espirais dos tubos e no sibilo baixo da fumaça sendo liberada enquanto o medicamento destilava. Ewan observou o sistema de destilação como a maioria dos homens olharia para um belo tornozelo feminino. Talvez fosse isso que chamasse a atenção dela: o fato de ele ser um homem curioso em um mundo repleto de homens comuns.

Ele esticou a mão para tocar, e então pareceu pensar melhor, como se imaginasse que ela não iria gostar. E estava certo. Marlie trabalhara duro para montar e calibrar seus apetrechos e era melhor que ele deixasse aquelas mãos bem longe, mesmo que fossem mãos muito bonitas.

— O herbanário nos colocou em maus lençóis com aquele plano irresponsável. Eu teria dito para Julieta ir para casa e beber um chá calmante — disse ela, caminhando para parar ao lado dele.

Marlie sabia que devia tê-lo mandado depressa de volta para o quarto de secagem, mas não o fez.

— Admito que estou surpresa que alguém tão comprometido com os estoicos goste de Shakespeare.

Algo parecido com um sorriso, mas não exatamente, repuxou os cantos da boca dele.

— Minha biblioteca era limitada na infância, então passei todo o meu tempo lendo e relendo o que tinha disponível — disse ele, e depois se abaixou com cautela para se ajoelhar e olhar para o alambique de baixo. — Meu pai preferia as tragédias.

As palavras foram ditas sem nenhuma entonação, mas algo no modo com que ele segurava a beirada da mesa contradizia o tom comedido.

— Ah, então não leu porque achava romântico? Amantes com destinos trágicos e tudo o mais? — perguntou ela.

Marlie sentiu-se tola assim que as palavras saíram de sua boca, podia até sentir o resíduo de insinuação não intencional. Ela fechou os olhos com força e, quando os abriu, Ewan estava sentado com a cabeça inclinada para o lado, como se realmente pensasse sobre a questão.

— Não sou muito versado no assunto, mas preciso dizer que dois adolescentes mortos não é romântico — disse ele. — Embora eu ache, sim, muitas passagens bastante comoventes, antes do veneno e do suicídio e tudo o mais. "Amei, um dia?"

A pergunta pairou no ar entre eles, ressoando entre as partículas de poeira banhadas pelo sol do fim da tarde que entrava pela janela. Ele a encarou, os olhos enormes e em busca de algo, e por um instante Marlie mal pôde respirar. Havia um calor nas profundezas dos olhos dele, ela podia ver agora. Um calor que se espalhou pelas bochechas do rosto largo dele.

Ewan se virou novamente para o aparelho, toda sua atenção voltada para o que tinha diante de si.

— Seu alambique é bastante... suave. E forte.

Marlie pigarreou e focou no objeto também. Ela não queria que ele interpretasse nada em suas palavras, e ela não procuraria significado nas dele. De qualquer maneira, Marlie preferia discutir ciência a sonetos; havia menos espaço para interpretações errôneas.

— Não estou surpresa que tenha prestado atenção no equipamento mais antigo que tenho aqui — respondeu ela, passando o dedo pela bola de vidro.

Uma vela posicionada abaixo aquecia o líquido dentro da bola, empurrando o vapor por um longo tubo que terminava em uma pequena abertura, de onde o líquido gotejava em um frasco.

— Ele serve ao seu propósito, mas muitos avanços foram feitos desde os dias dos seus alquimistas gregos.

A mão dela passou para o alambique mais moderno de metal, o bronze brilhante com vários condensadores projetados para as laterais, como se fossem apêndices desajeitados.

— Uma acólita da ciência moderna, percebo. Então não acredita no equilíbrio dos humores? — perguntou ele, uma das sobrancelhas ruivas erguidas. — Eu diria que atualmente nosso país sofre por excesso de fleuma. Talvez você consiga preparar algo para cuidar disso?

Ele abriu um sorriso para ela, e Marlie sentiu uma pontada forte no peito ao ver a beleza nas marcas ao redor da boca e nas ruguinhas nos cantos dos olhos.

— Vou começar imediatamente. — Marlie manteve os olhos no alambique, um ponto fixo mais apropriado do que o rosto daquele homem. Ela pegou uma garrafa da saída do tubo, substituindo-a por outra sem desperdiçar uma só gota com o movimento experiente. — A Tisana de Hortelã dos Lynch vai acabar logo com isso.

Ele ficou quieto por um momento e, quando ela o encarou de novo, notou que ele observava suas mãos.

— Eu não me dei conta de que fazia tudo isso sozinha. Todos os bálsamos e tônicos que trazia para Randolph... — disse ele, assentindo como se aprovasse a ideia.

Marlie não sabia por que aquele único aceno fez todas as horas de trabalho dela valerem mais a pena.

— Você parecia se manter bastante ocupado por lá — provocou ela. — Estou certa de que em algum momento teria a própria destilaria. Drinques do McCall.

— Eu não bebo.

Marlie percebeu o corpo dele ficar tenso de novo, de um jeito instintivo, como uma criança que sempre se afasta do forno depois da primeira queimadura. Ewan se interrompeu e virou para ela com uma expressão quase agradável.

— Como entrou para essa linha de trabalho?

Ela ficou feliz que ele chamasse de trabalho. A maioria das pessoas tratava como um passatempo apesar das horas de leitura, estudo e testes de novas fórmulas que a ciência exigia.

— As plantas e suas propriedades curativas têm sido parte da minha vida desde que me entendo por gente. Algumas das minhas primeiras lembranças são de sair para coletar folhas e raízes e transformá-las em coisas que ajudavam pessoas. Mas foi só quando me mudei para cá, com a minha... com os Lynch, que comecei a estudar mais sobre técnicas de destilação e processos modernos. — Marlie puxou um livro gasto e velho da estante, que entregou para Ewan. — Ganhei de presente logo que cheguei. Eu estava tendo dificuldade em me adaptar por aqui e Sarah pensou que isso poderia me distrair. Ela estava certa.

Marlie podia ver a curiosidade no rosto dele quando pegou o livro de botânica e começou a folheá-lo.

— Você não morou sempre aqui?

Uma pergunta diplomática.

— Não — respondeu ela. — Vim para cá quando tinha 13 anos. Antes disso eu morava com a minha mãe, no leste do estado. Ela queria que eu tivesse mais oportunidades do que ela mesma teve e, quando a oportunidade surgiu, me mandou para cá.

— Vocês ainda são próximas? — perguntou ele.

Ewan virou uma página e seus olhos percorreram lentamente as palavras. Ele colocou o dedo na margem, perto de uma anotação dela. Marlie torceu para que não fossem uma do período breve e constrangedor em que ficara encantada com Tobias e começara a rabiscar o nome dele dentro de coraçõezinhos em todos os livros.

— Éramos. Eu a visitava algumas vezes ao ano, mas ela faleceu.

Ela esperou pela constrangedora expressão de compaixão, pela mudança de assunto, por um jeito educado de dizer "não vamos nos alongar em algo tão desagradável". Até mesmo Sarah, que perdera a mãe um ano antes da morte de Vivienne, não dava abertura para os sentimentos de Marlie. Simplesmente não era de seu feitio. Marlie lera os estoicos de Ewan e sabia o que eles diziam sobre o luto, que para ela era algo como um pedaço de madeira fincado entre as escápulas.

Ewan ergueu os olhos do livro, e Marlie sabia que era culpa da corrente de ar entrando pelo batente quebrado da janela, mas o olhar dele parecia uma carícia.

— Deve ter sido bastante difícil para você. Perdê-la aos poucos.

Foi uma observação insensível, e não exatamente empática, mas Marlie engoliu em seco, como se um punhado de casca de árvore tivesse se acumulado na garganta. Ninguém nunca entendera isso:

que ela não perdera a mãe uma só vez, mas sim todas as vezes em que ia visitá-la com um baú repleto de vestidos chiques e livros pesados, e depois a deixava para voltar a Lynchwood. Toda vez que ia visitá-la, a distância entre as duas se tornara mais aparente, mesmo que o amor de ambas continuasse o mesmo.

— Ela nunca chegou a ver tudo isso — disse Marlie, gesticulando na direção do alambique e dos livros. — Ela se recusava a vir aqui, o que é compreensível. E, quando eu me ofereci para comprar coisas que facilitassem um pouco sua vida, ela disse que o jeito antigo de fazer as coisas tinha funcionado bem para os nossos ancestrais e que também funcionava para ela. Mas eu queria ter podido compartilhar o que aprendi com ela.

Marlie experimentou a repentina sensação de estar nua causada por se revelar de forma inesperada a um estranho e cruzou os braços por cima do peito. Não sabia por que estava contando aquelas coisas para ele, assim como não sabia porque tinha pegado o lápis e escrito para Ewan aquela primeira vez. Era como se uma força desconhecida a apertasse até que ela soltasse uma parte secreta de si para ele.

O barulho de cascos batendo na entrada chamou a atenção dos dois para a janela, mas apenas Marlie se aproximou para ver. Ewan recuou para as sombras da sala.

Marlie observou a carruagem de Stephen e os cavalos se aproximarem da casa, e sentiu algo parecido com medo, a mesma sensação que a envolvia toda vez que Melody estava por perto. Ela caminhou de novo para o lado da mesa.

— É melhor você voltar lá para dentro.

Embora tivesse trabalho a fazer, apesar do perigo, ela gostaria que ele pudesse ficar por mais um tempinho.

Profundamente ridículo.

— Sim. Claro. Obrigado mais uma vez.

Ele fechou o livro com força e roçou suavemente nela ao se agachar para passar embaixo da mesa. Marlie empurrou a escrivaninha de novo contra a parede com firmeza assim que ele passou, como se pudesse selar dentro da sala de secagem Ewan e os sentimentos que ele havia remexido dentro dela. Marlie apoiou a cabeça na parede e soltou o ar, trêmula.

Ancestrais, me ajudem.

Ela respirou fundo e depois sentou, apenas para pular de pé de novo quando ouviu batidas na porta. Sabia que ficaria assustada com qualquer barulho até Ewan partir.

Marlie enfiou a carta da Liga dentro do livro de botânica e puxou uma pilha de cascas de amoreira por cima da cifra.

— Pois não?

— Sou eu, Sarah.

A resposta foi breve. Marlie conhecia aquele tom: Sarah estava furiosa. Tobias tinha contado para ela?

Marlie abriu a porta e Sarah entrou pisando duro. Ela puxou as luvas de uma só vez e depois as jogou no chão, chutando uma delas.

— A audácia! — disparou ela, encarando Marlie com raiva. — Como se essa não fosse a minha casa e a minha vida virando de cabeça para baixo por causa de um maldito homem!

Os pulmões de Marlie se contraíram e sua pele ficou gelada. Ela sabia que Sarah ficaria brava, mas não daquele jeito. Sarah era sua amiga mais próxima, o que era mais forte do que o emaranhado de segredos familiares entre elas, e Marlie odiava quando ela ficava chateada, especialmente se fosse por sua causa.

— Sinto muito — disse ela.

Ela esticou uma mão e Sarah a agarrou, apertando depressa, mas com gentileza. Marlie não entendeu a desconexão entre as palavras e o ato.

— Não, eu é quem sinto muito, Marl — disse Sarah, fechando os olhos bem apertado, o rosto corado pela raiva. — Enquanto estávamos lá na casa daquelas pessoas horríveis hoje, soubemos que ouve outro combate entre os Heróis da América e a milícia de Vance. Algumas das esposas dos opositores foram capturadas e estão presas como uma forma de estimular que eles se apresentem para o exército. Como retaliação, colocaram fogo no alojamento de Cahill hoje pela manhã.

A pele de Marlie formigou com a sensibilidade voltando. Sarah não estava brava com ela. Ela não fazia ideia da presença de Ewan. Aquilo ainda a deixava com o trabalho de ter que contar, mas o faria assim que pudesse.

Marlie respirou fundo.

— Ele se machucou? — perguntou Marlie. — Odiaria desperdiçar sálvia para queimadura em um homem tão repulsivo, mas se ele precisar de ajuda...

— Marlie, ela é horrível. — Foi então que Marlie percebeu que as mãos de Sarah tremiam. — Você não vê? Logo que Melody ouviu isso, ela se apressou até a guarnição onde Cahill estava e o convidou para ficar aqui. Na nossa casa!

Marlie abaixou a mão e deu um passo para trás, sentindo a sala girar ao seu redor. Hospedar Ewan era perigoso o suficiente, mesmo sem a presença nociva de Melody, mas Cahill era o combustível que poderia conflagrar sua vida. Além disso, o homem tinha dito abertamente que só a considerava boa como brinquedinho de um homem branco. Como poderiam esperar que ela vivesse sob o mesmo teto que ele?

— Não. Certamente Stephen não permitirá isso.

Marlie lutou contra o pânico que aumentava como o vapor no tubo. A presença de Ewan. Suas conexões com a Liga da Lealdade. Sua segurança e a de todos em Lynchwood. Eles já estavam em perigo, mas a chegada de Cahill multiplicaria isso em mil vezes.

— Stephen permite que Melody faça o que quiser — disse Sarah, com a voz trêmula. — Ela disse que é nosso dever ajudar um homem sulista tão honesto, e que se recusar confirmaria que sou apoiadora da União. Ele vai chegar mais tarde esta noite, e devemos tratá-lo como um convidado de honra. — Ela passou o dedo com força pelos olhos. — Eu achei que ter aquela víbora aqui já fosse um absurdo, mas isso?

A boca de Marlie se mexia, mas som algum saía. Ela precisava falar para Sarah sobre Ewan, mas o choque da situação era grande demais.

— Bem — disse ela enfim —, isso é inoportuno.

Sarah soltou um riso ríspido.

— Mas existe um lado bom no meio de tudo isso. Quando as pessoas souberem que ele ficará hospedado aqui, certamente ficarão menos desconfiadas em relação a nós.

Marlie tentou manter o equilíbrio diante da noção desnorteante que a atingiu. *Certamente ninguém suspeitará da presença de Ewan com Cahill aqui, mas apenas um tolo tentaria tal coisa.*

— Sarah, você precisa saber...

— Sarah! Onde está você, irmã querida?

A voz de Melody ecoou escada acima e entrou no quarto. Ela se mantinha longe dali desde que Marlie dera a entender que ela poderia pegar alguma doença se entrasse.

— Lace está sendo teimosa, mas sei que certamente temos roupas de cama melhores para o capitão Cahill.

— Precisaremos tomar cuidado, só isso — sussurrou Sarah, dando um abraço de conforto em Marlie. — Sem passageiros, sem mais trabalhos para a União, até resolvermos isso. Vamos passar por essa.

Marlie assentiu sem entusiasmo e se jogou na cadeira de madeira de espaldar alto assim que a porta se fechou. Sua cabeça girava como se tivesse tomado uma dose de láudano. Se não soubesse o que sabia, podia até achar que algum poder superior a estava punindo por mentir. Ela abriu a gaveta da mesa e começou a vasculhar entre os vários objetos que colecionara ao longo dos anos. Seus dedos então tocaram em um quadrado macio de flanela vermelha, que ela pegou e ficou encarando.

Marlie não fazia uma gris-gris desde que era pequena. Quando chegara àquela casa, tentara um truque que a permitisse voltar para sua mãe, mas nada acontecera, e eventualmente Marlie entendera que era preciso superar essas ideias. Mas, naquele momento de absoluto pânico, foi a primeira solução que passou por sua mente.

Ela pegou um pedaço de papel, escreveu "me livre da presença de Melody", depois enrolou bem forte e colocou no meio do tecido.

Acrescentou uma lasca de perpétua e algumas folhas secas de sálvia: uma gris-gris de três elementos. Amarrou tudo em formato de uma trouxinha, espirrou um pouco do álcool que usava em suas destilações e observou enquanto o tecido o absorvia. Marlie fechou os olhos, imaginou a mãe com seu sorriso curioso característico e rezou para que o amuleto funcionasse.

Capítulo 7

Sócrates,

Quando levei sua comida, notei que você limpou e organizou todas as minhas aparas e raízes da sala de secagem, e *que até colocou rótulos em tudo. Devo lembrá-lo de que você não deveria estar forçando o tornozelo, mas agradeço, já que Sarah está sempre reclamando comigo por causa da bagunça. Estava tentando me enganar quando disse que não entendia muito de botânica?*

M

Cara Marlie,

Não precisa me agradecer. Tenho uma mente inquieta e qualquer atividade para me distrair é uma bênção e não um incômodo.

Meu tornozelo melhorou muito graças à habilidade dos seus cuidados.

Meu conhecimento sobre botânica se limita basicamente a quais plantas evitar (hera venenosa) e quais frutos não comer (algo que aprendi via péssimas experiências). O Guia Ilustrado da Botânica Americana, e seus desenhos nas margens, me ajudaram com a maior parte da categorização. Você é uma artista habilidosa.

Seu obediente servo,
Sócrates E.M.

P.S.: Percebi que você passa a maior parte de seu tempo no seu local de trabalho. Espero que não o faça por minha causa. Não quero impor minha presença ainda mais do que já estou fazendo.

S.E.M.
Se está elogiando meus desenhos, posso apenas presumir que precisa do tônico Melhora Visão dos Lynch, e deve recebê-lo o mais depressa possível.
Fico em meus aposentos porque sair daqui se tornou uma batalha que prefiro não enfrentar. Como o seu Epicteto diria, o mundo além dessa porta não está *sob o meu controle. Melody começou a receber visitas, e ela não consegue lidar com alguém como eu usando roupas finas e andando por aí sem cumprir ordens. Há também o problema com Cahill, o capitão da Guarda Nacional, que, para o conforto dele e meu desconforto, está hospedado aqui. Tento manter o otimismo pensando que, quando mais tempo fico aqui, maior será o avanço em meu trabalho.*
Já que tocamos no assunto confinamento, como foi parar em Randolph?
Sua leal amiga,
M

Cara M,
Sinto muito em saber sobre sua atual circunstância e devo admitir que a notícia sobre Cahill vivendo sob este teto me perturba. O homem é perigoso, e espero que se livre dele em breve.
Eu tenho certo talento, já que consegui ser capturado e aprisionado em nada menos do que três prisões confederadas durante meus dois anos alistado. Randolph foi de longe a mais agradável, pela localização e acesso à literatura. Na primeira vez que fui capturado, eu estava de licença, indo para casa a fim de conhecer a esposa de meu irmão, Malcolm. As trocas de prisioneiros ainda estavam acontecendo

na época e eu era valioso o suficiente para ser considerado em uma troca por minha liberdade, embora devesse esperar alguns meses. A segunda aconteceu depois que a fortaleza onde eu estava fixado foi tomada pelo exército dos rebeldes. Nessa última vez, fui capturado enquanto escapava da segunda prisão. Eu veria tudo como falta de sorte se não achasse essa guerra profundamente desagradável e muito ridícula.
Seu obediente servo,
Sócrates E.M.

S.E.M.,
O que você acha ridículo na guerra? Não é nobre querer seu país unificado? Ou lutar pela liberdade do povo escravizado?
Sua leal amiga,
M

Cara Marlie,
Acho essa guerra ridícula porque acho essa nação ridícula. A própria base de nosso país, a Declaração da Independência, diz que é uma verdade evidente que todos os homens foram criados como iguais. Ainda assim, cada aspecto de nossas leis e opiniões políticas diz o contrário ao criar uma hierarquia entre brancos, negros, povos nativos, ricos e pobres. Assim, essa nação esteve inerentemente dividida desde sua concepção. Fingir o contrário é ilógico. Some a toda essa tolice as legislaturas de rompimento do Sul, que se baseiam no fato de que os direitos deles foram infringidos, quando o único direito sendo disputado é manter ou não homens escravizados por algo tão sem importância quanto a cor da pele. Desse modo, argumento que nossa nação é ridícula, e sempre foi.
Não entenda isso como se eu achasse que não valesse a pena lutar nesta guerra. É uma luta honrada contra a faceta mais desprezível

da natureza humana. Consigo me estender sobre o assunto por muito mais tempo, mas estou seguro de que você me entendeu.
Seu obediente servo,
Sócrates E.M.
P.S.: Como permitiram que uma mulher de sua posição entrasse na prisão? Serei eternamente grato por isso, mas estou ainda mais perplexo agora que compreendo sua situação familiar.

Caro S,
Se você compreende minha situação familiar, me conte. Serei honesta em dizer que isso me surpreende bastante.
Você tem irmãos, certo? Bem, creio que eu tenha dois, mas é algo que não é comentado. Sarah me trouxe para cá e disse que eu era da família, e é nessa condição que permaneço. Nunca fui chamada de "irmã querida" ou sequer de "irmã irritante". Engraçado como algo tão pequeno quanto ser chamada por determinado nome pode parecer algo grandioso quando paramos para pensar sobre o assunto. Eu diria que é tolice, mas também seria tolice vender um tônico sem rótulo e presumir que todos saibam qual doença ele cura.
Embora possa haver ambiguidade a respeito da minha posição nesta família, não há nenhuma quando levamos o mundo como um todo em consideração: as pessoas que não me conhecem presumem que eu não tenho nem família, nem uma "situação", mal mereço ser classificada como mulher. Para aprofundar o debate, por favor, consulte sua própria carta sobre o ridículo inerente desta nação.
Sua,
M.

Marlie,
Sei que o homem é talvez a mais ignorante dentre todas as criaturas, então não vou comentar sobre o quanto discordo veementemente de qualquer avaliação de você que não a tenha em mais alta conta.

> *Eu tenho um irmão mais velho muito querido e uma irmã mais nova irritante e, embora nunca tenha sido debatido explicitamente, presumo que para eles eu seja o desconcertante irmão do meio. Eu também tenho uma cunhada agora, mas minha viagem pelas prisões confederadas me privou de conhecê-la até o momento.*
> *Seu,*
> *E.M.*
> *P.S.: Se puder importuná-la mais uma vez para fazer minhas necessidades, serei grato.*

Ewan estava ansioso quando a porta se abriu, e não apenas por ter bebido demais do cantil que Marlie lhe dera. Ewan passara muitas noites no presídio de Randolph lutando contra as fantasias com Marlie, tentando ao máximo não a desonrar em seus pensamentos. Ele afastara a imagem da curva dos seios e de como seria a sensação dos ombros dela contra a palma das mãos ao puxá-la para si. Mas o desejo físico de Ewan por ela era a coisa menos perigosa entre eles, ao que parecia.

Ler as anotações dela nos livros de botânica — equações e comparações com outros textos, pensamentos sobre como determinada coisa poderia ser aperfeiçoada — havia mostrado que Marlie era de fato a pensadora de rigor que ele enxergara em sua comunicação epistolar. Ouvir o cantarolar baixo que acompanhava o tilintar das garrafas e dos tubos de vidro o fez pensar em como seria sua expressão quando estava concentrada no trabalho. Encarar a fresta da porta de seu esconderijo milhares de vezes durante o dia depois de perceber o primeiro papel deslizando por lá, à espera da próxima mensagem. Era uma sensação que Ewan nunca vivenciara. Ansiedade não era algo estranho para ele, mas o sentimento que o consumia nos momentos — algumas vezes horas, outras minutos — em que esperava pela resposta dela parecia uma retaliação pela dor que ele causara em outros. O fato de Marlie ser inteligente o suficiente para não criar evidências da estadia dele ali, mas ainda assim continuar mandando os recados por baixo da porta só piorava tudo.

Ewan deveria estar se concentrando em criar um plano para chegar ao Tennessee, voltar a trabalhar onde seus superiores insistiam que era o lugar dele. Em vez disso, estava ali passando recados e sorrindo feito um adolescente tolo. Ele lera todos os jornais antigos empilhados no cômodo: o moral da União estava baixo, as vitórias eram poucas e espaçadas. Que informações haviam sido descobertas enquanto Ewan estivera enrolando na prisão? Ele não conseguia nem pensar nisso. E também não suportava imaginar o que encontraria no Norte quando seu tornozelo estivesse curado. Talvez por isso pensar em Marlie tivesse se tornado tamanha fixação.

Ewan se apertou para passar pela porta, jogando o peso do corpo para o tornozelo bom e passando por baixo da escrivaninha, e deu de cara com Marlie. Foi quando percebeu que ela estava usando camisola e túnica que se perguntou que horas seriam. O horário foi tudo em que se permitiu pensar, e não em como estavam atingindo um novo patamar de intimidade ao vê-la daquela maneira.

— Me desculpe por incomodá-la de novo. — Ewan tentou pensar no que Malcolm diria. Algo espirituoso e galante, talvez um pouco provocativo. — Ao que parece, tenho uma bexiga bem pequena.

Ela o encarou com as sobrancelhas erguidas e ele entendeu imediatamente que Malcolm jamais diria algo assim. Falar com Marlie era confortável de uma forma que ele não vivenciara com ninguém antes, mas isso não significava que era capaz de fazê-lo sem se embananar todo.

— Não é incômodo — disse ela, agraciando-o com um sorriso educado. — Eu estava trabalhando em uma coisa aqui. Não dormi muito bem nas últimas três noites, e ter um pouco de companhia não seria ruim.

Ela colocou alguns papéis dentro de uma pasta de couro e a guardou em uma gaveta. O cabelo de Marlie estava solto, os cachos recaíam no manto grosso e macio que lhe cobria os ombros.

— Estou certo de que minha presença desempenha algum papel na sua falta de sono — disse ele.

Ewan podia ver as olheiras na pele delicada. Ele passou o dedão pelo tecido da própria calça, um toque bem mais forte do que aquele que se imaginou fazendo no rosto dela.

Marlie o levou ao toalete, parando na entrada de seus aposentos.

— Entre Melody e o capitão Cahill, e uma guerra devastando as florestas ao redor, tenho motivos suficientes para ficar acordada. Um soldado da União na sala de secagem é um divertimento interessante a essa altura, o que exemplifica bem o que anda acontecendo para além desses aposentos.

Apesar do lampejo de ódio, Ewan manteve a expressão serena e impassível ao ouvir o nome de Cahill, e uma vergonha familiar recaiu sobre ele quando se lembrou da sensação do corpo do homem cedendo sob seus golpes.

Embora Ewan amasse os gregos, nunca gostara muito das Moiras, responsáveis pelo Destino, e, ao que tudo indica, o sentimento era recíproco. Cahill aparecer primeiro na prisão, e agora no lugar em que ele estava escondido, parecia algo saído de antigas lendas, com adversários nefastos que não podiam fugir do acerto de contas final com seu nêmese. Ewan se lembrou que, embora Cahill fosse a personificação do ódio que agora assolava a nação, feri-lo não ajudaria em nada a unificar o país. O que não o impedia de desejar fazê-lo, é claro.

Marlie voltou ao trabalho, e Ewan usou o banheiro rapidamente. Ele improvisara uma forma de sair da sala na segunda noite: um palete com rodas que ele podia deslizar debaixo da mesa e deslizá-la para o lado sozinho. Ewan estava orgulhoso da ideia; Marlie apreciaria um dispositivo assim. Mas, ao mesmo tempo, ele se perguntava se isso diminuiria ou aumentaria suas preocupações. Seria menos trabalho para ela, que não precisaria mais monitorar as necessidades dele, mas poderia perturbá-la saber que Ewan teria como entrar no quarto a qualquer momento. Não que ele fosse abusar da confiança dela, é claro. Ewan fechou a calça e decidiu continuar em silêncio a não ser que ela perguntasse especificamente.

Ele tentou se manter focado ao passar pelo quarto dela e retornar até o local de trabalho, mas era observador demais por natureza, e não podia evitar notar todos os detalhes íntimos que faziam daquele quarto especificamente de Marlie. Seus itens de toalete estavam espalhados pela penteadeira, tubos de perfumes e frascos de óleo. O vestido que ela usara naquele dia estava dobrado no encosto de uma cadeira, como se ela estivesse cansada demais para pendurá-lo. Um avental branco com manchas verdes onde ela limpava os dedos tinha deslizado para o chão. Um sachê de pétalas de rosa secas repousava no travesseiro, e uma escova de cabelo prateada estava no meio da cama.

Ele pensou no cabelo dela, em como parecia sedoso e convidativo, e imaginou qual seria a sensação de juntá-lo com as mãos. Seus dedos se fecharam na palma da mão quando ele voltou mancando para o local de trabalho dela. Marlie estava de pé na frente da janela, espiando lá fora enquanto finalizava uma trança no cabelo. Ewan sentiu perfume de flores ao se aproximar, e percebeu que o aroma atraente de glicínia era do óleo que ela usava para baixar o volume do cabelo.

— Os homens da milícia estão à solta por aí — disse ela, apontando com o queixo na direção da janela. — A Guarda Nacional de Cahill. Eu me sinto boba e ingrata, sei que vivi uma vida de luxo comparada com tantas outras pessoas, independentemente de raça, mas a cada dia sinto que perco mais um pedaço do meu lar e fico ressentida. Acho que resta lembrar a mim mesma que, por mais sombrios que sejam os relatos que chegam até nós, o Norte vai vencer e tudo vai ficar bem.

A certeza em sua voz atormentou Ewan. Como ela podia dizer aquilo com tanta certeza? Ela podia perder mais do que o lar com Cahill por ali, e sorte não garantiria sua segurança.

Mas eu garantiria, pensou ele. Suas mãos se fecharam em punhos quando foi tomado pela lembrança da sensação de lançar os mesmos punhos contra Cahill até que os nós de seus dedos estivessem em carne viva, e ele não conseguisse saber se o sangue era dele ou do inimigo. Um pacto de sangue macabro.

Era demais para Ewan.

— Por favor, tome cuidado com Cahill, Marlie — disse ele, tentando se manter calmo. O começo de uma enxaqueca se instalava entre seus olhos. — Sorte não é um escudo contra homens da laia dele.

Homens como eu.

— Admito que acho o comportamento dele perturbador, mas ele não poderia me machucar na minha própria casa — disse Marlie. — Eu sou uma Lynch.

A voz de Marlie fraquejou. Ela confiava menos no sobrenome Lynch do que em Lincoln, aparentemente. Como essa era a única coisa entre ela e Cahill, Ewan torcia para ser o suficiente. Ele se lembrou da expressão de Cahill amarrado à cadeira. Ele não dissera uma palavra sequer enquanto Ewan lhe desferira socos, cutucões, tapas. O silêncio resoluto reduzira a frangalhos seus esforços calculados.

"*Você matou esses homens a sangue frio, eles não estavam armados, não foram respeitados*", disparou Ewan, mantendo sua raiva sob controle. "*Eu vou descobrir quem passou a informação sobre o batalhão dos negros, e tudo mais que te falaram.*"

"*Que homens?*", perguntou Cahill em tom casual, apesar do suor escorrendo pela face machucada.

"*O destacamento dos negros...*"

A risada de Cahill em alto e bom som surpreendeu Ewan a ponto de silenciá-lo. O homem tinha estado apático durante todo o interrogatório, mas naquele momento estremecia de tanto rir. Lágrimas escorriam de seus olhos, embora ainda não carregassem emoção.

"*Eu não matei nenhum homem, filho*", disse Cahill. "*Eu matei um monte de animais fingindo ser soldados que precisavam ser abatidos. Tinha que ser feito para preservar a pureza deste país. Do povo americano.*"

"*Qual pureza existe no homem incapaz de sobreviver sem parasitar o trabalho de outros?*", perguntou Ewan.

Cahill o encarou, já sem rir.

"*Estou lutando pelo futuro deste país, assim como muitos como eu. Se um escurinho não é escravizado, então não há espaço para ele aqui. Estou cumprindo o meu dever, e você não ser capaz de perceber isso é justamente o motivo pelo qual o Sul nunca será subjugado pelos covardes do Norte.*"

Não haviam sido as palavras que destruíram a compostura de Ewan, mas a convicção. Fora o jeito com que ele sorrira, como se estivesse satisfeito consigo mesmo. Ewan soubera que nenhuma quantidade de lógica seria capaz de mudar uma mente corrompida pelos ideais de superioridade racial. Cahill era a personificação de tudo que havia de errado com aquele país.

Ewan começou a surrá-lo outra vez.

Saindo das lembranças, Ewan enxugou o suor que as cenas fizeram brotar em sua testa.

— Eu odeio que ele esteja aqui em sua casa. Odeio que a guerra coloque você no caminho de homens como ele. Odeio que tenhamos que viver em um mundo em que esta guerra ilógica sequer está sendo travada.

Ewan nunca dissera essas palavras em voz alta.

Marlie se afastou da janela, virando-se com um olhar questionador. Ewan se preparou para o que quer que ela perguntasse.

— Por que se alistou no exército? Você parece detestar tudo a respeito dele, e... é difícil imaginar você em um campo de batalha, segurando uma arma em vez de um livro.

Ewan fez uma careta. Em suas mãos, um livro podia causar muito mais dor que uma arma. Uma vez ele arrancara uma página grossa e firme de um livro, dobrando em uma ponta afiada, e a empurrou por baixo das unhas de um rebelde até que ele revelasse a localização de minas submarinas estrategicamente posicionadas para destruir o bloqueio naval. E dormira em paz depois de fazê-lo.

Mas não contaria isso para ela.

— Não concordo com o fanatismo baseado em um acaso de nascimento, mas, falando de um modo geral, o Sul está errado e o Norte está certo. Um homem deve servir a seu país em tempos de necessidade e, quando Lincoln clamou por voluntários, eu respondi. — Ewan parou, tentando explicar como aquilo parecera a abertura de um caminho capaz de diminuir sua confusão mental. — Achei que o exército podia oferecer justamente o tipo de disciplina que eu precisava. Imaginei que seria uma rotina ordeira. E eu gosto de ordem, sabe.

Ela provavelmente não entenderia se Ewan pudesse explicar o quanto ele queria acreditar que os treinamentos e a rotina militar seriam o que precisava para sufocar os pensamentos tumultuosos que às vezes emergiam em sua mente sem pedir licença. Pensamentos que podiam se transformar em acessos de raiva se ele não extravasasse.

— Ora, Sócrates, você fala como se tivesse sido uma criança agitada que precisasse de disciplina.

Ele se lembrou dos tempos em que seus exercícios de respiração não eram suficientes para impedi-lo de explodir, a decepção e o espanto no rosto da mãe e o ressentimento no do pai.

— Alguns me consideravam assim — disse ele.

— Devo supor que a disciplina oferecida pelo exército não era o que você imaginava? — perguntou ela.

O traço de um sorriso surgiu no canto da boca de Marlie; o mais sutil dos movimentos, um que transmitia compreensão, compaixão, e Ewan sentiu como se os lábios dela tivessem roçado nos dele. Ele tinha o hábito de observar a boca de seus interlocutores — várias vezes ouvira que seu olhar era intenso demais — e nunca vira uma tão atraente quanto a de Marlie. Um calor percorreu sua nuca com aquele simples movimento milimétrico, e ele se arrependeu por não estar vestido adequadamente. Seu colarinho estava frouxo e não escondia em nada sua pele corando.

Ele pigarreou.

— Gostei de certos aspectos: o aspecto físico, o treinamento, as estratégias e manobras. Mas achei que isso me tornaria um homem melhor, e estava errado. A guerra não melhora homem algum, e eu com certeza não sou a exceção.

Ele pensou no que aprendeu como interrogador da contrainteligência: como fazer um homem ceder da maneira mais rápida possível. Como era possível que, para todos os aspectos da vida, houvesse uma mesma técnica capaz de produzir o resultado mais rápido: infligir dor.

Essa era a vida que o aguardava assim que seu tornozelo melhorasse e ele retomasse o caminho para o Tennessee. Quando Ewan tinha sido preso pela primeira vez em Libby, agarrara-se à esperança — compartilhada por muitos — de que a desavença entre os estados seria resolvida em pouco tempo. Mais do que esperança, essa ideia tinha sido o senso comum. Lutar pela manutenção de uma prática que requeria subjugar seres humanos ao mesmo tempo que clamavam por liberdade era algo absurdo. Ideias absurdas como aquelas seriam capazes de afundar uma nação tão grande? Ewan acreditara que a razão logo prevaleceria, mas a hostilidade e os banhos de sangue — e a certeza de que cada batalha seria a derradeira — tinham se estendido dia após dia. O fim da guerra virara um oásis em movimento, sempre no horizonte e fora do alcance. Uma vitória esmagadora seria necessária para a União acabar com as coisas, e homens como Ewan ajudavam os estrategistas ao obter informações que poderiam garantir a vitória. Então ele feriria pessoas e ouviria que devia se orgulhar por ter estômago para isso até que não fosse mais necessário.

— Ewan?

Ele a encarou, sem ter certeza do que transparecia em seus olhos, mas os lábios de Marlie se entreabriram.

— Eu sinto muito. Por tudo que passou.

Ela deu um passo à frente e sua mão repousou na manga da blusa de Ewan. A sensação que o tomou ao toque dela foi sublime. Ele imaginou que paz deveria ser assim: uma mulher como Marlie tocando seu braço e olhando em seus olhos com compreensão.

Mas Marlie não sabia nada sobre ele. Se sim, jamais o tocaria e ofereceria refúgio. Ela jamais seria piedosa com um homem que, no cumprimento de seus deveres, nunca fora piedoso com ninguém. Ewan não se arrependia de seu trabalho, mas não podia esperar que outras pessoas entendessem.

— A vida é assim — disse ele, afastando-se na direção da sala de secagem, mas a sensação do toque dela permaneceu. — Essa matança toda para provar qual homem pode ser dono do outro e até que ponto. Mas se qualquer coisa que eu fiz ajudou a nos aproximar do fim da escravidão, então valeu a pena.

Ele precisava acreditar que isso era verdade.

— Então, você acredita que o Sul está errado em um nível moral.

— Está errado em todos os níveis — esclareceu ele. — Moralidade sendo o patamar mais alto.

— Eu estava aqui me perguntando... — Marlie respirou fundo. — Como você pode adorar a Antiguidade e lutar contra a escravidão. A Grécia era uma sociedade escravocrata, não era?

O olhar dela encontrou o dele, e Ewan se viu transfixado. Nesse momento, ser capaz de ler as emoções das pessoas não era uma vantagem, porque ele podia ver a decepção nos lábios contraídos dela. Era um tipo de olhar que conhecia muito bem.

— Sim — disse ele. — Mas a escravidão não era baseada em raça naquele tempo.

— Mas ainda assim havia homens que eram donos de outros homens, certo?

— Essa era uma falha da sociedade deles, sim — respondeu ele, cruzando os braços. — Uma que eu não apoio. "É sinal de uma mente inteligente ser capaz de refletir sobre determinado tema sem necessariamente aceitá-lo."

— Certo — foi tudo o que ela disse.

Um lampejo de irritação pela resposta tépida deixou Ewan um pouco abalado. Ela o estava julgando, como tantos já haviam feito? Ewan se lembrou dos livros que Marlie levara para ele, os grandes filósofos que tanto venerava. Ela também lera aqueles livros, em que falavam sobre escravizados tão despreocupadamente. Ela era livre, mas seu povo como um todo não o era. Como aquelas passagens soaram para ela? O que ela devia pensar dele? Ele conhecera *copperheads* o suficiente na prisão, e racistas declarados nas fileiras do exército da União, para saber que manter a União e desejar o fim da escravidão não eram noções que necessariamente andavam de mãos dadas.

— Suponho que eu apenas... resolvi olhar além disso. — Ewan descruzou os braços. — Tive o privilégio de escolher o que me tocava nessas passagens. Para mim, era história, distante. No entanto, eu estava errado, porque não é história enquanto travamos esta guerra. É só que... Eu precisava muito acreditar em algo. A Bíblia fez eu me sentir um pecador, mas o *Manual de Epicteto* fez eu me sentir como se, embora separados por tempo, país e idioma, alguém me compreendesse.

As palavras surpreenderam Ewan, que nunca tivera que se justificar. Seu comportamento sempre fora visto como esquisito, mas ninguém nunca se importara com suas leituras ou por que pensava da forma que pensava. Quando as pessoas perguntaram antes, não tinha sido de fato um questionamento, mas mais uma forma de atestar o quão bizarro achavam seus interesses.

Marlie o encarou e assentiu lentamente.

— Suponho que as pessoas encontram o que precisam onde é possível. Eu certamente sinto o mesmo sobre meu *Guia Ilustrado da Botânica Americana*. E nem tudo nas páginas da Bíblia é gentileza e justiça. Obrigada por explicar.

Ewan se sentiu estranho ao ver que relevara um elemento tão grande quanto a escravidão. Era lógico: a sociedade grega estava morta havia muito tempo, vivendo através das palavras de seus filósofos. Mas ele sabia que a escravidão americana era uma mácula terrível no mundo. Será que isso também seria colocado de lado tão casualmente quando, em um futuro distante, as pessoas lessem sobre a América? A escravidão seria uma nota de rodapé, um adendo? Esse pensamento preocupou Ewan.

Então, algo lhe ocorreu.

— Uma constante em toda a história é: toda sociedade construída com escravidão sucumbiu. Suponho que isso deva nos dar esperança de que a União prevalecerá.

— Eu jamais duvidei disso — disse Marlie, com a voz sincera e os olhos enormes e esperançosos.

Ewan a encarou por um longo momento e se perguntou se ela pensaria o mesmo se tivesse estado nas trincheiras ao lado de soldados mijando na calça de medo, homens que mal sabiam como usar uma arma ou seguir uma ordem. Então, ele se lembrou de todas as vezes que ela fora à prisão, como seu sorriso era um feixe de luz na escuridão da miséria. Sim, ela sentiria o mesmo, porque Marlie possuía uma qualidade inefável que cintilava mesmo em situações horríveis. Ewan se perguntou qual era a sensação de se entregar à esperança, ao diabo com a lógica.

Marlie ficou olhando para o chão, e Ewan entendeu que estava na hora de parar de encará-la e voltar ao seu esconderijo. Ele deslizou para a escuridão e empurrou a porta para fechá-la, deixando a mão pressionada contra a madeira até sentir o som decisivo da mesa sendo recolocada contra a parede.

Capítulo 8

Tudo na sala de estar permanecia igual — era um dos poucos lugares em que Melody não tinha deixado sua marca ao reorganizar mais de acordo com seu gosto. Marlie descobriu que, embora o piano brilhante e o conjunto delicado de móveis de jacarandá não tivessem mudado — exceto pelo desgaste no estofado de seda avermelhada —, a sala parecia diferente. O espelho com moldura dourada do outro lado do cômodo mostrava sua figura sentada serenamente na espreguiçadeira, com um livro nas mãos, mas a tensão que preenchia o local não tinha reflexo, rondando-a como um ser malévolo.

Talvez fosse o barulho da Guarda Nacional perambulando lá fora, as vozes altas dos homens durante seus exercícios da tarde perfurando qualquer ilusão de que a casa deles ainda era deles. Era estranho como compartilhar seu pequeno espaço com Ewan lhe dava uma sensação de liberdade, ao passo que compartilhar Lynchwood inteira com a milícia a fazia se sentir enjaulada.

Uma pontada de pânico recaiu sobre ela ao pensar em Ewan, como se Melody pudesse ouvir suas contemplações mais íntimas e estragá-las também.

— Como foi sua visita até a plantação de Sloanes? — perguntou Marlie, beberincando o chá calmante que ela mesma cultivara.

Sentiu toques de amora, camomila e também de raiz de valeriana, uma das plantas mais perigosas de seu arsenal. Tentou reprimir o pensamento ruim que se seguiu — como seria fácil se livrar de Melody, que estava sentada do outro lado do salão, jogando baralho com Sarah na mesa.

Ela fora incapaz de parar de pensar em coisas assim desde que fizera a gris-gris. Lições de seu passado, ensinadas por sua mãe, ou sobre as quais ela a alertara, começaram a retornar, como se o pequeno sachê vermelho tivesse desbloqueado algo que Marlie escondera sob o conhecimento científico. Realizando aquele pequeno ato, ela experimentara uma sensação de controle que nada tinha a ver com o dinheiro ou o nome Lynch. Mais importante, sentira esperança. Na noite que fizera o gris-gris, Marlie acordara assustada, não do meio de um sonho, mas do que poderia ser o começo de um. Sentiu cheiro de alecrim no quarto, embora não o tivesse usado recentemente.

Maman.

Provavelmente fora sua imaginação, mas às vezes imaginação era a ferramenta mais eficiente que uma mulher poderia ter.

Stephen estava sentado em uma cadeira no canto do salão, fora da visão da esposa, porém no alcance da audição. Ele não falava muito, estava lendo um jornal e olhando para Marlie de tempos em tempos. Ela já lhe oferecera dois sorrisos bondosos, e agora fingia que não conseguia sentir quando ele a olhava.

— Foi bastante satisfatório — disse Sarah. — Me ofereceram um café muito forte, que deve ter custado uma fortuna. Mencionaram que vários escravizados fugiram para os campos de refugiados, o que foi bastante incômodo para eles.

Sarah tomou um gole de chá, e Marlie soube que o fizera para esconder um sorriso.

— Eles receberam uma carta do filho que descrevia em detalhes como o regimento dele impediu o general Grant e os ianques de tomarem Vicksburg — acrescentou Melody. — Grant e Sherman estão tentando se esgueirar como gambás prontos para procriar, mas nossos garotos corajosos não vão permitir que entrem aqui.

— Talvez eles desistam de uma vez e você e Stephen possam voltar logo para casa — disse Sarah animada ao pegar as cartas e embaralhar.

— Ah, não acho que isso vai acontecer — respondeu Melody. — Recebemos uma carta contando que nossa casa, mesmo depois de todos os danos, está sendo usada como centro de defesa e provendo abrigo para vários oficiais e seus homens enquanto criam estratégias. Mesmo se eu quisesse voltar, não poderíamos perturbar homens realizando tarefas tão importantes. Ficaremos em Lynchwood por um tempo ainda, certo, Stephen?

Ele soltou um pouco de fumaça de seu cachimbo.

— Talvez. É possível encontrar uma forma de ir para minha mãe na Filadélfia e...

— Basta, Stephen! — A voz de Melody explodiu de forma passional, uma mudança repentina da máscara de doce refinamento que sempre usava. — Eu já disse que me recuso a satisfazer esse plano bobo, e não vou mais discutir! Não há nada para mim na Filadélfia, e não aceito estar cercada por aqueles ianques covardes, adoradores de escurinhos.

— Eu entendo, querida, mas se pensar um pouco...

Melody lançou um olhar intenso para o outro lado da sala.

— Já é ruim o suficiente que você não tenha tido a força moral de lutar, ou a perspicácia de ajudar o Sul de outra forma. Essa conversa sobre ir para o Norte só faz você cair ainda mais em desgraça, o que, devo dizer, não achei que fosse possível.

A tensão no salão era sufocante, e o som de passos pesados e arrastados no tapete do corredor fez surgir uma pontada de agitação em Marlie. Ela desejou estar lá em cima, sem ter se aventurado a descer. Então olhou para Sarah e percebeu como seu rosto estava pálido. Quando Sarah olhou em sua direção, Marlie lhe ofereceu um sorriso, erguendo a xícara aos lábios, encorajando-a silenciosamente a beber também. Não se arrependia de estar ali por Sarah, embora essa decisão tenha fraquejado quando Cahill entrou na sala.

Ele tirou o chapéu e se curvou para Melody e Sarah, fez um gesto para cumprimentar Stephen muito superficialmente, depois sentou-se bem na frente de Marlie. Ele não a cumprimentou com cordialidade, mas a encarou. Marlie não sabia por que ele sequer se dava ao trabalho, já que sua presença o incomodava tanto, mas ele a olhava em toda oportunidade.

— Não vi você por aí, Boneca. Pensei que talvez tivessem tido o bom senso de mandar você para o campo, onde é o seu lugar — disse ele, com a voz calma e baixa, mas sua expressão deixou Marlie com medo.

Cahill parecia ser um homem que não gostaria de nada mais do que destroçá-la sob seu pé como um inseto. Marlie sentiu uma urgência muito grande de afrontar aquele olhar e colocar para fora uma resposta mordaz.

— Ora, parece que nós dois nos decepcionamos, já que eu poderia lhe dizer o mesmo — disse ela, bebendo um gole de chá e tentando parecer despreocupada, apesar da forma que seu estômago se revirou e afundou.

Você não é corajosa o suficiente para falar em tom de desafio assim, uma parte desesperada de sua consciência a lembrou. Talvez estivesse certa. Ela deveria ficar quieta e ser discreta, dado o segredo que estava mantendo dois lances de escadas acima, mas aparentemente seu lado rebelde começara a brotar, como uma beladona que se abre quando a escuridão cai.

— Passei muito tempo nos campos, na verdade — disse ele, inclinando-se um pouco e encarando-a com um olhar frio. — Eu era feitor de uma plantação em Charlotte. Passava meus dias mantendo escurinhos preguiçosos como você na linha. Você pode se achar importante e poderosa nessa casa, mas não duraria cinco minutos sob meu comando.

O corpo de Marlie se enrijeceu ao ouvir a zombaria e as implicações no tom de voz dele. Seu olhar deslizou pelo corpo dela e depois voltou ao rosto e, embora ainda fosse frio, havia algo novo ali, uma arrogância que lembrava que homens como ele podiam fazer qualquer coisa com mulheres como ela, e a sociedade ainda daria risada e tapinhas nas costas dele.

O homem é perigoso, Ewan tinha escrito, e ele não era do tipo inclinado a exageros.

A bravura de Marlie fraquejou, e ela piscou para afastar as lágrimas.

Maman, por que você me deixou com essas pessoas?

Marlie era Daniel na cova dos leões, mas de forma alguma estava certa se sairia ou não de lá. E os leões tinham ao menos um motivo legítimo para comer Daniel: era da natureza deles. Melody e Cahill olhavam para Marlie com tamanho ódio e nojo que a deixavam gelada até os ossos, apenas por ser uma mulher negra. Essa era simplesmente a natureza deles também? Subjugar outros seres humanos de forma tão cruel?

— Capitão Cahill — chamou Stephen, com a voz alta demais.

Marlie percebeu, ao olhar para ele, que Stephen estava mais corado. Ainda assim, suas palavras eram corteses quando ganhou a atenção do homem.

— Quais são as últimas novidades? Teve alguma sorte descobrindo desertores?

Marlie baixou a xícara de chá e juntou uma mão trêmula na outra. Ela nunca ouvira Stephen falar sobre a guerra de forma tão direta e se perguntou se ele estava propositalmente afastando a atenção de Cahill. Uma pequena fagulha de gratidão a acalentou; ela muitas vezes desejara que ele fosse menos negligente com os seus deveres de irmão. Se ele tinha escolhido aquele momento para finalmente fazer algo a respeito, não podia evitar sentir alguma gratidão, embora moderada pelo fato de ter sido a esposa dele a responsável por criar aquela situação.

Ela também era grata por poder descobrir algo para reportar para LaValle, o que não vinha conseguindo fazer.

Cahill se levantou e caminhou até Stephen, parando para encará-lo de cima.

— Eles ficam mais corajosos todos os dias. Esta manhã mesmo soubemos de um ferreiro sequestrado. Um grupo o manteve amarrado durante dois dias enquanto usavam as ferramentas para consertar suas armas. Ele disse que eram brancos misturados com escurinhos e selvagens, ou seja, indivíduos dos setores mais deploráveis da sociedade.

Ele olhou para Marlie. Ela bebericou o chá.

— Ouvi dizer que recentemente eles tiveram sucesso — disse Sarah, virando uma carta com afetação. — Elegeram líderes, começaram a treinar e, apesar da desordem de alguns, estão se tornando uma milícia formidável.

Stephen alisou suas suíças.

— Devo admitir que, pelos últimos relatos, eles são mais organizados do que presumi.

— Bem, relatos são tudo o que você saberia, já que não ergue um dedo para ajudar a Causa nesta guerra — disparou Cahill. — Todos os homens são bem-vindos a se juntar a Guarda Nacional, mas você não o fez. Por quê?

— Senhor — disse Sarah, baixando uma carta na mesa com força —, se considera "não erguer um dedo" alimentar e abrigar o senhor e seus homens, fique à vontade para partir.

— Ora, por favor, Sarah — ralhou Melody.

Apenas quatro palavras, mas poderiam muito bem ter sido um tapa no rosto do marido. Stephen olhou para as próprias mãos.

Cahill encarou Sarah por um bom tempo, depois se levantou, ajeitando a farda, antes de andar com dificuldade na direção da porta.

— Tenho homens para comandar — foi tudo o que ele ofereceu como resposta. — O governador Vance disse que devemos encontrar e destruir o mais rápido possível esses imperialistas adoradores de Lincoln e não sou homem de recuar diante do meu dever.

Um calafrio percorreu a pele de Marlie. Tempos ainda mais sangrentos estavam por vir por aquelas bandas e Cahill parecia contente em fazer sua parte na carnificina que ocorreria.

— Ah, espere um momento, capitão, tem algumas coisas que preciso discutir com o senhor.

Melody afastou a cadeira e se apressou pela sala, farfalhando a crinolina das saias. Ela tomou o braço de Cahill e os dois saíram do salão, sem lançar um olhar sequer na direção de Stephen.

— Nem todos os homens ganham poder destruindo os menos afortunados — disse Stephen, reencontrando sua voz tarde demais. — O povo daqui resiste aos confederados porque não possuem escravizados ou detestam a escravidão. Matar os mais pobres para fazê-los se juntar à Causa confederada mostra o quanto esse governo é inadequado.

— Exatamente — disse Sarah. — E que a formação da Guarda Nacional tenha fortalecido a resistência de muitos homens, em vez de diminuído seu moral, me dá esperança de que essa guerra acabará do modo que esperamos.

Sarah olhou em volta como se Melody estivesse escondida em algum canto, só esperando para atacar qualquer demonstração pró-Norte.

— Sim, esta guerra está mudando muitas ideias sobre quem é capaz de lutar, e como. Eu li sobre os regimentos de cor lutando pela União agora — disse Stephen, dirigindo-se a Marlie pela primeira vez nos últimos tempos. — Os documentos aqui os hostilizam, mas de acordo com todos os outros eles se portaram de maneira honrosa.

Marlie não sabia como responder. Aquilo era uma tentativa de afinidade? Como se ela fosse ficar feliz por seu povo agora ser visto como digno o suficiente para ser bucha de canhão, depois de tudo o que passaram? Ela se sentiu completamente irritada com algo que nunca havia considerado: por que os negros deveriam lutar? Marlie se lembrou dos trechos que traduzira das memórias da mãe, as histórias de jovens trabalhando até o túmulo e sendo surrados se resistissem. Os brancos haviam criado o problema, por que não o resolviam sozinhos?

Não era realista, infelizmente, mas não mudava a fúria que o pensamento trouxe à tona. Marlie olhou de Sarah para Stephen; eles não entenderiam se ela expressasse aquele sentimento. Foi tomada por uma solidão repentina e dolorosa, uma certeza de que nem Sarah nem Stephen faziam a menor ideia de quem ela era.

— Deve demandar uma grande força de vontade sair diretamente do trabalho nos campos para lutar contra o opressor — disse ela, diplomática.

— E por sorte você nunca terá que viver nenhuma dessas adversidades — disse Sarah. — Você é muito bem cuidada aqui, não é?

Marlie ficou tensa. Ela não se considerava bem cuidada — ela trabalhava, ganhava seu sustento, mas era exatamente aquilo o que ela era. Exatamente por isso nunca se sentira mais livre do que quando entrava e saía da prisão, ajudando aqueles homens por vontade própria.

Mas com o dinheiro dos Lynch pavimentando seu caminho.

— Creio que vou me recolher aos meus aposentos — disse Marlie.

— Você tem ficado muito tempo recolhida ultimamente — falou Sarah. — Sei que as coisas estão difíceis com Melody e Cahill por aqui, mas é difícil para mim também. Não pode tentar tolerar um pouco mais? Por mim?

Marlie sentiu uma raiva indistinta, e as primeiras palavras a surgirem em sua língua não eram gentis nem verdadeiras, então ela esperou um momento antes de abrir a boca.

— Sarah, estou certa de que as coisas são difíceis para você, mas não ouviu a forma que Cahill falou comigo e as coisas que ele insinuou?

Como Sarah podia não enxergar? Diferentemente de Marlie, ela era protegida por sua posição social e pela cor da pele. Marlie ficou zonza de vertigem mesmo estando sentada. Aparentemente, agora via falhas em tudo. Sempre quisera mudar o mundo, mas nunca percebera como eram irritantes muitos aspectos ao seu redor. Por um momento, Marlie duvidou da própria sanidade, pois tudo que a pessoa que ela mais amava dizia a irritava.

— Eu entendo, mas sinto falta de como as coisas eram antes — disse Sarah, suspirando.

A raiva de Marlie desapareceu, substituída por sua afeição por Sarah e por tristeza. Os trabalhos em favor da União as uniram e, agora que as operações estavam adiadas, Marlie sentia como se um abismo cada vez maior se abrisse entre elas, um que queria desesperadamente atravessar.

— Eu também — disse ela. — Mas a guerra traz mudanças, e nenhum de nós poderá passar por estes tempos difíceis ileso.

Com a expressão séria, Sarah se apressou e sentou-se ao lado de Marlie, segurando sua mão.

— Cahill não tomou nenhuma liberdade com você, tomou?

— Não — respondeu Marlie, estremecendo diante da ideia. — Ele parece gostar de me causar medo, e eu odeio lhe dar essa satisfação. Mas *estou* com medo.

Sarah envolveu seus ombros com um braço.

— Perdoe meu pedido desatencioso, Marlie. Você está certa. Talvez seja melhor se manter fora de vista até que as coisas melhorem.

— Não, melhor seria se ele fosse expulso de nossa casa — disse Marlie, aquela voz teimosa surgindo dentro dela de novo. Ela olhou para Stephen, que rapidamente afastou o olhar. — Já que ninguém está disposto a fazer isso, sim, talvez seja melhor me manter em meus aposentos.

Ela deu alguns tapinhas nas mãos de Sarah e depois deixou o salão, parando na cozinha para preparar uma cesta de comida antes de subir as escadas para seu quarto. Marlie estava tanto furiosa como extasiada. Havia sido encorajada a se manter prisioneira em seu próprio lar por causa de Melody e Cahill, mas, ao mesmo tempo, recebera permissão para passar o tempo como desejasse em vez de se esquivando pelos cantos do salão, se encolhendo toda vez que Cahill olhasse para ela. Ao entrar no quarto e trancar a porta atrás de si, sentiu o peso do mundo deixar seus ombros. Marlie sabia que sua situação com Ewan estava longe de ser normal — e definitivamente era temporária —, mas a liberdade que encontrava nos momentos em que passava em sua companhia, conversando, se tornara importante para ela. Talvez até demais.

Ela amarrou o avental e começou a reunir os ingredientes para testar um novo tônico que torcia para ser eficiente contra vermes. Então olhou por cima da mesa e suspirou. Não investigou a fundo o que poderia ser a sensação em seu peito e seguiu o impulso de afastar a mesa do esconderijo de Ewan. O rosto dele logo surgiu pela abertura, coberto de sardas e com seus ângulos retos.

— Aqui tem alguns biscoitos com banha de porco — disse ela. — E posso colocar um pouco de chá para ferver se quiser. — Ela indicou a estação de trabalho com a cabeça.

— Chá seria excelente, se você também for tomar — disse ele. — Obrigado.

Marlie colocou a chaleira no fogo e Ewan se sentou no chão com as pernas esticadas, ao pé da porta. Comeu alguns biscoitos, bem concentrado.

— Isso aqui é maravilhoso — falou ele. — Me lembram os da minha mãe.

Marlie se ajoelhou e cutucou o tornozelo dele, depois suspirou bem fundo.

— Você já sentiu… como se a terra tivesse se aberto e você tivesse ido parar de um lado e sua família do outro?

Ele simplesmente a encarou, o momento se alongando o suficiente para Marlie se arrepender de ter feito a pergunta.

— Me perdoe, isso não é da minha conta. Seu tornozelo parece estar cada vez melhor.

Ela se colocou de pé, a solidão que sentira no salão se fazendo presente mais uma vez.

— Suponho que não esteja falando literalmente — disse ele, e Marlie meneou a cabeça. — Acredito que eu tenha nascido do outro lado de um abismo como esse que você falou. Sempre fui o garoto esquisito, o jovem estranho. Eu fazia perguntas demais, ou direcionava as conversas para os assuntos que agradavam a mim e entediavam os outros. Me frustro com facilidade e estou eternamente agitado. Tenho certeza de que notou esses traços.

Ewan parou e Marlie viu um quê de vulnerabilidade em seu olhar, como se ele esperasse que ela o provocasse ou dissesse algo mordaz. Ela permaneceu em silêncio, e ele continuou:

— Quando ficava chateado, eu fazia birras horríveis que envergonhavam e assustavam meus pais. Eu tornei a viagem da Escócia para os Estados Unidos ainda mais traumatizante, pelo que me contaram.

E quando meu pai perdeu o controle sobre a bebida... Sim, eu entendo a sensação.

Marlie sentiu um pouco da tensão que a tomara desde sua ida sufocante ao salão se afrouxar.

— Como lidou com isso?

— Bem, percebi que não podia fechar esse abismo, que isso não estava no meu controle. Mas eu podia aprender o que satisfazia ou não a minha família, e o que me satisfazia em satisfazê-los. Embora o abismo ainda exista, algumas pontes permitem que eu conviva bem com minha família e vice-versa.

Marlie assentiu.

— Vou pensar em quais pontes posso construir. Não estou acostumada a me sentir assim em relação a Sarah.

— Ela é sua irmã, não?

Ela sentiu a exasperação surgir de novo, e a palavra saiu de maneira forçada, como se tivesse sido confrontada:

— É.

— Bem, se você sobreviveu todo esse tempo sem nunca ter desejado se afastar dela, então está se saindo melhor do que a nação como um todo.

Marlie se permitiu rir um pouco e foi recompensada com um sorriso estonteante de Ewan.

— Obrigada, Sócrates. Isso me deu algum conforto depois de um dia difícil.

— Qualquer coisa que eu puder fazer para melhorar seu dia, farei com todo prazer.

As palavras não foram faladas de um jeito sugestivo, mas ditas com tanta honestidade que fizeram Marlie corar e sentir-se quente. Não ajudou em nada que sua imaginação tenha pegado a palavra "prazer" e a distorcido sem o menor pudor, imaginando tudo o que ela podia significar.

— Boa noite — disse ela, empurrando a mesa para a frente.

— Boa noite — respondeu ele, fechando a porta.

Quando a mesa encostou na parede, Marlie permaneceu recostada ali, tentando discernir o porquê de tudo nela se sentir atraído pelo homem do outro lado.

Uma paixonite boba e nada mais. Vai passar.

Marlie precisava acreditar que era isso. Era inteligente demais para imaginar que poderia ser qualquer coisa além.

Capítulo 9

Ewan agarrou a viga sólida de madeira que dividia o espaço do sótão em dois e puxou o peso do corpo para cima, se movendo devagar o suficiente para sentir cada músculo do braço e do abdômen queimando. Ele alcançou o ponto alto do movimento, soltou o ar e voltou ao chão. Depois repetiu.

Mas, quando tentou se puxar para cima, seus braços se recusaram a seguir o comando. Desde que viera para a casa de Marlie, Ewan havia dobrado, às vezes até triplicado, a rotina de exercícios — modificados para evitar forçar seu tornozelo. Não por ser vaidoso, mas por ser a única forma de dar vazão aos pensamentos frenéticos que bombardeavam sua mente. As cartas passadas de um lado para o outro, deslizadas por baixo da porta que tanto o protegia como aprisionava, eram a única conexão entre ele e o mundo, e entre ele e Marlie. Em cada carta, ela crescia em sua estima, mas a distância entre querer e ter também.

Todas as vezes que ela perguntava algo sobre o que ele tinha feito durante a guerra, ou para qual posto estava retornando, eram um lembrete do motivo pelo qual ele precisava arrancar pela raiz qualquer sentimento impróprio que tinha por Marlie. Ele não se arrependia do que fizera por seu país, mas a luta que travava era diferente de dar um tiro no campo de batalha ou sair no soco em uma trincheira. Uma pessoa pode ser moralmente correta e, ainda assim, incorrigivelmente corrompida, mas ele não mancharia Marlie contando a verdade sobre si.

Considero mais corajoso aquele que vence os próprios desejos do que aquele que subjuga os inimigos, pois a vitória sobre si mesmo é a mais difícil.

As palavras de Aristóteles eram, no geral, otimistas demais para o gosto de Ewan, mas o homem acertava algumas vezes. Ewan estava se sentindo muito corajoso ultimamente.

Já havia separado e organizado todas as ervas secas espalhadas pela sala, usando um sistema diferente de organização. Ele perguntara para Marlie qual trabalho precisava ser feito, para depois rotular as garrafas e fazer misturas de acordo com as instruções dela. Terminada aquela tarefa, ele passou para os livros. Ler costumava acalmá-lo, desviava todo o seu foco da realidade para o texto, mas estar preso em uma sala quase ao alcance da pessoa que ele mais queria e da pessoa que ele mais odiava dificultavam sobremaneira a concentração.

A comichão inconveniente que parecia emanar das profundezas de seu crânio tinha voltado, distraindo Ewan. Ele odiava a sensação que o assolara quando criança; até mesmo na prisão ele conseguira trabalhar, permutar e consertar coisas para manter a mente limpa. Não se sentia tão revirado assim desde antes de o pai morrer. Não, não era verdade. Houvera uma outra vez depois disso.

Cahill.

O dia em que encontrara Cahill pela primeira vez era para ter sido calmo. Ewan estava retornando de outra missão. A cidade deveria estar livre de rebeldes, já tomada pela União. A fazenda era para ser segura — ocupada por negros em treinamento desde o dia em que Lincoln dissera que poderiam lutar oficialmente de azul pela União. O som de tiros e pânico recebera Ewan e seus companheiros soldados; uma emboscada covarde.

Ele ouviu um barulho na porta, quase baixo demais para ser percebido, mas o suficiente para arrancá-lo daqueles pensamentos horríveis. Ewan passou a mão pelo rosto suado, destrancou a porta e abriu. Foi só quando percebeu as sobrancelhas escuras e delicadas erguidas que se deu conta de que não estava usando uma maldita camisa.

— Perdão — disse ele, virando-se para pegar a camisa que havia tirado. Fez uma careta ao passar o braço pelas mangas e começou a abotoá-la. — Acho que exagerei.

Quando voltou, Marlie ainda estava parada na mesma posição. Suas sobrancelhas estavam de volta ao lugar, mas seus lábios estavam levemente entreabertos. Ela o encarava como se ele não estivesse usando nada além das botas. Ewan ouviu um tilintar e percebeu a bandeja que ela trazia: as mãos trêmulas de Marlie faziam o copo tilintar contra um pote contendo algo delicioso.

Ele a assustara. Parte dele queria acalmá-la, mas era melhor que ela ficasse assustada. Mostrava que Marlie era tão inteligente quanto ele a achava.

— Eu... eu trouxe seu jantar — disse ela. — Todos foram para uma assembleia da cidade, então, se quiser comer em meus aposentos, fique à vontade.

— Tem certeza? — perguntou ele.

— Ninguém pode entrar — respondeu ela. — E vamos ouvi-los quando chegarem.

Ele encarou aqueles olhos estranhos, perguntando-se por que ela o convidaria para jantar apesar do risco. Eles conversam por mensagens durante o dia, e as visitas noturnas ao toalete se tornaram conversas noturnas. Mas suas refeições durante o dia costumavam ser feitas na sala de secagem.

Enquanto a encarava, um canto da boca de Marlie se levantou em um sorriso sem-graça e ela arqueou os ombros, apenas um mero milímetro, mas esses detalhes chamaram a atenção de Ewan.

Ela está se sentindo sozinha.

Ele sentiu um aperto no peito ao perceber isso. Embora a solidão fosse seu estado preferido, Ewan não se importava em estar cercado por pessoas. Ele era flexível, e até o confinamento lotado das prisões fora suportável. Qualquer coisa era suportável quando precisava ser, era sua filosofia pessoal. Mas havia uma diferença entre suportável e tolerável, e saber que Marlie estava se sentindo sozinha enquanto ele estava a passos de distância era intolerável.

— Claro, se não for muito incômodo — disse ele. — Ter paredes diferentes para encarar não seria ruim.

— Seu tornozelo está quase bom, então já podemos começar a planejar sua ida ao Norte — disse ela. — Sinto muito que tenha trocado uma prisão por outra.

Seu confinamento tão perto dela era de certo alguma forma de tortura, mas não do jeito que ela imaginava.

— Marlie, você se deprecia com essa comparação.

Ela sorriu muito levemente, mas Ewan se embebedou daquela visão como se ela tivesse o acariciado. Talvez ele tivesse algo do charme dos McCall em si no fim das contas. Ele entrou na sala, e ela deu um passo para trás, colocando a bandeja sobre a mesa, e depois virando-se para trabalhar.

— Eu comi na cozinha com Lace e Tobias — explicou ela. — Eles insistiram para que eu tirasse vantagem da ausência de Melody, já que tenho passado a maior parte do tempo aqui em cima. Tobias também quis saber se estava acontecendo algo inapropriado entre nós.

Ewan estacou, pensando que talvez tivesse ouvido errado já que ela dissera aquilo com tanta calma. Marlie tinha mesmo falado aquelas palavras com tanta naturalidade? Talvez não o tivesse feito se soubesse quanto tempo ele passava tentando não pensar exatamente naquilo que Tobias estava perguntando.

— E o que você disse a ele?

Ewan empurrou a cadeira para o lado da mesa para poder vê-la trabalhar.

Ela derramou uma medida de água destilada em uma garrafa, depois fechou com uma rolha e colocou-a no suporte de um instrumento que ele não a vira usar antes. Quando colocou no suporte, usou uma tira para manter a garrafa segura, depois virou uma chave. O suporte se ergueu lentamente, baixou em uma das pontas e depois repetiu o movimento, misturando devagar o conteúdo das garrafas. Ewan quase se distraiu por causa da engenhosidade do aparelho. Quase.

— Eu disse que vivíamos em pecado por vários motivos, mas que, dada nossas circunstâncias, não tínhamos escolha — disse ela.

Ewan se esforçou muito para não focar nas formas que *não* estavam vivendo em pecado. *Dizendo o nome de Deus em vão, talvez. Eles não tinham feito isso.*

Ela olhou para ele.

— Ele não ficou feliz com a provocação, mas eu disse que você é um homem honrado e que não tiraria proveito da situação.

Ewan lembrou do olhar que Tobias lançou para ele.

— Ele está cortejando você?

Marlie riu baixinho.

— Tobias nunca me viu como nada além de uma irmã, o que tornaria um flerte bastante desconfortável. Assim como seu casamento com Lace.

Sentir-se possessivo era infantil e um comportamento ao qual Ewan não se permitia entregar, mas, *se* ele fosse esse tipo de homem, estaria retumbantemente satisfeito pelo fato de Marlie não ter uma relação com Tobias.

— E você? — perguntou Marlie.

Ela continuava trabalhando, mas Ewan percebeu que seus movimentos eficientes estavam mais lentos. Ela pegou a garrafa errada, depois derrubou um pote com galhos secos.

— Bem, creio que Lace também se oporia se Tobias me cortejasse — disse ele, e foi recompensado com o riso delicado de Marlie enquanto ela pegava as folhas que tinha espalhado pela mesa.

— Você entendeu o que eu quis dizer — falou ela. — Você mencionou seus pais, um irmão e uma irmã, mas nenhuma amada ou esposa.

Ewan não entendeu muito bem.

— Porque não existe tal pessoa.

Nem jamais existiu. E é assim que gosto que seja, ele lembrou a si mesmo.

— É mesmo? Pelo que leio nos jornais, parece que todo soldado tem uma mulher esperando em casa. — Ela o olhou rapidamente, depois voltou ao trabalho. — Parece meio difícil acreditar que você não é um desses.

Ewan não estava certo, mas parecia que ela o estava elogiando.

— Nunca encontrei uma mulher que eu pediria para me esperar — respondeu ele.

Ninguém também havia exatamente solicitado o posto, ainda mais se tivesse sido recipiente de uma — ou três — das palestras dele.

Marlie abriu um enorme sorriso.

— Ah. Só posso imaginar os padrões altos que esperaria de uma amada.

Por que ela estava achando graça?

— Deixe-me adivinhar — continuou ela. — Ela teria que ter decorado o *Manual de Epicteto*, ser capaz de falar vários idiomas e atirar em um rebelde a cinquenta metros de dis...

— Se acha que esse é o caso, talvez eu não tenha me expressado bem — disse Ewan calmamente, embora sinais de alerta estivessem disparando em sua mente. — Eu tenho apenas um requisito.

Ela inclinou a cabeça.

— E qual seria?

— Capacidade cognitiva elevada.

Ele não teve coragem de explicar as formas que uma mulher podia demonstrar tal coisa; por exemplo, aprendendo sozinha sobre botânica medicinal, criando e aprimorando constantemente seu próprio alambique, e se envolvendo em debates filosóficos espirituosos. Ela não precisava saber disso.

Marlie soltou um riso baixo.

— Na verdade, isso combina bastante com você — disse ela.

Não havia zombaria em sua risada ou seu tom de voz, assim como não havia qualquer sinal de que ela estivesse ciente do quanto atendia àquela exigência.

— O que está fazendo? — perguntou ele antes de dar uma mordida em um pedaço de frango, aproveitando para mudar de assunto.

Pessoas que não percebiam o óbvio eram um incômodo terrível para Ewan, mas ele não podia arriscar chamar a atenção para aquele lapso em particular.

— Tem uma doença se espalhando entre as crianças das cidades ao redor. — Marlie não tirou os olhos da garrafa de vidro que estava enchendo. — Acho que estão fracos de inanição. Muitas fazendas estão descuidadas porque os homens estão ou escondidos na floresta para escapar de Cahill ou lutando na guerra, à força ou por escolha própria. As condições são perfeitas para uma doença terrível surgir, como se já não tivéssemos perdas o suficiente. Tobias vai levar isso para as famílias amanhã.

Ao ouvir o nome de Cahill, Ewan não pôde evitar apertar a colher de madeira com mais força...

— Como tem sido com Cahill? — perguntou ele.

Ewan não revelara sua ligação com o homem. Como podia explicar para Marlie? O último vestígio de seu ego não podia deixar que ela o achasse um monstro. Achasse não, soubesse.

Os ombros dela se ergueram com um suspiro, e sua postura estava mais tensa quando recaíram de novo.

— Tão bom quanto se pode imaginar. Melody o trata como um rei e passa o tempo todo censurando o próprio marido por não se juntar aos confederados. Ela trata a pobre Sarah mal em toda oportunidade que tem, e dá indiretas sobre sua inclinação pela União. É um milagre que Cahill não a tenha interrogado, ou coisa pior. — Marlie parou o que fazia antes de acrescentar: — Dizem que ele faz coisas terríveis. Captura as esposas e as crianças dos homens que não se alistam e...

Ela parou e olhou para ele de novo.

Ewan engoliu com dificuldade o pedaço de batata, forçando-o pela garganta subitamente seca. Ele sabia muito bem o que Cahill fazia para conseguir o que queria, e se permitira ser rebaixado ao mesmo patamar. Não tinha orgulho daquilo, mas seu único arrependimento era ter deixado Cahill viver. Se não tivesse, Marlie nunca teria sequer conhecido o homem.

— Eu fui testemunha das coisas horríveis que menciona — disse ele com cuidado.

Ewan considerou dizer que fora testemunha por ter sido ele mesmo quem as fizera.

— Ah, que horrível! Sinto muito.

A expressão dela era de uma preocupação tão carinhosa que qualquer ideia de confissão foi deixada de lado. Contar só a faria temer pela própria segurança, e isso não estava em questão.

Ela não tinha nada a temer da parte dele. Já de Cahill...

— Uma quantidade surpreendente de coisas é feita em nome do Norte e do Sul. Algumas vezes elas são necessárias. Precisei me habituar com essa verdade.

— Uma crueldade assim não te perturba? — perguntou ela.

Seu olhar perpassou pelo rosto dele, provavelmente procurando por algum sinal de ter entendido errado.

— Crueldade injustificada me perturba. Cahill não age por necessidade, mas porque gosta de machucar as pessoas. Não há lógica por trás de suas ações, é simplesmente pelo prazer sádico de ferir os outros.

Os olhos de Marlie se arregalaram, os músculos de seu rosto ficaram tensos.

— Sim. Você disse que ele era perigoso, e temo que não estivesse errado.

Ewan precisou respirar profunda e lentamente, como fizera todas as vezes que sua mente viajava pelas horríveis possibilidades que a presença de Cahill abria. Marlie tinha a família e o sobrenome Lynch em sua defesa. Ewan repetiu isso para si de novo e de novo, mas não conseguiu se impedir de perguntar:

— Espero não estar me excedendo, mas ele agiu desse modo com você?

Marlie contraiu os lábios e balançou a cabeça, apertando com um pouco mais de força a garrafa em sua mão.

— Marlie.

Se ele tivesse feito alguma coisa que ela não queria contar... O couro cabeludo de Ewan começou a formigar.

— Ele tem sido... desagradável. Só isso. — Ela parou, considerando as palavras. — Não é nada que eu deveria dizer em companhia respeitosa.

— Você acabou de me ver sem roupa da cintura para cima. Como deixou claro para Tobias, nós já passamos do respeitoso — insistiu Ewan.

Marlie voltou ao trabalho.

— Ele disse que o melhor lugar para uma mulher como eu era como um brinquedinho sexual. — Sua voz estava baixa e repleta de vergonha, como se *ela*, de alguma forma, fosse culpada de tal comportamento repugnante. — Ele agora fica me chamando de "Boneca" quando me vê pela casa. E o jeito que ele me olha... você entenderia o porquê de eu não querer encontrá-lo sozinha. É por isso que...

Ewan deixou o talher cair e só quando sentiu a pontada no tornozelo se deu conta de que também tinha pulado para se colocar de pé. Ele se sentou novamente quando percebeu o lampejo de preocupação no olhar dela, mas não pegou o talher caído. Temia parti-lo ao meio.

Inspire. Expire, Ewan. O sotaque escocês de sua mãe veio à mente.

Ele estivera certo de que tinha consolidado seu autocontrole — trabalhara duro por cada pedacinho —, mas pensar em Cahill desonrando Marlie era demais, especialmente sabendo o que ele sabia a respeito do homem. Mas Marlie não sabia nada, nem de Ewan nem de Cahill, e ele não queria assustá-la ainda mais do que já o tinha feito.

Acalme-a.

— Eu vou matá-lo se ele tentar te machucar — disse ele.

As palavras eram calmas, mas Marlie arregalou os olhos e Ewan entendeu tarde demais que ameaças de morte não eram o melhor jeito de fazer uma mulher se sentir segura. Já a imaginava pedindo para que ele fosse embora, dizendo que não ficaria sob o mesmo teto de dois homens assustadores.

— Você parece estar falando sério. E como se soubesse exatamente o que faria.

Ela sustentou o olhar dele.

— Me desculpe.

Ele olhou para as próprias mãos. Ewan não recairia na loucura de lady Macbeth, mas suas mãos estavam manchadas com o sangue de rebeldes e traidores da causa federal. Alguns diziam que isso fazia dele um herói, mas Ewan se sentia apenas vazio.

— Estava? — perguntou ela. — Falando sério?

Ele não conseguiu encará-la, e a sensação horrível começou a despontar em sua cabeça de novo.

— Eu não quero que você fique com medo, especialmente porque você e eu estamos bem mais próximos do que você e ele. — Ewan se forçou a pegar a colher do chão e segurá-la normalmente. — Eu jamais te machucaria, Marlie. *Jamais*. Mas ele? Eu estava falando sério, sim.

Era melhor que ela soubesse com que tipo de homem estava lidando. Ele devia isso a ela, pelo menos.

Ewan sentiu algo leve sobre seu ombro e quase afastou com um gesto até perceber que era a mão dela. Ele sentiu o calor dela atravessar o tecido de sua camisa e, quando a olhou, Marlie não estava com medo. Seus olhos estavam brilhantes, mas ela o encarava como sempre.

— Vamos torcer para não chegar a esse ponto. Quer me ajudar a limpar o alambique quando terminar de comer? Eu apreciaria a ajuda.

Ewan estivera lutando contra a raiva e o ódio, mas foi abruptamente inundado por uma combinação estonteante de conforto e gratidão. Ela estava dando algo que ele pudesse fazer com as mãos, uma distração que ele necessitava desesperadamente.

Ele também poderia deslizá-las até a curva do quadril dela, pressionar os dedos em sua carne macia...

Ewan bloqueou o pensamento, se lembrando de uma frase de Epicteto: "Destrua o desejo por completo no momento presente. Desejar algo que não está ao seu alcance fará do homem um miserável". Ele já se sentia como um miserável sujo, atormentado por pensamentos impuros que alternavam entre violência e paixão. Não podia dar vazão a esses pensamentos na presença de Marlie.

Seria melhor voltar para a sala de secagem, mas, em vez disso, ele disse:

— Eu adoraria.

Ewan comeu as últimas colheradas de sua refeição não por estar com fome, mas porque tinha sido oferecida por ela, e depois parou ao lado de Marlie, que já começava a desmontar o alambique. Ele a observou com cuidado, ajudando a colocar as peças sobre a mesa e tentando lembrar como recolocá-las na ordem correta. Ela falava enquanto desmontava, sua voz baixa o acalmando enquanto explicava as peças e suas funções. Ele já sabia a maior parte e até começara a pensar em como aperfeiçoar o aparelho depois de ler os livros e as anotações dela. Mas, enquanto a ouvia falar, Ewan percebeu que ela já estaria ciente de cada melhoria que ele poderia sugerir e tinha criado alternativas que ele nunca teria sido capaz de sintetizar.

— É um prazer ver você trabalhar. — Marlie recolocou o último tubo de volta na estrutura do alambique. Aquilo não tinha nada a ver com ele, mas sentiu-se iluminar com a sensação de orgulho pelo conhecimento e pela habilidade dela. — Você é tão... competente.

Ewan corou ao dizer isso, porque realmente não podia pensar em nada que apreciasse mais em uma pessoa. Ele sentiu como se tivesse admitido tudo, mas ela simplesmente olhou para ele sorrindo.

— Esse é o trabalho de minha vida, então espero que sim — disse Marlie. — Passo mais tempo aqui do que consigo contar.

— Não sobra tempo para estudar? — perguntou ele.

Ela meneou a cabeça.

— Eu tive um tutor por um tempo. Não poderia continuar meus estudos de outra forma, não há escolas para negros libertos por aqui e, apesar do sobrenome, sou considerada negra demais para a escola de brancos. Ou seja, não me encaixo bem o suficiente em nenhum outro lugar além desses três cômodos. Mas eu não me importo, então não precisa me olhar com pena.

Ewan não acreditava ser capaz de olhares de pena, mas talvez estivesse enganado.

— Como faz amigos?

Mas, segundos depois de perguntar, Ewan desejou não o ter feito, pela forma que o sorriso de Marlie falhou antes que ela se desse conta, como um passarinho com uma asa machucada tentando levantar voo.

— Eu tenho Sarah, Tobias, Lace e Pearl — disse ela de forma simples. — Tenho tudo de que preciso aqui em Lynchwood.

Ewan vira o modo que ela perambulava pela prisão, sorrindo para homens rabugentos, oferecendo ajuda para todos sem julgar se mereciam sua gentileza, ou sequer a apreciavam. O sorriso dela fizera até o pior homem entre eles responder com delicadeza. Ele se perguntou quantas pessoas além dos prisioneiros tinham tido a sorte de vê-lo.

— Eu nunca fui muito bom em fazer amigos — disse Ewan com compaixão.

— Você tinha aquele camarada irlandês te seguindo como um cachorrinho na prisão, e eu via homens parando para falar com você o tempo todo — disse Marlie, e acrescentou rapidamente: — Não que eu estivesse prestando muita atenção.

Ewan tentou apagar a pequena chama que se acendeu em seu peito. Ela não tinha amigos, e isso era a única coisa que via nele: um amigo.

— Acho que sim — foi tudo o que ele respondeu. Não queria pensar no que teria acontecido com Keeley. — Por que você tem uma cifra de Políbio?

No geral, havia apenas um uso para tal coisa: decifrar códigos. Marlie acabara de dizer que não tinha amigos fora de Lynchwood, mas, ainda assim, a cifra estava em sua mesa ao lado de algumas correspondências. Ewan não podia imaginar qual uso ela teria para aquilo; Marlie era aberta demais, muito ingênua, para estar envolvida com espionagem. Mas, até aí, ela estava oferecendo abrigo descaradamente a ele, em uma residência ocupada. Ewan considerou que talvez fosse ele o ingênuo.

Ela olhou pelo canto do olho para o decodificador que aparecia por baixo de uma pilha de papel.

— Ah, então essa coisa é isso? Encontrei nas páginas de um livro usado. Está habituado a examinar tão atentamente os pertences pessoais das mulheres?

As palavras dela foram suavizadas por um sorriso provocativo. Ewan teria acreditado se Marlie não tivesse tentado distraí-lo ao apontar sua insensibilidade. Não era um movimento natural para ela, mesmo se tivesse razão.

Ele baixou a cabeça, decidido a não a pressionar. Marlie não devia nenhuma explicação a ele e pedir uma seria bizarro, por mais curioso que estivesse.

— Peço desculpas. Tenho dificuldade em não prestar atenção às coisas, mas isso não é uma desculpa para ser rude. Eu vi aparecendo por baixo desse relato sobre um motim de escravizados.

— Você está falando disso? — perguntou ela, pegando a pilha de papéis, o olhar passando deles para Ewan. — Você fala francês?

Ewan balançou a cabeça.

— Não sei falar, na verdade. Mas consigo ler. E latim. Um dos meus professores me deu uns livros que não usaria mais e eu achei os exercícios bastante relaxantes.

Marlie o encarava, mas era como se estivesse vendo através dele. Ela entregou a primeira página e depois pegou uma caneta e uma folha limpa de papel.

— O que diz aqui? — perguntou ela.

Ewan deveria ter se sentido sob um holofote, mas aquele era o tipo de interação que não o preocupava. Era algo sob seu controle.

— "O senhor bateu em outro homem naquele dia" — começou ele. Seu ritmo era lento ao passar para outro idioma. Ele traduzira algumas correspondências interceptadas no último ano, mas eram completamente diferentes dos relatos pessoais que estava lendo. — "Eles querem que tenhamos medo. Nós não temos. Quando a vida é assim todos os dias, o medo se torna inútil. Tudo o que as surras fazem nascer na gente é esperança, porque a esperança é nossa única forma de sobreviver."

Ele olhou para cima para ver Marlie inclinada sobre a mesa, molhando a pena no tinteiro várias vezes e escrevendo sem parar, a mão se movendo furiosamente. A expressão em seu rosto era algo entre alegria e maravilhamento.

— Devo continuar?

— Por favor.

Trabalharam dessa forma pelas duas horas seguintes, parando apenas quando o som de uma carruagem sendo puxada os alertou de que a casa logo seria reocupada pelo inimigo. Ela esfregou as mãos sujas de tinta no avental.

— Hora de voltar para dentro.

Ewan a seguiu com relutância. Ele era um refugiado, não um convidado, e tinha sorte por ter ficado fora de seu esconderijo por tanto tempo. Queria poder ficar um pouco mais. Ele sempre parecia querer mais quando o assunto era Marlie.

— Se quiser me dar esses documentos, posso traduzir o resto — disse ele enquanto entrava na sala de secagem. — Seria um pagamento pequeno por sua gentileza. E eu não me importaria de ter uma tarefa para me manter ocupado.

Era mais do que isso. Uma sensação leve e incomum se espalhava por suas veias. Francês foi um dos muitos tópicos de estudo que disseram que jamais teria serventia a ele. Agora, havia uma, e ninguém se ferira para tal. Sua capacidade de ler o texto com clareza satisfazia Marlie. E Ewan queria satisfazê-la.

— Não — disse ela em um tom ríspido, mas logo acrescentou com mais gentileza: — Talvez você possa me ajudar de novo amanhã? É que prefiro ficar com os documentos da minha mãe. Eles são tudo o que restou dela.

Algo bateu forte no peito de Ewan. Aquelas eram as palavras da mãe dela, e Marlie as compartilhara com ele. A porta começou a se fechar, mas então o fino facho de luz se alargou de novo.

— Ewan?

— Sim, Marlie?

— Obrigada.

Então só restou o arrastar suave da mesa e a escuridão. Ewan não quis especular por que o agradecimento o preencheu como se fosse uma ânfora da Antiguidade. Já estava suficientemente desgraçado.

Capítulo 10

Era tão estranho para mim. Na minha terra, eu podia ficar dias sem ver um rosto branco. Havia tantos escravizados, e embora as leis que nos mantinham aprisionados fossem aplicadas estrita e fervorosamente, nós vivíamos nossas vidas no meio do terror. Eu aprendi que a vida era diferente para os escravizados americanos. Eles sempre eram vigiados, pelos senhores ou feitores. Alguns eram até obrigados a dormir no chão do quarto do senhor, sem ter sequer a oportunidade de sonhar com a liberdade. Até suas magias, suas curas, se tornaram uma sombra do que eu tinha aprendido na ilha. E agora eu era uma entre eles. Por que o destino tinha escolhido isso para mim?

MARLIE BAIXOU A PENA E olhou para Ewan. Três dias tinham se passado desde que ele começara a ajudá-la com a tradução; Marlie passava mais tempo em seus aposentos do que nunca. Por muito tempo seu mundo não fora mais do que o condado, e até as idas à cidade para comprar algo ou levar seus produtos para a farmácia, ou as visitas ocasionais para ajudar nas pequenas fazendas, estavam mais espaçadas. Sarah sempre achara mais seguro para Marlie ficar em Lynchwood.

Quando a Lei dos Escravizados Fugitivos foi decretada, diminuindo ainda mais a segurança dos negros livres, essas saídas mensais acabaram. Marlie passava as manhãs na floresta ao redor, coletando raízes e plantas, mas com os bandos de soldados e as gangues de recrutamento compulsório à solta por aí, até isso se tornara muito arriscado. O mundo dela diminuíra para os limites da casa; as viagens até a prisão de Randolph só foram aprovadas porque Marlie forçou Sarah a ver a utilidade delas para a Causa. A utilidade *de Marlie*. A chegada de Melody e Cahill tomara sua última liberdade e muito mais; seus dias e suas noites agora eram passados nas três salas que compunham seus aposentos.

Ela deveria ter ficado mais abalada com isso, mas então Ewan surgiu. Sua presença acalmava o golpe daquela punição injusta, até um pouco mais do que deveria. Ele realmente estava interessado no trabalho dela, e ajudava sem reclamar. Ela podia conversar com ele sobre as diferentes espécies de sassafrás, e a diferença entre os extratos de cascas de árvores, raízes e folhas. Ela podia falar e falar, bem mais do que já falara em toda a vida, e, quando enfim acabava, ele queria saber mais.

Marlie também aprendera muito com ele, sobre filosofia e política, e qualquer coisa exceto a Guerra Entre os Estados — um assunto que caíra na categoria de assuntos proibidos depois daqueles primeiros dias. Porque discutir sobre a guerra queria dizer discutir sobre sua causa e, embora os dois estivessem do mesmo lado, isso não significava a inexistência de uma hierarquia brutalmente reforçada em cada canto daquela terra.

— Preciso aparecer um pouco ou Sarah vai vir aqui ver se está tudo bem — disse ela, sentindo uma pontada dolorida na consciência.

A culpa que Marlie sentia por omitir a presença de Ewan não era pequena, mas Sarah estava sempre tão nervosa quando conversavam que Marlie não conseguia suportar lhe dar mais uma preocupação. E talvez, apenas talvez, havia uma parte de Marlie que gostava de ter algo em sua vida que Sarah não tinha aprovado ou providenciado.

Havia ainda o fato de que todo momento que Marlie passava com Ewan também estava passando com sua mãe. Ewan se tornara o porta-voz de Vivienne, dando vida às palavras dela. Marlie havia pensado que seria apenas substituir palavras, mas logo percebeu como estava errada. Traduzir era um ato que revelava tanto sobre a pessoa que o fazia quanto sobre o texto. A forma que a expressão dele ficava tensa de raiva ao ler certas frases, ou solene em respeito. O jeito que ele sorria quando passava por uma observação astuta. Como as passagens despertavam as lembranças de Marlie, e as histórias que ela contava a partir dessas lembranças causavam as mesmas reações nele. Ewan ouviu sobre a infância dela na cabaninha na floresta de pinheiros. Marlie ouviu tudo sobre a mãe dele, seu irmão mais velho e a irmã mais nova. Pouco era dito sobre o pai, mas aquele espaço vazio nas histórias dele falava alto, e ela estava certa de que as lacunas na dela também.

A tradução que faziam parecia algo mais íntimo do que uma troca de beijos, embora Marlie não pudesse evitar imaginar como seria aquela sensação também.

Ela tentava com muita dificuldade se lembrar de que estava fazendo um favor em abrigá-lo, e ele estava simplesmente retribuindo o gesto, mas a verdade era que Ewan estava dando a Marlie a própria história dela, e a linha entre gratidão e algo mais forte ficava mais tênue a cada frase traduzida. Não eram apenas as palavras de Vivienne que a atraíam para ele, mas sua inteligência e suas palavras que, embora fossem diretas demais às vezes, sempre ressoavam dentro dela. Conversar com Ewan era fácil. Fácil demais.

Porque vocês estão vivendo em um mundo de fantasia.

Marlie não podia negar que estavam vivendo fora da realidade. Naquele espaço compartilhado dos aposentos dela, eles riam. Conversavam sobre família, livros favoritos e os melhores sabores de tortas. Debatiam sobre teorias científicas, grego e latim. Não falavam sobre a guerra e a possibilidade de a União ficar para sempre separada. Não conversavam sobre a forma que as pessoas olhariam para os dois, uma mulher negra e um homem branco rindo intimamente, se estivessem na rua. Eles roçavam mãos, joelhos e ombros — acidentalmente, é claro. A sala era pequena, afinal de contas, e traduzir sem fazer muito barulho requeria que se sentassem perto e falassem sussurrando...

Ewan largou as páginas, com a expressão de um homem que saía de um sonho.

— Ah. Certo. Claro que você tem outras coisas para fazer.

Marlie se lembrou de que aquele era um mundo de fantasia para ele também. Muito em breve, Ewan estaria partindo para uma jornada perigosa em direção ao estado do Tennessee e, se conseguisse mesmo retornar ao seu regimento, encararia a possibilidade de morte nas mãos do exército rebelde. A realidade da guerra invadiu o espaço privado dos dois, mas Marlie afastou a ideia de algo ruim recaindo sobre ele.

— Eu estou com a mesma sensação que tinha quando era mais novo e minha mãe me mandava largar o livro para ir jantar — disse Ewan. — Era como abandonar um amigo querido.

Eles estavam traduzindo as lembranças de Vivienne sobre sua chegada aos Estados Unidos — como ela fora vendida após a rebelião, jogada em um navio rumo aos confins do mundo, até onde sabia. Ela chegara a Briarwood, a fazenda da família Lynch, e estava se acostumando à vida na condição de escravizada, em uma terra nova e estranha. As passagens eram fascinantes, descreviam a luta de sua mãe para conciliar seu dom e suas crenças com a vida na plantação.

— Eu também detesto deixar as palavras dela para trás. Gostaria que ela tivesse me contado essas coisas quando estávamos juntas — admitiu Marlie.

Ewan estava esfregando os olhos com a mão. Tinham passado horas trabalhando. Nenhum dos dois vinha dormindo bem, e tinham começado a trabalhar no meio da noite, coincidentemente enquanto ninguém estava acordado e por perto para perturbá-los.

— Meu pai compartilhava lembranças demais conosco, especialmente depois que bebia algo mais forte — disse Ewan. — Um pai ávido por compartilhar não é tão maravilhoso quanto você imagina.

Marlie observou os movimentos dele. Os pelos finos e ruivos da barba por fazer se mexeram quando ele desviou o rosto carrancudo. Em seguida, seu olhar repousou abruptamente sobre ela, focando com muito mais intensidade do que seria considerado apropriado.

— Tome cuidado com Cahill — disse ele. — As notícias que me trouxe dizem que a Guarda Nacional tem sido muito bem-sucedida em capturar quem fugiu do recrutamento, que ela está se preparando para uma manobra em grande escala contra os desertores. Nada torna um homem mais perigoso do que um pouco de sucesso.

As pontas dos dedos dele roçaram muito breve e suavemente as costas da mão dela, emitindo um choque por todo o seu corpo.

— Posso terminar de traduzir esta parte, se isso te satisfizer — disse ele.

Ah, Marlie não precisava ouvir essa última frase...

Ele abriu um enorme sorriso que fez o coração dela bater mais rápido.

— Admito, eu quero saber o que acontece.

— Não, sr. Sócrates. Se devo conviver com o suspense, você também deverá.

Ela empilhou os papéis ordenadamente — uma parte o original e outra a tradução — e os enfiou na gaveta.

— Vou levar isso, então — disse ele, passando por ela para pegar um livro da estante.

Seu rosto chegou perigosamente perto do dela quando se inclinou para a frente, tão perto que se ela se movesse um pouco para a frente...

O olhar dele foi do livro para o rosto dela, depois para a boca, e não se moveu. Perto como estavam, Marlie podia ver as primeiras manchas rosadas em suas bochechas e a rapidez com que elas se espalharam, acentuando suas maçãs do rosto bem delineadas. Ele prendera a respiração, caso contrário, ela sentiria contra seus lábios. A cabeça dele se moveu um pouco para a frente, e então ele se levantou abruptamente.

Ela havia imaginado o que acabara de acontecer? Seu coração acelerado era testemunha de que algo quase transcorrera, mas não tinha coragem de pensar na possibilidade perdida.

— Já li o suficiente por hoje, na verdade — disse ele, tenso de repente. — Gosto muito de traduzir, mas toda a conversa sobre espíritos e deuses foi cansativa.

O calor que Marlie estava sentindo depois da quase colisão congelou como um lago no inverno mais rigoroso.

— Como é?

— É muito difícil entender como uma mulher tão obviamente inteligente como sua mãe pode acreditar nessas coisas.

Marlie também se colocou de pé.

— O que te dá o direito de falar da minha mãe e das crenças dela dessa maneira? O que te dá o direito de julgá-la? Ou a qualquer outra pessoa?

Ewan franziu a testa.

— Seja lógica, Marlie. Se houvesse alguma verdade nesses feitiços e vodus, por que todos os senhores de escravizados dos Estados Unidos não teriam sido derrubados?

— Se houvesse algum sentido na lógica desses brancos mortos que você e um monte de senhores de escravizados reverenciam tanto, por que haveria motivo para derrubá-los? E ainda assim você não diz que o trabalho deles é bobagem.

Ewan examinou sua expressão, seu rosto impassível. Marlie não queria saber como estava o próprio rosto, porque sentia que poderia estrangulá-lo por tê-la enganado.

— Você mesma disse que hoje sabe que a maneira certa de ver o mundo é através da ciência, e não do espiritualismo — disse ele. — Por que está chateada se também não acredita nessas coisas?

Marlie olhou para ele, chocada pelas lágrimas que brotaram em seus olhos e odiando o fato de não ter uma resposta para dar. Ela não acreditava nessas coisas, não é? Se assim o era, por que as palavras de Ewan a deixavam com vontade de gritar? Compartilhar os escritos da mãe com ele tinha sido uma alegria, mas ele estivera julgando Vivienne o tempo todo?

— Se o trabalho é cansativo, sua ajuda não é mais necessária — disse ela.

A boca de Ewan abriu e fechou, como um bagre atolado em um riacho seco.

— Eu não quis ofender…

— Mas conseguiu ofender mesmo assim. Preciso ir, Ewan. Agora.

Ele voltou para trás da escrivaninha. Quando ela ouviu o trinco da pequena porta, deslizou a mesa para trás e encostou a cabeça ali, dominada por uma estranha tristeza. Parte dela esperava que, quando voltasse, Ewan tivesse desaparecido, para que ela não tivesse que enfrentá-lo novamente. Como poderia? As palavras dele soaram como a traição de algum pacto não verbalizado entre eles. Ela acreditara que ele a entendia — ou talvez o que Marlie não pudesse enfrentar era o fato de ele entender bem demais o que ela havia se tornado.

Ela deixou seus aposentos, respirando fundo enquanto trancava a porta atrás de si, e então desceu as escadas em silêncio. Marlie já caminhara por aquela casa com confiança, mas agora andava na ponta dos pés como uma ladra. Usava apenas vestidos simples que não exigiam crinolina, para que não fizesse barulho ao caminhar. Ela tinha tido uma fase após sua chegada a Lynchwood em que pisava propositalmente no lado esquerdo do terceiro degrau, para o seu rangido anunciá-la como se fosse um mordomo, mas atualmente ela evitava cuidadosamente qualquer coisa que chamasse atenção.

Quase havia chegado à cozinha quando uma mão tocou seu ombro. Seu coração batia forte quando ela virou, mas era apenas Tobias, com um olhar preocupado no rosto.

— Marlie, você disse que ia contar para a srta. Sarah. Sobre aquilo. Você não contou. O que acha que ela vai fazer se descobrir que estou escondendo informações dela? Eu não tenho o sangue dela como você.

A raiva de Marlie por Ewan foi embora, substituída por vergonha.

— Me desculpe — disse ela. — Foi muito egoísta da minha parte. Eu pensei que estava evitando que ela se preocupasse mais, mas só joguei esse peso para você.

— Você sabe que não consigo ficar bravo com você, Marl, mas isso está saindo do controle — disse Tobias, que suspirou e se remexeu, desconfortável. — Lace e eu estamos nos perguntando o que tanto você anda fazendo com aquele homem, já que não sai mais dos seus aposentos.

— Tobias! Absolutamente nada! — disse Marlie com uma voz aguda, sentindo as bochechas arderem. Ela não estava mentindo. — Fazendo tônicos que trazem dinheiro para a casa e nos mantêm saudáveis.

Tobias ergueu as mãos.

— Tudo bem. *Tudo bem.* Não é da minha conta. Mas eu sei que você não tem muita experiência, e um homem é um homem. Eles gostam de farejar mulheres, e vocês tão perto assim, ele pode sentir o seu cheiro, se é que você me entende. — Ele suspirou. — Só quero que tenha cuidado, garota.

— Acredite em mim, eu estou tendo. Mas se farejar é o problema, estou mais segura em meus aposentos do que com Cahill e seus homens aqui embaixo.

Marlie tentou esconder a indignação e a vergonha em sua voz.

Outra parte do mundo de fantasia que criara em seus aposentos era fingir que ninguém sabia o que ela estava fazendo, que ninguém nunca especulava. E isso era tudo, graças a Deus: especulações. Tobias não sabia que Ewan saía da sala de secagem e passava horas e horas com Marlie. Que eles falavam sobre tudo que havia no mundo exceto sobre as coisas que poderiam machucá-los. Na pior das hipóteses, ele podia pensar que eles se envolveram em algo carnal. Esse teria sido o menor dos problemas de Marlie. Ela sabia tudo sobre o corpo de um homem, mesmo que apenas do ponto de vista estritamente científico. Seu interesse cada vez maior pelo coração e pela mente de Ewan era o problema.

Houve um ruído familiar de sandálias contra o chão e então Sarah apareceu, sorrindo, aliviada. O sorriso retorceu um pouco mais a pontada aguda de culpa que perpassava Marlie. Como ela podia esconder algo de Sarah?

Ela sequer reconheceu você como irmã, ou sua posição na família. Por que teria o direito de saber de algo?

O pensamento irritado veio à tona no momento em que Sarah a envolveu em um abraço. De onde viera aquilo? Certamente Marlie não estava zangada com algo tão bobo como um rótulo, depois de tudo que Sarah fizera por ela.

— Eu sinto muito que você seja obrigada a se esconder no sótão como a sra. Rochester — disse Sarah, e então a soltou.

Marlie sentiu como se tivesse jogado uma brincadeira de infância: fechar os olhos e girar até sentir a cabeça toda bagunçada e como se pudesse flutuar para fora dos ombros. Talvez fosse todo o tempo gasto no mundo de Vivienne, com Ewan, mas as coisas entre ela e Sarah de repente pareciam ainda mais bagunçadas.

— Estou bem — assegurou Marlie. — Eu posso me esconder enquanto todos vocês são forçados a serem agradáveis e complacentes com pessoas que desprezam. Isso deve ser muito mais difícil.

— Qualquer coisa pela União — disse Sarah em voz baixa antes de respirar fundo. — Esta manhã eu lembrei Cahill que, embora ele seja bem-vindo aqui, a milícia dele não é. Eles têm se aproveitado de nossa hospitalidade e comida por dias, enquanto Melody sorri e os encoraja. Os homens começaram a dormir na sala e ontem à noite acamparam no quintal. As azaleias estão arruinadas, e pior do que isso...

Ela ergueu as mãos em frustração, e Marlie sabia o que ela queria dizer. Elas não podiam realizar nenhuma operação enquanto o inimigo relaxava casualmente no jardim e se sentia em casa. Exceto que, sem o conhecimento de Sarah, elas estavam, sim, realizando uma. O estômago de Marlie revirou ao pensar em uma casa cheia de rebeldes com um homem da União escondido em seus aposentos. O que ela deveria fazer?

Tobias pigarreou, depois pigarreou ainda mais alto, seu olhar perfurando Marlie.

— Você está bem? — perguntou Sarah, erguendo as sobrancelhas, preocupada. — Quem sabe que doenças esses homens estão trazendo! Outra razão pela qual eles precisam encontrar outra base o quanto antes.

— Eu estou bem — disse ele, lançando outro olhar significativo para Marlie. — Só estou me sentindo meio esquisito já faz um tempinho.

Marlie também se sentia um pouco doente, mas era puro nervosismo.

— Sarah, tem uma coisa que eu queria contar...

O bater de cascos e o barulho repentino dos gritos de comemoração vindos lá de fora chamaram sua atenção.

— Ah, não.

Sarah levantou a saia e correu para a sala, em direção à janela que dava para a frente da casa. O que ela viu a fez levar a mão à boca, angustiada.

Por um instante, Marlie pensou em dar meia-volta e correr de volta para seu quarto, e o impulso a assustou. Ela não era uma agente, mas trabalhava na Railroad havia anos, montara seu negócio em uma cidade branca, entrara em uma prisão repleta de homens. Por que deveria fugir de Cahill? Ainda assim, pensou em seus encontros anteriores e na carranca que marcava o rosto de Ewan todas as vezes que ele falava do homem.

Ouviu-se a comoção de homens desmontando, e depois um som horrível.

Um baque forte e, em seguida, um grito.

— Levante-se! Seu desertor imundo.

O som de um punho acertando algo sólido e um grito abafado de dor.

Marlie se juntou a Sarah na janela. Um homem esguio com um rosto cruel estava parado ao lado de um garoto amarrado, que se contorcia no meio do gramado, onde, até recentemente, Sarah e Marlie faziam piqueniques de vez em quando. O menino estava com uma cor avermelhada horrível, e Marlie saiu correndo pela porta, deixando todo o bom senso para trás.

— Ele está sufocando! — disse ela ao passar correndo pelo homem de rosto cruel e cair de joelhos.

Ela puxou a tira de tecido suja que prendia a boca dele e o virou de lado enquanto ele vomitava. Apenas uma vida inteira de experiência com o cheiro de bile e doença a impediu de fazer o mesmo.

— David?

O filho de John e Hattie, uma das muitas crianças de quem ela cuidara ao longo dos anos, tossiu e vomitou novamente.

Marlie sentiu uma dor súbita e aguda na lateral do corpo, e de repente estava esparramada atrás do menino, segurando a própria costela como se isso pudesse parar a dor irradiando. Cahill surgiu acima dela, o rosto impassível, como se a lama de sua bota não estivesse sujando a lateral do vestido de Marlie.

— Roberts, eu disse a você que esses malditos não deveriam receber ajuda.

— A escurinha apareceu do nada, senhor — disse Roberts, com a mão repousando no coldre da pistola ao seu lado.

A respiração de Marlie ficou presa no peito por um momento, a mente vazia como um frasco vaporizado, incapaz de se concentrar em mais nada além da dor e da arma que poderia ser sacada a qualquer segundo.

— Solte meu filho agora!

O grito veio do outro lado do gramado, perto do portão. Três mulheres estavam paradas lá com os rostos sombrios. Seus vestidos eram de tecidos simples, feitos em casa, típicos da esposas dos fazendeiros locais, baratos e esfarrapados por serem usados demais. Uma mulher estava mais à frente, mais velha e obviamente com menos medo do que as outras, e Marlie reconheceu sua expressão severa. Hattie. Sua filha Penny se encolhia atrás dela, junto com uma mulher que Marlie não reconheceu.

— Mãe!

O grito de David foi triste, e embora a expressão dura da mulher não tenha mudado, ela fechou os olhos por um momento.

Quando os abriu novamente, seu olhar estava fixo em Cahill.

— Vocês, rebeldes, já estão nos matando de fome e depois roubando o pouco que temos — disse Hattie. — Você levou meu marido e agora quer levar meu menino? Não. Solte ele agora mesmo. — A sua voz, a raiva, o medo e o ressentimento que a envolviam, ecoou pelas árvores.

— Lixo presunçoso — disse Cahill. — Isso aqui não é um menino. Ele perdeu essa designação quando o encontrei levando suprimentos para aqueles desgraçados na floresta. Se ele é homem o suficiente para ajudar os desertores, está sujeito às leis da Confederação. Agora ele vai servir à nação, assim como todos nós devemos servir nestes tempos. Você tem sorte de eu não dar um tiro nele imediatamente.

Hattie não se deixou intimidar pelas palavras de Cahill.

— Nós somos apenas fazendeiros pobres. Não temos escravizados e não acreditamos na escravidão. Por que meu filho deveria lutar para que homens ricos continuem vivendo do trabalho dos outros? Me dê meu filho ou vai se arrepender. A sorte de vocês vai acabar em algum momento, fique sabendo. Os Heróis cuidarão disso.

Ela ergueu a mão e apontou um dedo para Cahill, e Marlie compreendeu que um tipo diferente de conjuração estava acontecendo, mesmo que Hattie não entendesse: o poder do amor de uma mãe jogando uma praga contra o homem que levaria seu filho embora. Aquilo era algo poderoso, mas não tanto quanto deveria ser.

Cahill fez uma careta.

— Estou vendo onde ele aprendeu sua desobediência pelas leis do país. Você é uma dessas mulheres patéticas, levando comida e provisões para os desertores que se escondem nas florestas como vermes, e acha que eu deveria ter medo de você? — perguntou ele, e Hattie não respondeu. — Oferecer ajuda àqueles que querem subverter a Confederação é passível de prisão ou morte. Roberts, me dê sua arma.

Ele estendeu a mão, os olhos ainda nas mulheres.

Roberts começou a dizer:

— Senhor? Para uma mulher?

— Se ela anda com criminosos, está sujeita às mesmas leis que eles. Sua pistola. Agora.

Os dedos dele se moveram, insistentes.

As duas mulheres mais jovens cambalearam de volta para a floresta, puxando os braços de Hattie, mas ela as empurrou e se manteve onde estava.

Marlie ergueu os olhos. Cahill estava com o rosto próximo da mira, estreitando os olhos. David lutou contra as amarras, tentando se levantar. Os milicianos observavam, inquietos, mas sem disposição para questionar o homem no comando.

Grande parte do circo armado pela Confederação era sobre como suas mulheres precisavam ser protegidas, mas Cahill pretendia matar aquela ali. Marlie percebeu que, assim como ela mesma não se encaixava na concepção de mulher que ele tinha, o mesmo acontecia com a pobre esposa de um fazendeiro com um vestido esfarrapado.

Fez-se silêncio, exceto pelo som da arma sendo engatilhada e duas únicas palavras, cobertas por um sotaque da Carolina do Norte com uma pitada de francês, ressoando em sua mente. *Se mexa.*

Marlie pulou na direção de Cahill com os braços esticados assim que os dedos dele apertaram o gatilho. Houve um barulho alto que ecoou pela relva e pelas árvores, afastando os pássaros em revoadas, e então ela foi empurrada com força e caiu no chão de novo. Quando aterrissou, pôde ver a parte de trás da saia de Hattie enquanto ela corria por entre as árvores.

O ouvido de Marlie zunia, e ela não conseguiu ouvir os pássaros que via voando lá no alto. Sentiu-se estranha por observá-los voando para longe, como se assistisse a uma lembrança reprisada na tela do céu nublado. Então Sarah surgiu ao seu lado, passando as mãos pelos braços e pela lateral do corpo de Marlie.

— Marlie! Ele te machucou?

Marlie não estava ilesa, mas não fora atingida.

— Estou bem — disse ela.

— Venha. Vamos.

Ela puxou Marlie para colocá-la de pé, arrastando-a por entre os homens da milícia e até a casa, olhando por cima do ombro de tempos em tempos. Foi só quando elas chegaram lá dentro que Marlie também olhou para trás.

Cahill ainda olhava por entre as árvores atrás de sua presa fugida, mas não tinha motivos para acompanhar a trajetória de Marlie. Ele sabia exatamente onde encontrá-la.

Capítulo 11

Ewan estava tremendo. Estava tremendo e não sabia o que fazer com a raiva que o incentivava a golpear, chutar e atacar.

Inspire, sua mãe lhe dissera quando ele era pequeno, e a lembrança de sua cadência o acalmou. *Depois expire. E então faça de novo. É o único jeito de seguir com a vida, meu menino.*

A mãe sabia como ninguém superar as adversidades. A única vez que ele a vira surtar foi quando ela descobriu sobre a morte do marido causada pelas mãos do mesmo, quando ele enfim sentira-se envergonhado o suficiente para dar um fim ao abuso deplorável a que submetera sua família por anos. Esse fora o único arrependimento de Ewan: que depois da última briga com o pai, quando ele pegara a arma e fora para a floresta, Ewan não o tivesse encontrado primeiro. Ele ficara feliz de saber que o pai partira da vida deles e não entendera por que a mãe ficara triste.

"Já faz meses. Por que ela ainda está triste?", perguntou Ewan enquanto ele e Malcolm observavam a mãe encarando a lareira com o olhar distante.

"Amor", respondeu o irmão, com o rosto contorcido e sério, como se o pai deles ainda estivesse ali. "Nada de bom sai desse sentimento. Nunca se esqueça disso."

Tinha sido o pai o primeiro a inspirar em Ewan o impulso de extravasar e causar dor, assim como o desejo de controlar tal sentimento tão primitivo a fim de não se igualar ao homem que odiava.

Mas quando vira Cahill atacar Marlie, todos os anos de treinamento, todos os métodos para controlar as horríveis explosões de energia, tudo aquilo caiu por terra. Ele queria machucar Cahill de novo. Pior do que fizera antes. E, quando viu Marlie se levantar ilesa, quis trazê-la para dentro outra vez e escondê-la do mundo consigo.

Por que ela não lhe dera ouvidos quando Ewan disse para evitar aquele homem? Em vez disso, ela correra na direção dele.

Ewan pressionou os dedos no couro cabeludo como se isso pudesse aliviar a dor frustrante que sentia e que aumentava cada vez que se lembrava da cena.

Quando o barulho do tiro cessou e ela fora jogada no chão... Do ângulo que ele vira a cena, Ewan foi incapaz de compreender o que tinha acontecido. Por um breve instante aterrorizante, ele tivera certeza de que Marlie estava morta. De que Cahill a matara.

Mesmo a lembrança do desespero que quase o fizera desmoronar o deixava mais abalado do que qualquer uma de suas vivências durante a guerra. Quando quase se beijaram, ele dissera a primeira coisa que lhe veio à mente para distanciá-los e a magoara profundamente. Quando vira Marlie correndo até aquela arma e ouviu o disparo, Ewan tivera certeza de que ela estava morta e que ele nunca conseguiria se desculpar. E ela ainda não havia retornado.

Lembre-se da natureza de algo que lhe satisfaça a alma ou que você ame. Se o objeto do amor for um vaso de argila, tenha sempre em mente esse fato, assim, quando vê-lo partido, não se abalará.

Ele dissera a si mesmo que Marlie era apenas uma mulher, como muitas outras, como aconselhava o *Manual de Epicteto*. Se ela estivesse quebrada, ele não ficaria abalado. Ela viver ou morrer estava além de seu controle.

Ele dissera isso a si mesmo ao sair da sala de secagem. Ele dissera isso a si mesmo ao pegar os papéis, voltar para a sala e começar a traduzir páginas das memórias de Vivienne. Ele traduzira passagens com os dedos trêmulos e a mente distraída demais para absorver seu significado, tudo para que as palavras da mãe dela estivessem a esperando quando Marlie voltasse.

Ele dissera a si mesmo que não ficaria perturbado se ela não voltasse. Estava fora de seu controle.

Ela precisava voltar.

E se ela estiver machucada? E se ele estiver a machucando? Ewan sabia do que Cahill era capaz: de qualquer coisa. A imagem dele interrogando Marlie veio à mente de Ewan junto com uma onda de náusea. Ele iria atrás dela. Precisava ir. Mas então, a lógica — a maldita lógica! — retornou. *Se sair correndo pela casa procurando por ela, vai fazê-la correr um risco ainda maior.*

O risco para si era irrelevante, mas ele se recusava a ser aquele a selar o destino de Marlie porque seu nervosismo não o deixava em paz. Durante sua primeira batalha, o soldado ao seu lado na trincheira, afundado em terra vermelha, estivera muito assustado. À medida que o retumbar do batalhão confederado se aproximava, Ewan observou com desânimo quando o homem pulou da trincheira e disparou, ansioso demais para esperar a ordem de atacar. Foi o estopim para a batalha começar. Talvez tivesse acontecido de qualquer maneira, mas Ewan nunca saberia, nem os homens que morreram na batalha que o soldado medroso atraíra.

Ele esperaria. Ela era apenas uma mulher. Ele espe...

O barulho da chave na fechadura o fez pular da cadeira e correr na direção da porta da sala de secagem.

Inspire. Expire.

Ele ouviu passos, e depois de alguns instantes os reconheceu como sendo dela. Conhecia o barulho daqueles passos como se fossem acordes de sua música favorita: reconhecíveis em qualquer variação. O arrastar pesado demonstrava a fatiga dela.

Ele sentou no amontoado de tecidos que fazia as vezes de cama — não era macio nem confortável, mas ainda era preciso naqueles tempos difíceis, em que cada retalho ou migalha tinha alguma utilidade. Ewan tinha consciência disso.

Ewan só ouviu o arrastar da escrivaninha por estar prestando atenção, já que Marlie se acostumara a movê-la silenciosamente durante o tempo em que ele estivera ali.

Ele sentiu a presença dela antes de vê-la, movendo-se até ele no escuro como uma aparição. Então ela se aproximou, e ele conseguiu distinguir sua silhueta fraca à luz do luar que entrava pela cortina. Ela se acomodou ao lado dele sobre a pilha de tecidos, pouco mais do que uma sombra, quente e cheirando a algumas de suas misturas, provavelmente algum unguento para aliviar a dor do golpe que recebera.

Estava escuro, mas Ewan fechou os olhos mesmo assim, como se isso fosse o impedir de rever mais uma vez a cena.

— Marlie? — chamou ele em um sussurro, com a garganta seca.

O corpo inteiro dele estava tenso. Ewan passara as últimas horas desejando a presença dela e, agora que Marlie estava ao seu lado, ele relembrou vividamente porque ela não deveria estar.

— Diga.

— Eu falei para ter cuidado. E mesmo assim você correu direto para ele — disse Ewan em um tom ríspido, uma bronca que não era justa.

No entanto, não conseguia parar de ouvir o barulho do tiro e reviver o instinto doentio que recaiu sobre ele quando pensou que Marlie havia morrido.

Ele a sentiu prender a respiração e ficar rígida.

— Está dizendo que eu deveria ter deixado ele atirar naquela mulher? Eu posso ter que ceder minha casa, mas não vou permitir que ele mate uma inocente se puder evitar.

O descontentamento na voz dela era evidente. As palavras insensíveis de Ewan a magoaram.

Ewan trincou os dentes, frustrado. Estava cansado de estar errado, especialmente em um momento como aquele. Ele não tinha sido o homem que a protegera quando ela precisou de proteção, então precisava ser o homem que aliviaria sua dor em vez de piorá-la.

— Não fui muito preciso — disse ele, tentando formular as palavras certas. — O que aconteceu não foi sua culpa, e sinto muito se foi o que dei a entender. E lamento pelo que aconteceu mais cedo também. Eu não sou muito bom com... coisas assim, mas estou aqui e quero ajudar você como puder. Posso apenas ouvir.

Ewan torceu para não ter dito nada errado de novo, mas então ele a sentiu relaxar ao seu lado, como se confiasse nele para mantê-la firme. Ele sentiu a importância daquilo no peso e na postura dela, e uma emoção surgiu em seu peito.

— Ele é horrível — sussurrou Marlie, com a voz falhando. Ela não demonstrou aceitar o pedido de desculpas, mas também não o recusou. — Como pode existir um homem assim? Sei que dizem que existem homens anormais entre nós, e que esses tempos são anormais, mas ele é um verdadeiro servo do diabo.

— Sim, ele é.

Ewan se perguntou o que ela diria se soubesse que ele e Cahill eram farinha do mesmo saco. Ele jamais machucaria Marlie, então havia ao menos uma diferença entre ele e o maldito rebelde que a atacou.

— Se você quiser, vou lá agora mesmo e ele nunca mais vai incomodar você. Pode fingir que não faz ideia de quem sou se eu for capturado.

Lá estava. Ele tinha praticamente dito para ela sua verdadeira natureza, de novo. Ewan esperou que ela se levantasse no escuro e se afastasse, mas Marlie se aproximou em vez disso. O braço dela roçou no dele, e Ewan exalou com força pela surpresa do toque. A mão dela repousou no bíceps dele, e Ewan estava certo de que podia sentir a pulsação em sua mão, transferindo com urgência a mensagem de que ela estava viva e nos braços dele e perguntando o que ele faria com essa informação.

— Obrigada pela oferta, mas não — disse ela. — Você esqueceu que eu mesma poderia lidar com ele também, Sócrates? Com a mistura certa de toxinas de plantas, ele teria uma morte bem dolorosa.

Havia um prazer cruel em sua voz ao dizer essas palavras. Ewan só conhecera Marlie cuidando de outras pessoas — ela dedicara a vida àquilo. Saber que os pensamentos dela não eram todos santificados como supunha foi um choque e o deixou intrigado.

— Mas não vou manchar minha alma com um homem como ele, e não quero que você o faça também — disse ela. — Eu só... posso ficar um tempo aqui sentada com você?

A crueldade de sua voz não estava mais ali, e havia apenas incerteza.

Diga que não.

Ele deveria. Em vez disso, respondeu:

— Claro. Nós já passamos do respeitoso, lembra?

Ela se aproximou um pouco mais e descansou a cabeça no ombro dele. Seus cachos bagunçados roçaram na orelha dele, fazendo-o estremecer; uma sensação aguda e maravilhosa lhe desceu pela coluna.

Ele tentou se lembrar da natureza de Marlie naquele momento, como Epicteto havia ensinado, mas ela não era tão fácil de dispensar quanto um vaso de argila. A natureza dela não a tornava menor aos olhos dele. Marlie era brilhante, atenciosa e nunca o fizera se sentir deslocado, quando certamente poderia. Ela entendia o humor dele e não o tratava como um homem esquisito; não dava para dizer isso de um vaso de argila. Argila era uma coisa fria e dura, mas Marlie era quente e macia ali ao seu lado, como se se sentisse segura com Ewan. Ela não deveria.

— Eu estava apavorada — disse ela, enfim. — Eu sempre estive tão desconectada de tudo. Até mesmo as visitas à prisão não me davam uma visão clara. Mas ver a Guarda Nacional trazendo aquele garoto amarrado foi... — Ela balançou a cabeça no braço dele. — Cahill teria matado Hattie simplesmente por agir com dignidade diante da insensibilidade dele. Cahill teria *me* matado. Aqui, em nossa propriedade, onde eu deveria estar segura. Mas nenhum lugar é seguro.

Ela fez uma pausa, mas depois continuou:

— Seu tornozelo está suficientemente curado, acho. Você deveria partir em breve. — Marlie soltou uma respiração trêmula. — Todos os dias chegam mais milicianos e Melody está decidida a deixá-los andando livremente por aqui. Stephen fugiu para suas propriedades no Norte, como o covarde que é, nos deixando com sua esposa odiosa. Isso explica o comportamento ousado de Cahill hoje.

Stephen? Algo surgiu no fundo da mente de Ewan, mas ele não podia trazer o pensamento à tona com ela ali, encostada no ombro dele, com a situação deles finalmente às claras. Não era mais seguro para ele ficar ali. Nunca fora, mas tinham entrado em uma rotina, e rotinas confortavam Ewan.

Era mais do que isso: Marlie confortava Ewan. A ideia de deixá-la era muito desagradável, apesar de ele saber que apego era uma coisa inútil neste mundo.

— Eu entendo — foi tudo que ele disse. — Eu deveria querer ir embora, suponho.

— Claro.

Ela pressionou o corpo um pouquinho mais contra o dele. Ewan não sabia se ela estava consciente do que estava fazendo. Quando olhou para ela, Marlie estava com a cabeça baixa e as mãos repousando de modo gracioso sobre o colo.

— Imagino que distrações mais agradáveis te esperam do que trocar recados comigo em um sótão.

— Marlie.

Ele esticou a mão, segurando o pulso dela entre seu dedão e indicador, porque foi impossível resistir ao impulso. Ela arfou, e ele sentiu a pulsação dela acelerar com o toque. A pele de Marlie era macia e, embora seu pulso fosse fino, não era tão frágil quanto ele imaginara. Ewan sentiu os tendões se esticando quando ela flexionou sua mão, surpresa. Ela era mais forte do que ele achava. Talvez...

Não.

Ele a soltou e estava decidido a se afastar dela e acabar com aquela loucura antes mesmo de começar, mas então ela segurou o colarinho da camisa dele e o puxou. De repente, seus rostos estavam na mesma altura, e Ewan a encarou, tentando discernir sua expressão no escuro.

Os olhos dela se fecharam, trêmulos, e ela começou a se inclinar para ele, tão devagar que ele poderia ter desviado, deveria ter feito... Mas então os lábios dela se colaram nos dele, suaves, tentadores. Aqueles primeiros toques exploratórios quase o fizeram desmoronar, mas foi o jeito que a testa dela se enrugou ao repetir o ato — ela estava de olhos fechados, mas Ewan não queria perder um momento sequer — que fez subir o primeiro sinal de fumaça do fogo lento que ardia dentro dele. Ela parecia... confusa. Como se não tivesse certeza de como agir.

Ah, meu bom Deus.

Ewan costuma acertar nas suas expectativas sobre os outros, mas não sobre Marlie, e não sobre isso. Uma onda de ternura o perpassou quando percebeu que ela buscava instruções. Ele não podia afastá-la. Se ela fosse se lembrar dele, não seria por ser o homem que a recusou em um momento de necessidade. Ele seria o homem com o qual ela compararia todos os outros beijos. Ewan podia se permitir ter esse sentimento primitivo: o desejo de que ela nunca o esquecesse.

Ele levou a mão até a nuca dela e, quando Marlie arfou, surpresa, ele mordiscou seu lábio inferior. Ewan então encaixou a boca na dela, pressionando a língua nos lábios e a provocando com lambidas longas e lentas.

Sentiu-se zonzo quando os braços dela envolveram seu pescoço e o peito dela pressionou seu torso. Os mamilos de Marlie estavam tesos e firmes sob o corpete, e Ewan desejou senti-los nas palmas das mãos, na boca — mas não, aquilo seria demais. As mãos dele foram para a cintura dela em vez disso, apertando-a com força, e ela se arqueou com seu toque.

Marlie era habilidosa. Em pouco tempo estava imitando os movimentos dele e mordiscando seus lábios. Seus suspiros baixos cortaram o silêncio, e as mãos dela se emaranharam no cabelo de Ewan, puxando-o para mais perto.

O desejo se acumulou na virilha dele, se espalhando do membro rijo por todo o corpo. Ele nunca quisera tanto algo como queria Marlie naquele momento — sempre fizera de tudo para não sentir algo igual, mas as Moiras estavam decididas a testar sua resolução.

— Ah, meu Deus, Ewan — gemeu ela quando a boca dele passou por seu pescoço, provando o sal de seu suor.

Ele raspou os dentes na clavícula de Marlie, bem perto dos seios. As mãos dela apertaram os ombros dele, puxando-o para perto, mas, no momento seguinte, ela o empurrou para longe abruptamente. Então ficou de pé e correu.

Você foi longe demais. Assustou ela.

Foi então que Ewan ouviu as batidas na porta.

— Abra agora mesmo — gritou a voz de uma mulher, doce como um pouco de açúcar misturado a veneno. — Agora basta! Depois do que fez hoje, não vou mais permitir que você faça o que quiser.

Marlie encarou Ewan com os olhos arregalados, e depois se esgueirou pela porta. Ewan se levantou logo depois, fechando a porta assim que Marlie saiu, tão rápido quanto ela empurrou a mesa contra a parede.

Ele a ouviu abrir uma fechadura, e a voz de Cahill rompeu o silêncio.

— Agora vamos ver o que essa escurinha está escondendo aqui em cima.

Capítulo 12

O coração de Marlie já estivera batendo ferozmente quando a boca de Ewan se moveu sobre a dela e desceu por seu decote. As mãos dele a seguraram com tanta força, o poder de seu desejo tão evidente na pressão dos dedos na curva de sua cintura. Ela nunca imaginara que beijar podia ser assim. Ela queria mais, muito mais, mas agora seu coração batia em um ritmo perigoso por um motivo diferente.

— Um momento! — gritou ela em resposta às batidas furiosas na porta. — Eu estava indisposta.

Ela olhou mais uma vez por cima do ombro para a mesa alta encostada na parede, então tirou a chave do pescoço e destrancou a porta para encarar o perigo. Cahill e Melody estavam parados ali, o rosto dele tranquilo e intenso, o dela expressando tanto prazer que causava desconforto. A alegria naqueles olhos castanhos foi mais aterrorizante do que a frieza de Cahill.

— Isso é inteiramente desnecessário — disse a voz de Sarah vinda de trás de Cahill. — Stephen jamais permitiria isso.

Melody soltou uma risadinha.

— Stephen não tem voz sobre isso, assim como não tem voz sobre nada importante. Ele nem sequer consegue lidar com você, acha que conseguiria impedir um homem como o capitão Cahill, um verdadeiro defensor dos confederados?

Ela lançou um olhar de admiração para o homem e tudo fez sentido para Marlie: a partida de Stephen, a ousadia cada vez maior de Melody. Cahill era exatamente o tipo de homem que Melody quisera para si, e a guerra o providenciara. Marlie sentiu borbulhar uma raiva do irmão que não passara de uma sombra pela maior parte da vida dela. Ele deixara a administração da propriedade da família para Sarah e Marlie por anos, para depois abandoná-las com a esposa e o amante dela em vez de encarar a própria vergonha.

Lívida, Sarah entrou atrás de Cahill.

— Está certo, então. Podem olhar de cima a baixo e vejam como isso é uma tolice. Se acham que Marlie estaria envolvida em alguma atividade subversiva sem eu saber, estão enganados.

A cabeça de Marlie girou. Sarah estava tentando afastar as suspeitas, mas, ao mesmo tempo, Marlie sabia que Sarah também achava estar certa. Nunca lhe ocorrera que Marlie poderia agir por conta própria.

Agora não é hora de pensar sobre isso!

— Esse é o lugar onde faço os tônicos e chás que vendemos na farmácia. Tem sido uma ótima fonte de lucro para a família e tem aplacado a dor de muitos homens de sua milícia — disse Marlie, tentando manter a voz firme e o olhar longe da mesa.

— Não superestime seu valor — disse Melody. — O cofre dos Lynch vai muito bem sem seus acréscimos. Stephen é bom em uma coisa, pelo menos.

Ela caminhou até a mesa e segurou o alambique, começando a mexer nas coisas, de lá para cá, descartando misturas com medidas precisas e recolocando as coisas de um jeito descuidado.

Cahill passou por ela e foi até o quarto de dormir, onde puxou os lençóis da cama, jogando-os no chão, e virou o colchão.

— O que está fazendo? — perguntou Marlie.

— Estou procurando por mais provas de traição — disse ele. — Você já era um problema, mas, depois de suas ações dessa tarde, se provou ser uma criminosa.

— Criminosa? Por tentar evitar a morte de uma mulher inocente? — gritou Sarah.

— Eu já cuidei dela. — Ele encarou Marlie, seu olhar vazio de emoção, o que a fez gelar até os ossos. — Agora é a sua vez.

Ele puxou uma faca grande da bainha e a enfiou no colchão, abrindo um corte repuxado no meio. O enchimento começou a sair, e Cahill foi puxando vários tufos e jogando casualmente no chão, deleitando-se com o caos. Marlie ficou parada, escandalizada e incapaz de absorver tudo que estava acontecendo. Era apenas uma cama, mas era o que a mantinha quente e confortável toda noite. Era onde ela passava seus momentos mais íntimos, e aquilo estava sendo destruído diante de seus olhos; foi tomada pelo mau agouro que tivera ao ver Melody e Cahill pela primeira vez.

Ela se lembrou da mãe, que a mandara para os Lynch porque achava que eles poderiam mantê-la segura das maldades do mundo.

Maman.

Algo se quebrou atrás dela. Ao se virar, Marlie viu Melody percorrendo seus livros na estante, folheando-os em busca de correspondência e depois os jogando no chão atrás de si. Sarah engatinhava atrás dela, tentando arrumar a bagunça, sem sucesso.

O rosto de Marlie ardeu de raiva. Não havia correspondência — ela queimava tudo que recebia depois de ler. Os furos com agulhas nos livros não eram detectáveis. Sua cifra estava segura em um compartimento secreto na mesa. Havia apenas um item de valor que Marlie não escondera.

Como se lesse seus pensamentos, Cahill marchou até a mesa e começou a revirar os papéis.

— Que bobagem é essa? "Os brancos daqui parecem desfrutar da dor dos escravizados ao mesmo tempo que fingem que estamos contentes em nos submeter aos seus caprichos. Queria que existisse algum tratamento para essa doença da mente." Isso é algum tipo de panfleto abolicionista?

— Não, não é um panfleto. É uma história que eu estava copiando de outro idioma como distração.

Ela queria gritar, chorar e arrancar as folhas das mãos dele. Cahill estava maculando as lembranças de sua mãe com aqueles dedos ásperos, lançando seu olhar sobre palavras que não eram para ele. Ela não se lembrava de ter traduzido aquela parte, e, quando se aproximou, percebeu que a letra de fato não era dela. A caligrafia era pequena e apertada, como se a pessoa que a escrevera estivesse com pressa, mas fosse meticulosa demais para fazer com desleixo. Ela vira aquela letra todas as vezes que uma mensagem era passada por baixo da porta.

Ewan.

— Não tem nenhuma importância, nenhuma mesmo — disse ela, esticando o braço para pegar as folhas.

Uma mão surgiu e bateu nos dedos dela com força.

— Eu gosto de uma boa história — disse Melody.

Ela pegou os papéis de Cahill e os adicionou à pilha sobre a mesa. Então se virou e começou a abrir as gavetas, jogando as coisas no chão. Depois de alguns momentos de destruição contínua, Melody suspirou e se virou para Cahill.

— Bem, creio que seja isso. A explosão dela hoje não foi parte de uma grande conspiração entre os escurinhos, mas vamos tomar medidas apropriadas.

O que mais eles podiam fazer? Marlie não conseguia nem começar a imaginar.

— Melody, Marlie é uma Lynch, e mais abusos não serão tolerados — disse Sarah, se colocando na frente de Marlie.

Cahill riu, e Melody o acompanhou.

— Marlie é uma escurinha nojenta, Sarah. O sobrenome Lynch não muda isso.

Sarah fechou os olhos com força, frustrada.

— Será que você não vê? A pele dela pode ser escura, mas sua alma é branca! — gritou Sarah.

Tudo na sala ficou em silêncio depois disso, ou talvez apenas tenha parecido assim para Marlie.

Ela olhou para Sarah, vendo sua expressão convicta, e percebeu com uma clareza terrível que a irmã tinha dito aquelas palavras ridículas porque acreditava mesmo nelas.

Era verdade, o pai que Marlie nunca conhecera era branco. Mas a mulher que a tinha parido, criado e ensinado tudo que ela sabia? Vivienne não era branca, e sua alma havia sido tão pura e forte como de qualquer outra pessoa.

Marlie queria sacudir Sarah até fazê-la retirar aquelas palavras. Por metade da vida de Marlie, Sarah fora tudo para ela, tanto uma irmã quanto, em alguns aspectos, uma mãe. Ela era tudo que Marlie tinha. E tinha acabado de revelar que não conhecia Marlie nem um pouco. Ela acreditava que a alma de Marlie era branca — tinha sido apenas por isso que ela lhe demonstrara amor e afeição? Marlie sentiu a pressão das lágrimas e lutou contra a queimação atrás dos olhos.

Melody ignorou Sarah, caminhando para além dela, em direção à porta, mas então parou.

— Espera aí um minuto. Eu tenho quase certeza de ter ouvido Stephen dizer que o sótão inteiro fora modificado para dar lugar aos aposentos da escurinha, mas a casa é maior do que essas duas salas...

Ela se virou na direção da mesa e da estante de livros, avaliando. Marlie não disse nada. Sua garganta estava selada pelo mais absoluto terror, como as plantas carnívoras que vivem nos pântanos. Tinha sido descoberta. Perdera os documentos de sua mãe, sentia-se a léguas de distância de Sarah, mesmo com a irmã ali a defendendo, e agora também perderia Ewan. Sua vida, e com certeza sua alma, provavelmente seriam perdidas também. Ela achou que fosse corajosa, mas não era nada além de uma tola. Marlie queria deslizar até o chão, mas, sabe-se lá como, suas pernas a mantiveram de pé.

Cahill empurrou primeiro a estante e, ao não encontrar nada ali, foi até a mesa. Ele avistou a porta, e pela primeira vez Marlie percebeu alguma emoção no olhar dele: empolgação.

— Muito bem, o que temos aqui?

— Uma sala cheia de roedores — respondeu Marlie, sem saber de onde a mentira viera e como fluíra tão rápido de seus lábios. — Uma guaxinim com filhotinhos entrou e comeu as plantas que eu secava. Preferi deixá-los soltos a lutar contra esses bichinhos astutos. Eu só tranquei a porta e coloquei a mesa para que não dessem um jeito de entrar no meu quarto.

— Bem, se alguma coisa estiver vivendo aí dentro, não será por muito tempo.

Cahill tirou a faca brutal da bainha de novo e abriu a porta, empurrando-a com o pé. Melody lhe entregou uma vela, e ele entrou na escuridão.

Marlie fechou os olhos, esperando por sons de briga, torcendo para que talvez Ewan tivesse vantagem pelo fator surpresa. Seria a única forma de ele sobreviver.

Eu vou matá-lo se ele tentar te machucar.

Marlie lembrou a forma como Ewan dissera aquelas palavras, como se fosse algo casual, como se não tivesse escrúpulos. E ele repetira a intenção quando ela fora até ele. Os olhos dele sempre ficavam sombrios e distantes ao se lembrar do tempo na guerra; era muito provável que Ewan fosse capaz de fazer mais do que ela imaginava que ele fosse. Mas isso não era algo que ela queria descobrir naquela noite, daquele jeito.

Imaginara a possibilidade de ser descoberta antes, e sempre se vira em pânico ou indignada, mas, naquele momento, Marlie não sentia nada. Era como se, diante de tanta coisa acontecendo, sua mente tivesse escolhido não processar informação alguma. Aquele talvez fosse o único motivo para ela não sair correndo atrás de Cahill até a sala.

Ela ouviu caixotes sendo empurrados, cestas e caixas jogadas no chão. O grunhido de irritação de Cahill enquanto vasculhava o cômodo. E então... nada. Cahill saiu e colocou a vela sobre a mesa.

— Parece que seus guaxinins foram embora — avisou ele.

Marlie o encarou. Como? Como ele não vira Ewan, com sua altura elevada e seu cabelo ruivo chamativo?

— Que b-b-bom — gaguejou ela, esperando que não notassem como os dentes dela de repente começaram a bater.

— Bem, eu vou ficar com isso — disse Melody, puxando a corrente em volta do pescoço de Marlie com a mão que não segurava os documentos de Vivienne.

Ela puxou por cima da cabeça de Marlie de qualquer jeito, fazendo a corrente se prender nos cachos dela. Melody puxou com mais força, e fez uma careta de desdém ao ver o cabelo que saiu junto com a corrente quando o puxou pela raiz. Ao remover a chave e colocá-la junto com as suas, ela murmurou:

— Que nojo! Você vai ficar trancada aqui até segunda ordem. Sarah. Capitão.

— Sinto muito — sussurrou Sarah, apertando Marlie pelos ombros. Seus olhos estavam cheios de lágrimas, e sua expressão tão cheia de dor que Marlie quase ficou tentada a consolá-la. — Eu deveria te proteger, mas Stephen me deixou com poucas opções. Vou dar um jeito de resolver isso, não tema.

Sarah beijou a bochecha de Marlie, que não correspondeu. Ela não conseguia. Marlie sentia que, se abrisse a boca naquele momento, soltaria um grito que faria o mundo tremer.

— Venha, Sarah — ordenou Melody.

Os três saíram pela porta, e Marlie ficou ali parada, sem reação, no meio dos destroços do que um dia tinha sido o último oásis daquele país determinado a impedi-la de viver livremente. Vidro se partia sob seus pés ao andar, e um trapinho vermelho chamou sua atenção: o gris-gris que ela fizera estava esmagado.

Ela pegou a vela e verificou a sala de secagem. Para onde Ewan tinha ido? Desorientada, ela se perguntou se não o tinha imaginado por completo. Uma criação da sua mente, conjurada por sua solidão desesperadora. Marlie não percebera o quanto se sentia só até ser confrontada com a ausência de Ewan.

— Sócrates? — sussurrou ela.

O teto rangeu e uma tábua foi levantada e empurrada para o lado. O rosto pálido dele apareceu na escuridão.

— É sempre importante ter um plano B — disse ele baixinho.

Marlie não conseguiu impedir o risinho que brotou dentro de si. Mas o riso logo se transformou em soluços, e as lágrimas começaram a brotar.

Ela sentia como se os pilares de sua vida tivessem sido chutados sob seus pés, um por um. Como um gato subindo em um poste, seu equilíbrio tornara-se precário.

— Está tudo arruinado — sussurrou ela. — Tudo que eu amo foi tomado de mim.

Ewan não disse nada, mas ela ouviu o barulho de algo se movimentando e o arrastar de pés, e depois a mão dele surgiu na escuridão. Ela esticou o braço e suspirou quando ele segurou a mão dela depressa e apertou com força. Marlie não soltou até seu braço começar a doer.

Capítulo 13

Depois de lutar contra o sono por horas, Marlie finalmente adormeceu; por necessidade, não escolha. Em vez da escuridão que costumava recebê-la, ela se viu de volta à casa em que nascera.

Vivienne estava sentada de pernas cruzadas no chão, remexendo em uma cesta de palha em seu colo, cheia de madressilvas. O aroma doce se misturava com o alecrim, um cheiro calmante que Marlie sempre associava à mãe. Vivienne não pareceu notá-la, concentrada em usar um alfinete para extrair as gotas aromáticas das flores e transferi-las para a garrafa ao seu lado.

"Maman?"

Vivienne não olhou para ela, mas sua voz pareceu emanar das paredes da cabana:

"Coloque a água no fogo, chérie", *disse. "Você sabe o que fazer."*

Marlie ouviu um barulho perto do fogão e, quando se virou, avistou Ewan. O que ele estava fazendo na casa delas?

Ewan acendia fósforo atrás de fósforo, mas um vento gelado apagava cada um antes de chegar à boca do fogão.

Então ele pegou um livro — o de Marlie sobre botânica medicinal —, arrancou uma página e usou o fósforo para acendê-la. Quando a chama se estabeleceu, Ewan jogou a página dentro do fogão antes de olhar por cima do ombro para Marlie. Ele estava com um sorriso enorme, cheio de vida, que não parecia natural em seu rosto.

"Estão esperando por nós", disse ele. "Vamos, temos que ir."

"Eu não quero ir", disse ela.

De repente, Marlie estava abraçando a mãe do lado de fora da cabana como na noite em que foi embora para sempre.

"Você precisa. Coisas melhores te aguardam. Faites moi confiance."

A carruagem também estava lá, mas agora era Ewan quem segurava as rédeas. Ele acenou para que ela se aproximasse, mas, quando deu o primeiro passo, Marlie caiu no chão. As raízes das árvores e das plantas começaram a prendê-la, e a terra preencheu sua boca e narinas...

— Marlie? Ei, garota. Acorde.

Marlie abriu os olhos e deu de cara com Lace e Tobias inclinados sobre ela, ambos com os olhos arregalados de preocupação. Ela tentou se segurar aos fios do sonho que esvanecia, o primeiro que tivera em muito tempo. Sonhara com a mãe e Ewan, mas o que significava? O que Vivienne havia dito? Por que ela estava respirando com tanta dificuldade?

Tarde demais. O sonho fora apagado pela realidade gritante da sua situação.

— Está machucada? — perguntou Lace.

Marlie balançou a cabeça, depois percebeu que seu rosto estava molhado de lágrimas. Ela manteve o olhar em Lace e Tobias ao secá-las, concedendo a si mesma só mais um momento de paz — para imaginar um mundo no qual a noite anterior não tinha ocorrido — antes de olhar para seu local de trabalho arruinado. Pelo menos seu alambique não tinha sido muito danificado; as outras coisas poderiam ser substituídas em algum momento, mas o alambique era seu bem mais precioso.

Quando Marlie se sentou na cama, sentiu a dor brotar no quadril e nas costas. Aparentemente, o amontoado de estofamento do colchão que ela reunira não tinha oferecido conforto suficiente, mas estivera tão esgotada na noite anterior que simplesmente se encolhera na primeira superfície sem cacos de vidro que encontrou.

— Sarah foi levar comida no hospital dos rebeldes — disse Tobias.
— Pediu que a gente viesse dar uma olhada em você.

Marlie assentiu e tentou se esticar, parando quando uma dor no pescoço irradiou com força.

— Marlie, olhe só o seu cabelo, e o seu vestido e... — Uma lágrima escorreu pela bochecha de Lace, e ela balançou a cabeça com raiva. — Isso não está certo. Você não deveria ser tratada desse jeito. Nenhum de nós, mas especialmente você.

Lace muitas vezes era rude com ela, mas Marlie sabia que a mulher a amava. Ver suas lágrimas a chocou.

— Eu estou bem, de verdade.

— Ela vai ficar bem — disse Tobias, passando a mão nas costas de Lace e estendendo a outra para ajudar Marlie a se levantar.

— Bem? — perguntou Lace, estalando a língua nos dentes de irritação. — Você não vê? Marlie nunca foi uma escravizada, nunca foi uma criada. Ela nunca trabalhou para outra pessoa. Ela é mais esperta do que qualquer um desses brancos e, ainda assim, podem tratar ela desse jeito. — Lace esticou as mãos para Marlie como se apresentasse uma evidência condenatória. — Qual é o propósito da liberdade se as pessoas ainda podem fazer isso com a gente, como se a gente merecesse?

Com a boca apertada numa linha, Lace se afastou do toque de Tobias e arrastou o corpo fraco de Marlie para uma cadeira. Ela sentiu um puxão em seu cabelo e depois um alívio; Lace havia pegado uma escova no meio da bagunça e estava penteando o cabelo de Marlie, como fizera quando ela chegou pela primeira vez e Sarah implorou por ajuda. A sensação das cerdas pelos fios embaraçados não era agradável, mas havia conforto na emoção de estar sendo cuidada. Ela se lembrou de sentar entre as pernas de Vivienne no dia de trançar o cabelo, e como sempre se sentia bonita depois.

Maman. Lembrar dos escritos de sua mãe na mão de Melody deixou Marlie enojada. Ela envolveu a barriga com os braços.

— O que eu vou fazer? — perguntou em voz alta, mais para si mesma. — Melody disse que serei punida, Cahill decidiu que preciso ser colocada em meu lugar e Sarah não pode fazer nada sem Stephen, que nos abandonou de novo, aquele covarde.

Marlie sentiu sua raiva fluir na direção dele. Fora Stephen quem trouxera o azar para a vida deles. Marlie temera que a carnificina da guerra batesse à porta, mas tinha sido uma mulher usando um vestido volumoso e nada prático quem arruinara a vida deles.

— Queria que ele nunca tivesse voltado. Queria que Grant tivesse capturado os dois antes de terem chegado aqui.

Ela olhou para cima e viu Tobias levantando as sobrancelhas na direção de Lace. Ele percebeu o movimento de Marlie e voltou a olhá-la.

— Melody está à toda desde de manhã. Ela nos disse para não ajudarmos você a limpar as coisas, porque você precisa se acostumar com a nova regra por aqui. Todos os criados têm que cuidar de suas próprias tarefas e disse que agora você será considerada...

Ele afastou os olhos.

Marlie sentiu o horror a preenchendo. Ela tentou não mostrar que ser forçada a trabalhar como uma criada seria uma degradação. Por quê? Ela não pensava menos de Lace, Tobias ou Pearl. Quando chegara àquela casa pela primeira vez, fora repreendida por ajudá-los a trabalhar. Eles eram as únicas pessoas que ela pensou que pudessem entendê-la, mas um mar de privilégios a separava de Lace e Tobias por um lado, e de Sarah pelo outro.

Marlie tinha encontrado um propósito diferente para si, um que também não era considerado adequado para uma dama e que só fora possível em grande parte pelo local isolado que ela ocupava na casa dos Lynch. Imaginou nunca mais vivenciar a alegria da concentração silenciosa ao misturar e macerar, ao pegar plantas diferentes e encontrar a proporção certa para transformá-las em tônicos. Era mágica para ela, e essa mágica estava prestes a ser tomada e substituída por uma vida de trabalho físico árduo.

— Ah — disse ela baixinho.

Marlie sentiu um puxão dos dois lados da cabeça quando Lace começou a fazer uma trança.

— Não precisa medir palavras por causa da gente — disse Lace, rindo com pesar. — Não é como se eu pudesse ter escolhido qual caminho tomar nesta vida. E não é como se você fosse uma debutante mimada. Você tem um talento e faz uso dele. Melody só está com inveja. Ela nunca vai ser mais do que é e quer que você sofra por isso.

Marlie sabia que Lace estava tentando fazê-la se sentir melhor, mas o efeito foi o contrário. Marlie se perguntava o que Lace e Tobias e todos os outros negros forçados à escravidão e à servidão teriam feito com suas vidas se tivessem tido escolha. Aquilo recaiu sobre ela intensamente e de uma só vez, aquela coisa que sempre soubera, mas nunca se permitira sentir: a escravidão não tirava apenas a liberdade das pessoas; tirava o futuro inteiro de um povo. E até mesmo a liberdade de Marlie tinha sido uma ilusão, se Melody e Cahill podiam tomá-la assim com tanta facilidade.

Ela sentiu um grito se formando na garganta, um último choro por sua crença na justiça e em sua esperança por um futuro melhor.

— O que aconteceu com...? — perguntou Tobias, jogando a cabeça na direção da porta aberta da sala de secagem.

Ela se esquecera de Ewan por um momento, por mais impossível que parecesse. Marlie se perguntou como ele tinha dormido; se o corpo dela estava dolorido por dormir no chão, ela podia apenas imaginar como deve ter sido para ele.

— Escondido no teto — sussurrou ela.

Marlie se lembrou do que acontecera antes daquilo. Seu primeiro beijo, seu primeiro toque sensual. Aquilo também havia sido maculado. Ela desviou o olhar, torcendo para que Tobias não pudesse ver para onde seus pensamentos tinham ido. Aquilo não tinha mais importância. Havia sido um capricho passageiro, apenas outra parte do seu mundo de fantasia que desmoronaria sobre eles em algum momento. Não tinha como escapar da guerra; a casa dos Lynch não era uma fortaleza e, mesmo se fosse, naquele momento estava ocupada pelo inimigo.

— Marlie, não temos muita escolha — disse Tobias, passando a mão pelo cabelo curto e crespo. Ele expirou com força e depois olhou para ela. — Ele precisa ir embora esta noite. Se ficar, vamos ser descobertos.

Marlie sentiu cada dor em seu corpo ao pensar em jogar Ewan nas florestas da Carolina sem um condutor, mas, por outro lado, ele era inteligente e engenhoso. Ele daria conta. Ela não podia mais colocar todos ali em perigo por causa dele.

— Decidimos o mesmo na noite passada — disse ela, colocando-se de pé. — Ele está na tábua acima dos sassafrás. Resolva com ele enquanto eu limpo essa bagunça.

Ela começou recolocando os livros nas estantes. Movia-se como um autômato, seus pensamentos distantes daquela sala como se fosse a única forma de não gritar de raiva naquela manhã silenciosa.

Marlie se perguntou o que a mãe teria feito, então se lembrou de como ela descrevera sua entrada no navio que a levaria para os Estados Unidos.

Meus pulsos estavam acorrentados, mas minha coluna estava ereta. Eu não seria quebrada por aquelas pessoas.

Marlie jogou os ombros para trás ao pegar outro livro. Sob ele, caído no chão, encontrou uma coisa seca e enrugada. A raiz de glória-da-manhã que sua mãe lhe dera ao mandá-la embora com Sarah; seu totem de proteção. Fazia anos que não o via. Marlie pegou aquele pedacinho de raiz, a sensação rígida estranha aos dedos, e depois a empurrou para dentro do decote do vestido, perto do coração.

— Tudo bem, Marl? — perguntou Lace.

Marlie assentiu, tentando forçar um sorriso, e continuou a recolher a bagunça.

Capítulo 14

Ewan estivera em posições desconfortáveis antes, mas ficar apertado entre vigas de madeira no teto de um sótão por quase vinte e quatro horas beirou o insuportável. Ele não se importava com o espaço exíguo, ou sequer com os insetos que passavam sobre ele vez ou outra. O que o matava era saber que o refúgio de Marlie fora violado. Era saber que concordara em partir quando Tobias o procurou, sabendo que isso significava que Marlie ficaria para trás com Cahill.

A situação dela já era precária. Ewan podia mesmo fugir durante a noite, sabendo o que recairia sobre ela? Cahill já tinha em vista puni-la, e punir era a única coisa na qual o homem era excelente. A preocupação com Marlie não tinha a ver com aquele sentimento latente e inapropriado que nutria por ela, Ewan garantiu a si mesmo. Ele não permitiria que mulher alguma experimentasse a ideia de justiça de Cahill. Aquele era um fato concreto, ao qual ele se apegou.

À medida que as horas se alongaram, Ewan chegou a uma conclusão inevitável: ele podia fugir, mas garantiria que Cahill estivesse morto antes disso. Era o que teria feito na primeira vez que se encontraram se não tivesse valorizado escrúpulos como honra e moral. Qual era a importância dessas coisas depois de aprender qual osso quebrar para fazer um homem confessar? Ewan valorizava honestidade, e precisava parar de mentir para si mesmo: honra não fazia parte de sua filosofia naquele momento, que consistia basicamente em sobrevivência. Marlie o ajudara a sobreviver. Ele não retribuiria deixando-a à mercê de horrores que nem poderia imaginar.

Ewan iria atrás de Cahill e acabaria com isso. Se sobrevivesse, partiria. Se não, ao menos teria tentado tudo a seu alcance. Mas a verdade era que Ewan não conseguia se imaginar fracassando, não quando pensava na boca inocente de Marlie pressionada na dele, em sua respiração trêmula no cabelo dele quando mordiscou seu pescoço.

Ele podia ouvi-la andando de um lado para o outro no cômodo ao lado. Marlie estivera limpando o dia inteiro, e viera uma vez passar comida para ele, muito depressa. Ewan buscara o olhar dela, mas Marlie manteve a cabeça baixa. Ela estava chateada com ele? Arrependida do beijo?

O mundo dela foi totalmente destruído e você aqui com preocupações de um tolo apaixonado.

Outras pessoas entraram e saíram. Tobias e outra mulher. Em algum momento, Ewan se permitiu dormir. Ele teria uma longa noite pela frente e precisava descansar.

— Me solta!

O grito repentino de Marlie fez Ewan acordar assustado; ele estava prestes a empurrar a tábua e pular para correr até ela quando pensou melhor. Precisava saber o que estava acontecendo — e quem estava causando a confusão — antes de agir. Ewan era bom em causar dor, dada a oportunidade, mas não estava forte o suficiente para correr até a sala e atacar com os punhos um grupo de homens armados.

— Não é por acaso que tem agido como se fosse melhor do que eu esse tempo todo — disse uma voz de mulher.

Ewan a reconheceu da noite anterior: Melody. A mulher parecia sentir um prazer especial com a angústia de Marlie, e agora estava de volta para causar mais sofrimento.

— Você achou que eu não descobriria? — perguntou Melody. — Esse seu ar soberbo e os olhares desrespeitosos? Você tem rido de mim, aposto, rido com ele e com Sarah!

— Do que você está falando? — perguntou Marlie. Houve um barulho de luta. — Tire esse homem de cima de mim!

— Você sabe há quanto tempo Stephen e eu temos tentado? Ter um filho? — perguntou Melody, sua voz alta e aguda. — Anos. Um ano miserável atrás de outro. Nunca conseguimos, e Stephen sempre me dizia que talvez não fosse a vontade de Deus, mas eu sabia que era culpa dele. Que suas sementes deviam ser fracas como ele.

Ah.

Ewan se lembrou do trecho que traduzira em seu esforço fervoroso em se distrair na noite anterior. Sobre como o filho mais novo da família Lynch, Stephen, sempre fora gentil com a mãe de Marlie, e que algumas vezes eles se encontraram em segredo...

Maldição.

— Eu ordenei que Sarah me dissesse a verdade, e ela finalmente me contou. Sobre ele e a vadia da sua mãe — explodiu Melody. — Eu não vou permitir tal abominação às minhas vistas por mais um dia sequer.

Toda falsa doçura desaparecera de sua voz; era puro ódio.

— Eu não sei do que está falando — disse Marlie, no ritmo que usava quando estava pensando em algo, como se estivesse fazendo uma pergunta e respondendo ao mesmo tempo. — Stephen não é... Eu quase não interajo com ele. Não é como se ele me enchesse de afeição fraternal. Ele não se relaciona comigo.

Melody riu.

— Fraternal? Ele não se relaciona com você porque tem vergonha — cuspiu Melody. — Você é uma lembrança viva de que ele praticou coito com um animal, de que ele se permitiu ser ludibriado por uma escurinha vil. E depois teve a audácia de pedir minha mão em casamento, para me poluir com sua impureza.

Houve um longo silêncio, e Ewan desejou poder ver Marlie. Deixá-la saber que não estava sozinha, embora ela devesse estar se sentindo muito distante de tudo o que conhecia.

— Isso não pode ser verdade... Sarah é minha irmã. Ela me diria se não fosse. Ela me diria se... — A voz de Marlie, quase irreconhecível, desapareceu.

— Bem, ele não vai mais conviver com um lembrete disso, nem eu — disse Melody de forma brusca. — Você simplesmente não pode mais ficar aqui. Já chega. O capitão Cahill sabe exatamente onde colocá-la. Tem muito dinheiro a ser ganho com todos esses soldados perambulando por aí, sabe. Aposto que eles podem até pagar a mais por esses seus olhos demoníacos.

A solução terrível de Melody deixou Ewan enjoado.

— Você não pode fazer isso. Eu sou uma mulher livre, nasci livre. Não pode me vender.

— Ora, Sarah encheu mesmo sua cabeça com bobagens, não é? Seja lá quais documentos de alforria que você tenha, eles só valem de algo com alguém que se importe com isso. Eu não me importo, e quem quer que compre você também não vai ligar.

— Não!

O barulho de luta voltou, e o coração de Ewan disparou ao ouvir o desespero naquela única palavra.

— Ora, mas não era você quem estava louca para trazer lucro para a família!? — A voz de Melody começou a sumir, como se ela estivesse se afastando. — Você devia saber que isso não duraria. Sarah terá que se casar em algum momento, mesmo já sendo velha como é. Você acha mesmo que ela te manteria por perto, sabendo como sua mãe era? Toda garota precisa se livrar de seus bichos de estimação. Chegou a hora de você ser colocada para pastar. Jogue ela dentro daquela sala.

Mais sons de luta e o grunhido de um homem. Então Marlie caiu no chão embaixo da tábua que Ewan havia afastado. Ela estava amarrada e amordaçada, e lágrimas escorriam de seus olhos enquanto olhava para os lados, assustada. Os gritos eram abafados pelo som da mordaça, mas isso não a impediu de tentar. Marlie se debateu por um tempo até cair de costas no chão, momentaneamente vencida, e seu olhar encontrou o dele.

Ewan sentiu tudo dentro de si congelar, mas não por estar calmo. Ver Marlie daquele jeito — por causa dele, porque ele deixara os papéis em cima da mesa — o fez querer destruir tudo. Mas, em vez disso, ergueu um dedo para os lábios, e ela assentiu, parando de se mexer. As lágrimas, porém, continuavam fluindo, e os ombros se moviam com os soluços. A angústia dela o desesperava. Ewan não sabia como Marlie se sentia, mas sabia que faria qualquer coisa para aplacar aquela dor.

A luz que vinha do local de trabalho dela foi apagada, e o barulho da mesa sendo empurrada contra a parede sinalizou a partida de Melody.

Ele esperou alguns momentos e, quando não havia nada além do barulho dos grilos lá fora, deslizou para fora do buraco no teto.

Ele arfou quando os músculos de suas coxas e panturrilhas resistiram à nova variação de movimento e tensionaram com um estirão cortante de dor. Ewan cerrou os dentes; a dor poderia ser relevada. Era apenas uma reação temporária de seu corpo, e o corpo era algo que ele podia controlar.

Ewan cambaleou até Marlie, desfez a mordaça e depois liberou os punhos dela. Ela inspirou profundamente, mas não ajudou em nada, porque começou a respirar ainda mais rápido, soluços surgindo enquanto seus olhos se arregalavam.

Ele colocou a mão espalmada no peito dela, sentindo o ritmo do coração dela como um coelho enjaulado.

— Inspire, Marlie. Inspire, e expire. Devagar. — Ewan mostrou o movimento, respirando de forma exagerada várias vezes. — Sei que está assustada agora, mas eu não vou deixar nada acontecer com você.

— Como, Sócrates? — As mãos dela se apertaram na dele que estava sobre o peito dela, mas não o afastaram. — Melody decidiu meu destino. Ela já tirou tudo de mim: os escritos da minha mãe, minha vida como eu conhecia. Ela decidiu que eu não posso ter nada, e está fazendo isso acontecer.

Ewan inclinou a cabeça para o lado, então se levantou e esticou o braço até o cubículo no teto.

— Não posso te devolver sua vida como ela era, mas posso te dar isso.

Ele entregou um maço de papéis, guardados na pasta de couro em que ela os mantinha, e Marlie o encarou, sem acreditar.

— Isso é o que acho que é? — perguntou ela.

Ewan passou a mão pelo cabelo, hesitante.

— Eu saí do esconderijo ontem, quando estava... ansioso com sua situação. Enquanto estava em sua mesa, pensei que, se algo acontecesse, você provavelmente não gostaria que alguém ficasse com as palavras de sua mãe. Então eu trouxe o original comigo.

Ewan não deixou que ela soubesse como, naquele momento de pânico, ele tinha pensado que aqueles papéis poderiam ser tudo que teria dela. Ela não precisava saber disso, e ele não precisava sentir.

— Eu ia contar na noite passada, mas...

Estava muito ocupado te beijando.

— Então o que ela levou?

— Acredito que aquela tenha sido só a parte que traduzi ontem, e talvez algumas anotações suas. Infelizmente, continha algo que, imagino, era um choque e tanto para você.

Ela franziu ainda mais a testa, mas depois assentiu.

— Stephen... ele é mesmo o que ela diz que ele é?

Marlie parecia incapaz de se forçar a dizer a palavra *pai*, algo que Ewan entendia muito bem.

— Na parte que traduzi, sua mãe afirmou que ele parecia encantado por ela, que demonstrara bondade, e que tinham começado a se encontrar em segredo. Ela não escreveu nenhum detalhe, mas, na última parte que traduzi, sua mãe sonhava que estava grávida de uma linda menina.

Marlie encarou a pasta.

— Obrigada. Não quero mais falar sobre isso — disse ela.

A frase pareceu um tapa. Ewan percebeu que era a primeira vez que ela mantinha algo sobre si fechado para ele. Sabia que era ridículo se sentir dessa forma, porque sempre mantinha seus sentimentos e impulsos em uma rédea muito curta. Pensou que não tinha conseguido fazer isso muito bem com Marlie, mas então percebeu que não era verdade. Sem autocontrole, ele a teria beijado dias antes. Na prisão, talvez.

Ewan estava acostumado a receber o que queria das pessoas, mas disse a si mesmo que não era isso que motivava seu novo plano.

— Isso muda um bocado os meus planos — disse ele.

Ewan levantou com cuidado — a última coisa que precisava era que o tornozelo o atrapalhasse ainda mais. Atrapalhasse os dois, na verdade. Ele foi até o amontoado de panos e puxou uma pequena faca do bolso da calça, repensando seu plano de matar Cahill. Finalmente poderia dar um fim ao homem, mas não teria mais o pretexto de que seria para manter Marlie segura. A não ser que também planejasse matar Melody. Ferir uma mulher era uma linha que Ewan ainda não cruzara, e embora fosse capaz de fazê-lo para manter Marlie a salvo, havia outro jeito de mantê-la segura.

— Ainda vou partir esta noite, mas você vem comigo.

Ele começou a cortar a primeira tira de tecido de sua "cama". Estava tentando manter sua tendência a ser pedante sob controle, mas não achava que havia a possibilidade de um debate racional sobre aquele assunto.

Ewan estava esperando algum tipo de resistência, mas, quando olhou para Marlie, viu que ela apertava a pasta contra o peito e o encarava, inexpressiva, o que a fazia parecer outra pessoa por completo, alguém que estava sofrendo muito.

— Seja lá como conseguiu sair ontem, consegue fazer de novo? — perguntou ela, indicando a porta com um movimento da cabeça.

— Consigo.

— Preciso pegar algumas coisas para a viagem. Depois... depois vamos embora de Lynchwood.

Capítulo 15

Marlie não podia pensar na dimensão do que estava prestes a fazer. Se o fizesse, acabaria congelada. Muitas pessoas fugindo da escravidão tinham passado a noite em Lynchwood, mas ela vira apenas a parte gloriosa desse feito. A esperança que tinham pelo futuro. Parecia assustador na teoria — como as histórias sobre as batalhas que lia nos jornais, que a aborreciam, mas que estavam muito distantes de sua vida diária. Marlie nunca tinha entendido de verdade até se esgueirar para o seu quarto calçando apenas meias e tentando pensar quais objetos eram mais importantes — assim como fizera no dia em que deixara a casa da mãe. Mas, dessa vez, ela não estava indo para uma vida mais confortável; estava indo para as florestas do planalto de Piedmont. Dessa vez, estava fugindo por sua vida.

Marlie respirou fundo e começou a tarefa desagradável. Tentou ser prática. Não poderia levar mais uma muda de roupa, mas pegou alguns pares de roupa íntima. O óleo perfumado que usava no cabelo, porque se recusava a abrir mão dessa única vaidade. A escova de cabelo. Ela juntou os mesmos utensílios que reunia quando viajantes da Underground Railroad passavam por ali, exceto que dessa vez tudo aquilo seria para ela ou para Ewan. Alguns biscoitos que Lace trouxera embrulhados em guardanapos de tecido. Pegou seu *Guia Ilustrado da Botânica Americana*, que a ajudara tanto, mas não seria possível carregá-lo. Ela conseguiria outra cópia algum dia, se sobrevivesse à jornada.

Existe uma chance de eu não conseguir. O medo a fez parar, o livro pesado na mão e o coração saltitando como um esquilo escondido nos arbustos. Ela lentamente abaixou o livro. *Mas, se eu ficar, vou descobrir que sobreviver pode ser pior.*

Marlie abriu a gaveta da mesa e puxou o fundo falso, de onde tirou o dinheiro que juntara das vendas para a farmácia. O documento de sua alforria, caso fossem parados, embora talvez não valessem muito dado o clima do momento. Também pegou as mensagens que Ewan passara por baixo da porta. Ela não conseguira queimá-las junto com as correspondências da Liga da Lealdade, embora aquilo fosse, pensando em tudo o que acontecera, uma omissão imperdoável. Mas, se chegassem ao Tennessee, os bilhetes seriam tudo que ela teria dele quando seguissem caminhos separados. Alguns dias de companhia e um beijo não lhe deram nenhuma ilusão de que poderiam ter algo além. E, mesmo se tivesse pensado na possibilidade de algo, os comentários dele sobre as crenças de sua mãe aniquilaram tudo.

Ela não podia se entregar a alguém capaz de machucá-la com tanta facilidade. Sarah havia mentido. O pai de Marlie estivera ali, sob o mesmo teto, e a tratara como uma mera conhecida. Até mesmo sua mãe negara a verdade de sua linhagem e uma escolha em seu próprio caminho. Ewan conseguira queimá-la com uma simples frase — ela não podia deixar aquilo seguir adiante. Viajariam juntos para o Tennessee, e depois ela diria adeus.

Marlie passou a mão sobre o peito para garantir que a raiz de glória-da-manhã ainda estava segura ali, e então empurrou a pilha de estofado do colchão e pegou a bolsa de Ewan, a que Tobias havia montado mais cedo. Eles precisariam de todo suprimento que pudessem carregar em segurança. Ela deu uma última olhada em seu laboratório. Ao passar a mão pelo corpo de metal do alambique, Marlie sentiu a tristeza emergir como um abcesso: uma dor repentina e ofuscante que a despertou do torpor. Ela respirou fundo e engoliu em seco pela garganta dolorida.

Devo mesmo perder tudo o que conquistei?
Sim.

Ela se virou e passou em silêncio pela porta atrás da mesa, fingindo não sentir a dor de estar sendo dividida em duas. Sempre vira Lynchwood como sua segunda casa, mas na verdade aquela era sua única casa, e Marlie também estava perdendo isso.

Você merece uma vida melhor. Ela se lembrou das palavras da mãe. Ela merecia. Marlie se recusava a ser forçada a deitar com homens que a viam como um tabu, um objeto com o qual poderiam saciar seus desejos escusos antes de voltarem para suas noivas coradas. Ela não sabia muita coisa, mas sabia por que mulheres como ela conseguiam um bom preço: homens brancos a viam como uma novidade a experimentar pelo menos uma vez na vida.

Maman tinha sido isso para Stephen? O pensamento a perfurou profundamente, e foi seguido de outro ainda mais doloroso. *É isso o que sou para Ewan?*

Marlie não suportou o pensamento. Ela não podia ficar se perguntando o significado de ele estar disposto a matar por ela, a salvá-la e a beijá-la como se precisasse disso para viver. Nenhuma dessas coisas eram importantes agora. Só importava que chegassem ao Tennessee.

— Pronta?

A pergunta em sussurro foi seguida de um grunhido vindo da sala de secagem. As mangas de Ewan estavam enroladas para cima e as veias dos braços estavam saltadas enquanto ele puxava algo com força. Ele amarrara os pedaços de tecidos juntos e estava testando os nós, o que significava...

— Vamos sair pela janela — concluiu ela, com o estômago revirando e um medo feroz correndo pelas veias.

Não consigo. Não consigo. É melhor eu desistir agora. Como isso pode dar certo?

— Eu disse que já tive minha cota de fugas — disse ele, e depois teve a audácia de sorrir. — Não acho que seria incorreto me chamar de especialista. Confie em mim, Marlie.

Ela queria, mas isso era mais do que um beijo. Era a sua vida em jogo.

— Temos que ir agora, antes que Cahill chegue — disse ele com calma ao amarrar uma ponta da corda em uma viga sólida.

Ewan testou o peso, firmando um pé na viga e puxando a corda improvisada com toda força.

— Forte como um carvalho. Muito bem. Agora, lembre-se de uma coisa. — Marlie olhou para ele, afastando o olhar da janela e da floresta além. — Duas, na verdade. Primeiro: não olhe para baixo. Eu vou antes e te ajudo se precisar. Segundo: você está no controle.

— Como é? — perguntou ela, sem se dar ao trabalho de esconder sua ansiedade.

Não era hora para uma aula de filosofia.

— Melody quer mandar em você, e nesta casa, ela tem esse poder. Mas isso aqui? — Ewan foi até a janela e a abriu. — Sair pela janela, descer pela corda e fugir pela floresta? Isso está no seu controle.

— E quando estivermos lá fora? — perguntou ela, dando apenas um passo hesitante em direção à janela.

— Eu nunca vou obrigar você a fazer algo que não queira, Marlie.

Ela olhou para ele, depois além dele, para as estrelas cravejando o céu noturno e a lua cheia que brilhava forte entre elas.

Lua cheia significa caminhos se dividindo.

Ela não sabia onde Sarah estava e tentar procurá-la seria perder um tempo valioso. Piscou para afastar as lágrimas e reprimiu o choro que surgiu dentro do peito. Sarah era sua tia, não sua irmã. Sarah escondera a verdade dela por anos. Mas isso não significava que Marlie não a amasse.

— Vamos agora — disse ela.

Ewan colocou a bolsa em volta do pescoço e dos ombros, testando a força da corda de tecidos amarrados mais uma vez, e saiu pela janela. A corda estava tensionada sobre o caixilho, e remexia com os movimentos dele ao descer. Então ele sumiu.

Marlie respirou fundo e deu um passo adiante. A cabeça ruiva de Ewan apareceu de novo na janela.

— Lembre-se: não olhe para baixo — repetiu ele, e desceu de novo. Marlie segurou a corda.

Ancestrais, me ajudem.

Ela passou as pernas pelo caixilho, firmando os pés na parede, e deixou a corda suportar todo o peso de seu corpo. O vento balançava para lá e para cá, soprando seu cabelo no rosto e repuxando a saia. Ela sentiu a pressão terrível do vazio às costas, e fechou os olhos com força.

Com cuidado, deslizou um pé para baixo, e se encolheu com o barulho. Lutou contra o grito de medo que quase deixou sair, ergueu um pé e o colocou silenciosamente um espaço abaixo. Ela precisava que suas mãos fizessem o mesmo, mas elas seguravam a corda e se recusavam a colaborar, como se tivessem vida própria.

Você está no controle. Você está no controle.

Imaginou Melody andando pela casa e encontrando-a congelada de medo, pensou em como ela iria rir e no desdém em sua expressão. As mãos de Marlie se afrouxaram uma de cada vez e ela começou a descer. Depois de alguns movimentos, pegou ritmo. Mão esquerda, pé direito; mão direita, pé esquerdo. Ela focou apenas em encontrar um lugar estável para os seus pés e na reverberação da corda que transmitia a descida de Ewan. Suas palavras ecoaram na cabeça de Marlie a cada repuxada da corda.

Você está no controle.

Quando estavam na metade da casa, surgiu outro som: cascos de cavalos. Ela olhou por cima do ombro e viu a luz de algumas tochas ao longe na estrada, movendo-se depressa. Cahill e seus homens estavam voltando de sua pilhagem. Eles não tinham nenhum cuidado com a manutenção do terreno e passariam exatamente na parte do pátio em que Ewan e Marlie estavam descendo.

A corda deu um puxão violento.

— Depressa!

O sussurro agitado de Ewan a trouxe de volta a si.

Marlie não era uma grande aventureira, mas certamente não se permitiria ser pega se pudesse evitar. Ela começou a descer de novo, tentando recobrar o ritmo, e então aumentou a velocidade.

A respiração parecia arranhar seus ouvidos e sua garganta, o barulho parecia insuportavelmente alto, mas ainda era menos alarmante que o som dos cascos se aproximando. Já se podia ouvir os gritos dos homens, as arfadas dos cavalos.

Meu Deus, meu Deus, meu Deus. Não vou conseguir.

Marlie quebrou uma regra muito importante e olhou para baixo. Ewan já estava no chão, seu olhar voltado na direção dos homens que se aproximavam. Os punhos dele estavam cerrados, sua postura ereta. Ele não estava armado, mas preparado para lutar em vez de fugir.

Quando Ewan olhou para ela, a verdade da situação ficou clara: ela não conseguiria em seu ritmo atual. Apesar disso, Marlie não estava mais com medo. De repente, foi tomada por uma calma e sentiu que fazia a coisa certa, como sempre acontecia quando acertava a medida de uma infusão só de olhar.

Marlie fechou os olhos e soltou a corda.

Capítulo 16

A situação decididamente não era boa. A Guarda Nacional estava se aproximando e, se Ewan podia vê-los, logo poderiam vê-lo também. E ver Marlie, que estava balançando na metade da descida pela casa grande demais dos Lynch. Ele olhou para ela, esperando vê-la escorregando ou demonstrando algum sinal de medo. Em vez disso, ela soltou as mãos da corda e começou a despencar. Por um momento, Ewan pensou que ela iria simplesmente cair no chão, mas quando ela desacelerou, ele percebeu que ela não tinha soltado o tecido por completo. Marlie estava deixando o tecido passar por suas mãos e apertando forte quando começava a perder o controle.

Ela não estava usando luvas, e Ewan podia apenas imaginar a dor da fricção do tecido áspero queimando sua pele. Mas então ali estava ela, no chão, diante dele, com seu objetivo conquistado.

Marlie ficou parada por um segundo, como se estivesse se adaptando ao chão sólido, depois o encarou com os olhos arregalados e um sorriso enorme pelo sucesso. A visão dissipou todo o medo dele, como chuva de verão em uma pedra suja. Mas eles não tinham tempo a perder.

Ewan olhou para a dita corda presa à casa. Se deixassem aquilo ali, os soldados perceberiam que algo estava errado logo que chegassem. Ele então pegou uma pedra, amarrou a ponta do tecido nela e a jogou sobre a árvore ali perto. O tecido seria visto se olhassem para cima, mas ele tinha que ter esperança de que não o fariam. Ewan não acreditava muito em esperança, mas seria o suficiente naquele momento.

— Você está bem? — sussurrou ele.

Ela fez uma careta ao tentar fechar as mãos, e seus ombros se curvaram, como se lutasse contra a vontade de gritar. Uma expressão que Ewan conhecia muito bem.

— Estou.

— Então vamos nos apressar — disse ele, aceitando a mentira.

Ele começou a andar, mas Marlie o surpreendeu:

— Siga-me.

Ela ajeitou a bolsa no ombro e correu em uma velocidade surpreendente para alguém que tinha que lutar com a saia. Marlie parou na esquina da casa, olhando em volta para garantir que não havia ninguém por perto. Depois de olhar para trás a fim de conferir se Ewan a estava seguindo, começou a andar, sempre à sombra da parede da casa, onde ninguém olhando pela janela os veria. Passaram por baixo da janela da cozinha, onde uma mulher cantava uma música triste. Marlie parou e olhou para cima, mas depois continuou seguindo. Ela agachava vez ou outra ao andar, e ele percebeu que estava pegando folhas do jardim que crescia atrás da casa, guardando-as nos bolsos de seu avental.

Quando chegaram à beirada da esquina seguinte, ela olhou para trás.

— Precisamos correr por ali.

Marlie segurava várias folhas entre os dedos, mas ainda assim Ewan conseguiu ver claramente a direção apontada.

Era a mesma pela qual chegara, ou a cabana que avistou era similar à que ele ficara. Mas, além disso, não havia muita coisa para oferecer cobertura. Qualquer pessoa olhando de dentro da casa ou andando por ali os veria.

Os gritos dos homens ficaram mais altos, o retumbar dos cascos anunciando a chegada deles na propriedade.

Os olhares de Marlie e Ewan se encontraram e se sustentaram por um longo momento.

— Agora.

Correram.

Marlie segurava desajeitadamente a saia para cima com as pontas dos dedos, ao passo que as pernas longas de Ewan corriam o dobro dos passos dela, mesmo com o tornozelo machucado. Ele então desacelerou e tentou segurar a mão dela, mas Marlie se afastou do toque, esticando mais as pernas e tentando manter o ritmo. Ele ouviu vivas e gritos atrás deles, mas não podia parar para ver o que era aquela algazarra. Os dois correram rumo à floresta, o caminho para a liberdade quase certo.

Alegria preencheu Ewan quando entraram no bosque, mas se extinguiu quando uma sombra surgiu na direção deles, o metal de uma arma reluzindo em sua mão.

Marlie arfou e Ewan se colocou na frente dela.

— Marl?

— Tobias! — disse ela, soltando um suspiro de alívio.

— O que você está fazendo?

Ele olhou para Ewan e, em vez de "entre na fila, garoto", havia algo bem mais ameaçador em seu olhar.

— Você não ficou sabendo? — perguntou Marlie, ainda tentando recuperar o ar.

— Eu estava fora, na fazenda — explicou Tobias. — Fui ajudar a parir um bezerro.

— Melody descobriu que Marlie é filha de Stephen e tem a intenção de vendê-la como prostituta, com a ajuda de Cahill. Para evitar esse desfecho infeliz, precisamos fugir. Agora. — Ewan olhou por cima do ombro. — Me perdoe por não ser mais educado, mas a milícia acabou de chegar e a ausência de Marlie pode ser descoberta a qualquer momento.

A expressão de Tobias era séria ao perguntar:

— Está nos deixando, Marl?

— Eu preciso — respondeu ela. — Eu morreria antes de deixar Cahill me vender.

Marlie falou isso com uma veemência que surpreendeu Ewan. Depois de vê-la desafiar Cahill, um homem que sabia ser intimidante ao extremo, deixara de considerá-la frágil, mas ouvi-la falar com tanta ferocidade o lembrou que Marlie tinha camadas mais profundas, que ele ainda desconhecia.

Tobias olhou para Ewan de novo, e depois estendeu a coronha de seu rifle para Marlie.

— Leve isso.

— Não posso.

— Você precisa se proteger — insistiu Tobias.

— Sim, mas minhas mãos não estão podendo no momento. Por favor, dê para ele. — Ela ergueu as mãos e Ewan pôde ver o sangue rosado nas palmas dela. — Precisamos ir. Tobias, diga para Sarah... — A voz dela falhou e as lágrimas escorreram pelas bochechas.

— Eu vou dizer — garantiu ele, enxugando as lágrimas. Tobias entregou a arma para Ewan. — Mantenha Marlie segura. E, se estiver pensando em fazer algo, repense.

— Tobias! Chega!

O homem a puxou para um abraço brusco.

— Vou retardar ao máximo a ida deles até o seu quarto. Agora vá.

Logo eles estavam correndo na noite mais uma vez. Por baixo do som dos grilos, a respiração de Marlie às vezes se prendia em um choro. Mas ela não parou de correr.

Eles diminuíram os passos ao chegarem na parte mais densa da floresta, a vegetação rasteira impossibilitando um ritmo mais intenso.

— Você sabe para onde estamos indo? — perguntou ele.

Cobertas de trepadeiras, as árvores pairavam como gigantes antigos ao redor deles. Tudo estava envolto em sombras escuras e as folhas dançavam ao vento. Não havia pista de qual seria a direção correta.

— Tenho uma noção — respondeu ela. — A estrada está passando ao nosso lado, depois dessas árvores, e essa é a estrada que uso para ir às pequenas fazendas às vezes. Costumo estar dentro de uma carruagem, mas sei que ela segue para noroeste.

Um cheiro bom e pungente alcançou Ewan. Marlie passou os dentes por um punhado de folhas e depois apertou aquilo nas mãos.

— Sálvia. É bom para limpar feridas.

— E salsinha? — perguntou ele, indicando com a cabeça as folhas que despontavam do bolso do avental dela.

Ela assentiu.

— Ajuda com o inchaço.

Caminharam em um silêncio do tipo que Ewan odiava. Ele tentou encontrar algum assunto, mas o silêncio seguiu firme entre eles. A conversa fácil dos dias anteriores os abandonara, em parte por causa das palavras descuidadas que ele dissera. Ewan só pensara em tirar Marlie de Lynchwood, e não no que viria depois. Agora ela estava ao seu lado, mas podia muito bem estar de volta aos seus aposentos, já que parecia completamente fora de alcance. Ewan sentiu o desconforto apertar sua garganta.

Será que existe algum jeito de consertar as coisas?

— Não acredito que ninguém me contou — disse ela, por fim. — Pensando agora em todas as interações, vejo que todos sabiam quem era meu pai, menos eu. Ele sentou na mesma sala que eu e não disse nada. Viu Melody, a esposa dele, fazendo eu me sentir indesejada em minha própria casa e permitiu que isso acontecesse.

Ewan percebeu que, enquanto ele estava ali, obcecado pelo silêncio dela, Marlie estava lidando com o luto por sua antiga vida. Ewan se repreendeu. Sua perspectiva se estreitara à uma pequena janela, sendo que precisava contemplar a enorme extensão das coisas porque Marlie poderia precisar dele.

— Certamente nem todo mundo sabia — disse Ewan, e Marlie lhe lançou um olhar afiado.

— Tobias nem sequer piscou quando você contou — disse ela.

— Ah. É verdade.

Eles continuaram andando.

— Você acha que teria sido melhor saber?

Marlie mordiscou um pouco a salsinha e depois passou nas mãos.

— Não sei ao certo, mas qualquer coisa seria melhor do que descobrir dessa maneira.

Ewan ouviu a respiração de Marlie falhar, mas não soube dizer se por raiva, tristeza ou as duas coisas.

— Devo dizer que, se Stephen é seu pai, o que parece ser o caso, e permitiu que você fosse tratada dessa forma, ele não merece você, nem merecia sua mãe.

— É fácil para você falar. — Ela parou e o encarou. — Você pode não ter gostado do seu pai, mas ele estava lá! Ele assumiu você!

Ewan não conseguiu impedir o riso que saiu dele.

— Você acha que a coisa toda se resume a eu não gostar do meu pai? Pois saiba você que eu o odiava. Eu desejei que ele fosse embora. E acho que a melhor coisa que já aconteceu com a minha família foi quando ele tirou a própria vida.

— Você não pode estar falando sério — falou ela, sem ar.

— Eu tive boa parte de uma vida para refletir sobre o assunto e minha opinião não mudou — disse ele.

Ewan compreendia que a maioria das pessoas valorizava relações sanguíneas como se, por mágica, elas permitissem qualquer tipo de transgressão. Isso não era parte de sua filosofia.

— Eu não digo isso para diminuir sua dor ou sua raiva, mas para lembrá-la que Stephen é fraco, assim como meu pai era. Você já sofreu pela fraqueza dele. Está aqui comigo agora, longe da sua casa, por causa disso.

— Como ele pôde fingir que eu não era sua filha? Todos esses anos, e ele mal conversou comigo. Pensei que fosse porque eu era uma lembrança das maldades do pai dele... Eu me sinto uma tola.

Marlie mordeu o lábio, mas isso não impediu que as lágrimas escorressem de seus olhos. Dessa vez Ewan não se conteve. Ele ergueu a mão para enxugá-las.

— Você não gostaria que seu pai tivesse sido gentil com você? — perguntou ela.

— Querer é para tolos — respondeu ele reflexivamente e, por algum motivo, isso a fez rir.

— Então meu argumento se mantém — disse ela. — Eu sou uma tola.

Ele nunca conhecera alguém que coubesse menos naquele termo, e acrescentou Stephen na lista de homens com os quais queria passar cinco minutos sozinho.

— Lamente por seu pai. Ou o odeie. Mas tenha certeza de que *ele* é quem deveria se sentir envergonhado e um tolo, e não por causa da sua mãe ou de você. Apesar da participação dele no seu nascimento, você é perfeita, e isso significa que sua mãe deve ter sido magnífica. A vergonha é toda dele.

Marlie o encarou de volta por um longo momento, em silêncio, enquanto suas lágrimas quentes escorriam pelos dedos dele.

— Precisamos ir — disse ela enfim, afastando gentilmente a mão dele e se virando para voltar a caminhar.

Retomaram a marcha, descansando de vez em quando, e Ewan começou a se preocupar sobre onde passariam o dia. Passar horas à luz do dia, vulneráveis, com a Guarda Nacional por perto, seria pedir por problema. Havia também o risco de que um rebelde ou um vizinho secessionista os entregasse sem pensar duas vezes.

— Estamos quase lá — disse Marlie como se lesse os pensamentos dele.

As árvores começaram a se tornar mais espaçadas, até que uma pequena clareira sem vegetação se abriu diante deles. Do outro lado, havia uma casa mais do que modesta. Mesmo na escuridão antes do nascer do sol, Ewan podia ver que precisava de sérios reparos.

— Seremos bem-vindos aqui?

— Só há um jeito de descobrir.

Marlie caminhou até a varanda, e Ewan a seguiu.

Capítulo 17

Marlie disse a si mesma que não estava com medo ao se aproximar da porta de Hattie. Aquilo era parcialmente verdade; a fuga a deixara cansada e dolorida demais para ter medo. Ela estava, em grande parte, com raiva e decepcionada, as emoções se misturando como uma toxina correndo pelas veias, instigando a desistir. Esses sentimentos deveriam ser familiares para ela, dado sua raça e seu sexo, mas Marlie fora blindada de muitas das verdades horríveis do mundo. Porém toda blindagem tem seu ponto de ruptura, e os fragmentos das mentiras que a protegeram vinham caindo desde a chegada de Melody. Uma vez partido, um escudo não passa de cacos, e ela estava descobrindo como podiam ser afiados.

Marlie sentiu a presença alta de Ewan ao seu lado e se reconfortou nisso, mesmo sabendo que não deveria. Ela não mantinha nenhuma fantasia de proteção, mas Ewan era alguém com quem podia contar, e era disso que ela precisava naquele momento. E ele era honesto, até demais. Ewan sempre dizia o que pensava, mesmo se fosse rude, como ela bem descobrira. Ela nem sempre gostava, mas preferia a falta de etiqueta às mentiras educadas que vivera por tantos anos.

Eles pararam na varanda oscilante, e Marlie respirou fundo, depois bateu suavemente na porta. Quando cerrou os punhos, a dor a fez estremecer. Nas árvores, os pássaros que sinalizavam os primeiros raios do amanhecer começaram a cantar. Marlie bateu de novo, com um pouco mais de urgência.

Houve movimentos e barulhos, e então uma voz trêmula perguntando:

— Quem é?

— Uma amiga procurando abrigo — respondeu Marlie. — Uma amiga precisando de uma heroína.

Esperava ter dito a coisa certa. Ela não tinha certeza de qual código dos Heróis da América usavam agora, mas, ao que tudo indicava, tinha ido suficientemente próximo. A porta se abriu um pouco e um rosto pálido apareceu: Penny, a filha de Hattie.

— Senhorita Marlie? — perguntou, olhando por cima do ombro e abrindo mais a porta. — Entre, vamos.

Penny trancou a porta depois que os dois entraram.

Hattie estava parada na pequena sala, com um cobertor sobre os ombros. Seu olhar deslizou para Ewan.

— É uma condutora da Railroad agora?

A pergunta foi feita com o mesmo ceticismo de Lace ao questionar se Marlie serviria os pratos do jantar.

— Estou fugindo — respondeu ela. — De Cahill.

Não acrescentou o motivo. Hattie a vira empurrar a arma para longe. Ela não precisava saber mais, não precisava saber sobre Stephen e Vivienne.

Hattie olhou para as mãos dela.

— Você é rica, ajuda o sujeito, e mesmo assim ele está atrás de você?

Marlie abaixou o olhar.

— Os Lynch brancos são ricos. Os Lynch negros são dispensáveis, ao que parece.

Ela sentiu a raiva crescer de novo, mas não estava sendo justa. Sarah não sabia o que Melody estava planejando. Marlie precisava dar à irmã — *tia* — aquele crédito. Sarah ficaria devastada ao saber o que se passara.

Mas a alma dela é branca!

Por que essas palavras eram mais dolorosas do que os golpes de Cahill? Do que a insensibilidade de Ewan? Marlie afastou a lembrança.

— E acha que eu deveria ajudar você?

Marlie se lembrou de toda ajuda que oferecera durante anos sem pedir nada em troca. Ela o fizera por livre e espontânea vontade, é claro, não para angariar favores, mas a ligação que criara com essas pessoas deveria servir de algo, não?

— Pensei que não custava nada pedir. Preciso apenas de um lugar para ficar e pensar em nosso próximo passo. O dia logo vai nascer e, entre a milícia e seus inimigos à solta por aí, não é seguro lá fora.

Alguns dos homens pró-União eram homens honrados lutando contra a opressão, mas alguns eram homens que achavam que a guerra significava a extinção das regras da sociedade. Não teriam receio em roubá-los, ou coisa pior.

Hattie os encarou por um tempo.

— Podemos fazer uma troca. Você cuida de umas feridas e eu arrumo espaço para vocês.

Ela afastou o cobertor e mostrou as mãos, e Marlie pôde ver os dedões inchados e torcidos, tão inflamados que não pareciam mais humanos, mas sim os de uma criatura estranha.

— Ah, meu bom Deus — arfou ela, se apressando em segurar as mãos de Hattie e depois se lembrando das próprias feridas.

— Ruim, não é? — perguntou Hattie, balançando a cabeça. — Não posso pagar o médico, e além disso o homem é um confederado dos pés à cabeça. Ele mal mostrava as caras por aqui antes, e não aparece há meses.

— O que aconteceu? — perguntou Ewan, mas ambos já sabiam que aquela não era uma enfermidade natural.

Aquilo era trabalho de homens.

— Cahill e seus guardas vieram atrás de mim. Jogaram uma corda por cima do galho de uma árvore, amarraram meus dedões e puxaram até que eu estivesse pendurada com os pés fora do chão.

Hattie não era uma mulher grande, mas dois dedões suportando o peso do corpo inteiro deve ter sido torturante. O estômago de Marlie se revirou.

— Eles me disseram que, se eu contasse onde estavam os desertores, me deixariam em paz, assim como David. Eles queriam que eu fosse para um ponto de encontro e atraísse alguns deles. Mas eu não disse nada.

A expressão de Hattie era dura, como a de muitas das mulheres pobres da região, mas seus lábios se repuxaram em um sorriso orgulhoso. Não de alegria, mas de rebeldia, e aquilo foi como uma infusão de fogo em Marlie, queimando os resquícios de sua ingenuidade. Hattie não estava triste ou assustada. Ela estava orgulhosa, assim como estivera ao encarar Cahill.

Ela estava disposta a morrer pelo que acreditava.

Marlie pensara estar em perigo antes, mas seu sobrenome a protegera, mesmo com as ameaças daqueles que suspeitavam das atividades de Sarah. Hattie e outras mulheres da região não tinham nada que pudesse protegê-las, e os escravizados menos ainda.

— Vou ver o que posso fazer — disse Marlie, tentando esconder o tremor na voz. — Venha, sente-se. Ewan, você pode acender o fogo? Penny, pode colocar água para ferver? Vocês têm tomilho?

— Marlie, talvez você deva cuidar das suas feridas primeiro — disse Ewan.

As palavras dele foram gentis, mas não escondiam o tom de uma ordem. Ele estava encarando intensamente as mãos dela, com a testa franzida.

Marlie olhou para a pele machucada das palmas. Ainda doíam muito, mas procurar abrigo tinha sido a prioridade em sua mente. Curioso como era possível ignorar uma dor em caso de necessidade.

— Ah, sim.

Marlie observou o ambiente. Trouxera um pouco de seus tônicos com ela, mas era melhor procurar algo na terra, se possível. Seria uma viagem árdua, e as feridas até o momento eram provavelmente menores comparadas com o que poderia acontecer. Ela também precisava pensar em permutas.

— Penny, você pode me trazer um ramo de um dos pinheiros, se não for muito trabalho? — perguntou ela, e sorriu na direção de Hattie. — Isso será útil para nós duas.

Penny assentiu e se afastou correndo. Ewan já estava trabalhando na lareira, jogando gravetos para acendê-la, o que não era nem um pouco surpreendente. Ele deu à tarefa a mesma atenção que dava para todas as coisas que fazia, incluindo beijá-la.

Viu, não foi nada especial. Ele beijaria qualquer mulher com a mesma dedicação, porque Ewan não é um homem que faz as coisas pela metade.

Ele também a chamara de perfeita. Tinha sido um elogio sincero ou apenas algo dito da boca para fora para amenizar sua dor? Marlie não podia começar a pensar nisso.

Assim que as chamas começaram a ganhar vida, mais da pequena e escura casa surgiu à vista. Estava uma bagunça. Objetos encontravam-se espalhados para todo lado, e uma camada fina de pó branco, provavelmente farinha, cobria a área da cozinha.

— Cahill.

Foi tudo o que Hattie falou quando percebeu o olhar de Marlie. Ela se sentou em uma cadeira bamba que parecia velha o suficiente para ter pertencido ao avô do primeiro presidente dos Estados Unidos e encarou o fogo.

— Eles nos dizem que essa guerra é o certo, que é o melhor, mas dizem isso enquanto destroem tudo o que ainda não roubaram de nós.

— Embora a força às vezes seja necessária, neste caso está sendo usada como forma de persuasão — disse Ewan ao jogar um graveto na lareira. — Nenhum desses homens tem um argumento coerente para essa guerra, um que não tenha nada a ver com lucro e orgulho. Nenhuma dessas coisas é honrosa o suficiente para uma secessão. Então eles recorrem ao medo e, quando isso não funciona, à força.

Hattie soltou uma risada amarga.

— Eu vi tantos escravizados passando por aqui ao longo dos anos, indo para o Norte, para a liberdade. Tenho visto brancos nessas estradas também nos últimos dois anos, todos fugindo para o Norte como se os cães dos infernos estivessem em seu encalço. Homens como Davis, Vance e Cahill acham que podem bater em alguém até obrigar a pessoa a fazer o que querem, acham que isso vai deixá-la quieta para sempre. Mas o mundo não funciona assim, não. Um homem pode ser obrigado a fazer algo que não quer, mas não se pode forçá-lo a acreditar nisso, nem a continuar fazendo. Eles vão descobrir isso um dia desses.

Penny voltou, e Marlie pegou o ramo dela em vez de responder a Hattie. Ela estremeceu um pouco ao começar a arrancar as folhas afiadas do pinheiro, e então uma mão repousou sobre a dela, parando seus movimentos. Ela encarou os olhos dele, dois olhos azuis penetrantes, mas de alguma forma mais estranhos que os dela. Estranhos e hipnotizantes.

— Me diga o que fazer e eu faço — disse Ewan.

Marlie não soube dizer por que as palavras fizeram uma emoção surgir em seu peito, e por que os olhos dela de repente estavam ardendo. Ewan estava apenas sendo prestativo, mas a forma com que ele tinha dito aquilo...

Eu vou matá-lo se ele tentar te machucar.

Marlie afastou a lembrança e piscou para conter a vontade repentina de chorar. Eles não estavam mais presos nos aposentos no sótão, e qualquer coisa que ela imaginara naquela época não poderia mais acontecer. O jeito que Hattie olhava para os dois, as sobrancelhas arqueadas em curiosidade e a boca comprimida em julgamento, a fez ter certeza disso.

Ela afastou a mão da dele.

— Obrigada. Se puder colocar essas folhas na água para fazer uma tisana seria maravilhoso.

Marlie pegou um pouco de sálvia que havia colocado no bolso de seu avental, assim como um pequeno canivete que usava para cortar folhas. Quando tentou abri-lo, Ewan estava lá novamente, puxando-o gentilmente dos dedos dela, abrindo-o e entregando a Marlie de volta. Ele voltou a arrancar as folhas do galho de pinheiro.

Marlie engoliu em seco e começou a fazer cortes rápidos e superficiais em cada folha de sálvia. Ewan olhou para a panela com chá de pinheiro e se inclinou para jogar o tomilho. Um cheiro silvestre e forte preenchia o ar.

— Devo pegar um tecido para coar isso aqui? — perguntou ele enquanto mexia o líquido, e de novo ela sentiu uma ardência estranha nos olhos.

Eles funcionavam bem juntos, assim como tinha sido em seu local de trabalho. Ela se perguntou se a mãe teria achado o mesmo de Stephen.

— Não precisa, não vamos beber — disse Marlie, e continuou o que estava fazendo para não ter que encará-lo.

Seu rosto estava quente e seus olhos doíam, enquanto ela desejava estar de volta em casa, na sua cama. Mas a cama fora destruída. Sua vida fora destruída. Não havia casa para a qual voltar.

Ela tirou a panela do fogo e usou uma caneca de metal para pegar um pouco do líquido e jogar em uma cumbuca. Colocou-a de lado e então pegou mais uma caneca cheia. Quando as duas porções esfriaram, colocou a cumbuca no colo de Hattie e a fez mergulhar os dedos machucados no líquido morno. Então, juntou as mãos perto da lareira, onde qualquer coisa que espirrasse secaria rapidamente.

— Você poderia...?

Ela indicou a caneca com a cabeça, e Ewan a pegou, despejando o líquido morno nas mãos dela.

Marlie piscou, sentindo as fisgadas, mas não se mexeu enquanto o líquido lentamente era filtrado por seus dedos. O que se acumulou nas palmas limpou suas feridas e ajudaria a evitar uma infecção. Depois de alguns momentos, ela soltou o líquido das mãos e pegou as folhas de sálvia. Afundou uma no líquido fervendo rapidamente e a colocou em cima de suas feridas.

Ewan pegou a outra folha e assumiu o trabalho.

— Vai mais rápido assim — disse ele, mas seu toque não era nada apressado.

Ele levou o tempo necessário aplicando as folhas, esticando-as com as pontas dos dedos. Era cuidadoso para não a machucar, mas a verdade é que seus movimentos estavam causando o oposto de dor. Cada toque dos dedos dele era um golpe de prazer delicioso. Marlie olhou fixamente para a lareira e depois se forçou a encarar Hattie, que estava olhando com determinação para as próprias mãos. O toque de Ewan parecia tão íntimo quanto ela o sentia?

— Isso está ajudando com a dor? — perguntou Marlie. — Daqui a pouco vamos cobrir suas mãos como estou fazendo com as minhas, mas com um cataplasma para diminuir o inchaço.

Hattie assentiu, tirando as mãos do líquido para ver se havia algo de diferente.

— Eu ouvi dizer que estão fazendo coisas horríveis com as mulheres, mas se ouve cada coisa hoje em dia… E jamais imaginei que um sulista, andando por aí de farda passada, machucaria uma dama desse jeito. Mas acho que homens como Cahill não me consideram boa o suficiente nem para ser chamada de dama, quem dirá ser tratada como uma.

— Todos os homens que seguem as ordens dele, que não se impõem contra ele, são bárbaros — disse Marlie. — Guerra é uma coisa, mas tortura? Eu nunca vou entender como alguém pode fazer algo assim e ainda se considerar humano. Ai!

— Desculpa, não quis te machucar.

A boca de Ewan estava apertada, e ela percebeu que suas mãos tremiam levemente. Ele também devia estar cansado da viagem.

Ele colocou a última folha e depois enfaixou as mãos dela com tiras do lençol que estavam usando como bandagem, mas não olhou em seus olhos. Marlie vira aquele olhar agitado dele antes, quando o nome de Cahill surgira. O que o incomodava tanto?

Com as mãos enfaixadas, Marlie foi até Hattie para terminar de limpar as dela. Ewan começou a limpar a casa, sempre prestativo, mas não a encarou nem quando os dois estavam a sós no porão horas depois. Ela olhou para ele antes de fechar a porta, mas ele estava inexpressivo e olhava para o chão. Estavam mais uma vez confinados juntos, mas a solicitude de Ewan não estava mais presente. Havia apenas o escuro e o silêncio.

Enquanto a exaustão recaía sobre Marlie, a visão do gris-gris pisoteado surgiu em sua mente.

Me livre da presença de Melody, ela escrevera. Por isso que sua mãe sempre alertara sobre conjurações: quando você coloca seus desejos nas mãos de um poder daqueles, talvez até receba o que quer, mas não sem pagar um preço.

Capítulo 18

Estava escuro nos sonhos de Ewan, e ele abriu os olhos para um tom diferente de preto. Por um breve momento, foi atingido por um desejo intenso de voltar para casa. Ele não se considerava um homem nostálgico, mas o desejo pela própria cama e pelos aromas familiares da comida de sua mãe brotou em seu peito. Era difícil não sentir falta do conforto de casa quando se dormia em trincheiras, prisões, tetos de sótão e porões por meses a fio.

Seu corpo doía, mas ele não conseguia se lembrar da última vez que não tinha se sentido assim. Ewan tentou se colocar numa posição mais confortável, mas havia um peso em cima dele. Quando estava prestes a empurrar aquilo para longe, sentiu o cheiro de glicínia. O óleo de cabelo de Marlie. Foi então que percebeu que o peso era quente, sob as camadas de roupas, e respirava. O próprio braço estava em volta dela, puxando-a para perto, e a saia de Marlie cobria as pernas dele, onde ela repousava a coxa por cima da dele.

Ewan pensou na expressão de nojo que Marlie ostentara ao falar sobre Cahill e sua milícia. Tinha sido como um tapa, acordando-o de um sonho tolo; mais um lembrete de que o que eles compartilharam quando ela lhe fornecera abrigo não fora nada além de um breve respiro de uma realidade muito dura.

A mão enfaixada dela repousava sobre o peito dele, e Ewan a pegou suavemente com as pontas dos dedos para afastá-la, mas logo depois descobriu que não era muito bom na parte de soltá-la. Nunca tinha sido tão íntimo de uma mulher, nunca sentira a pressão de seios macios contra a lateral de seu corpo enquanto dormia, nunca acordou segurando alguém nos braços. Ewan certamente nunca foi chamado de romântico, e suas relações com as mulheres eram superficiais, embora agradáveis. A vida no exército significava que ele sabia como era ter um companheiro de cama, mas eles geralmente eram fedorentos, peludos e platônicos, havendo uma ou outra proposta para algo além. E embora Marlie só estivesse pressionada contra ele devido à exaustão e ao pequeno espaço que compartilhavam, Ewan descobriu que gostava bastante disso. Ele queria...

Não queira que as coisas aconteçam como você deseja, mas sim como devem acontecer, e você ficará bem.

Certo. Não havia espaço para querer. Eles partiriam a caminho do Tennessee e tentariam chegar lá o mais rápido possível. Feito isso, cada um tomaria o seu caminho. Não havia espaço para nada além daquilo entre eles.

Algo cortante e desconfortável irradiou em seu peito com esse pensamento. O que ela faria? Para onde iria? Marlie estava deixando tudo o que conhecia para trás. Ela havia se acostumado a uma vida com certos luxos, mas no Norte alguém daria a mínima para as suas habilidades? Sua inteligência e sagacidade? A guerra era para acabar com a escravidão, mas os sentimentos no Norte não eram muito melhores quando se tratava de negros, livres ou escravizados. Ewan não tinha voz nem controle sobre o destino dela, mas sua mente se apegou ao problema como se fosse um enigma que pudesse ser resolvido.

Ela se mexeu contra ele de uma forma que o fez perceber que ela havia acordado, mesmo sem poder vê-la. Os dedos dela flexionaram nos dele, lembrando-o de que ainda estava segurando sua mão. Ewan congelou, pego em flagrante, esperando que ela se afastasse. Em vez disso, seus dedos começaram a se fechar lentamente ao redor dos dele. Ele a sentiu estremecer e soube que ela só tinha parado por causa da palma da mão ferida.

— Ainda está doendo? — murmurou ele.

Ela assentiu contra o peito dele e Ewan ficou maravilhado com aquela forma silenciosa de comunicação: o cabelo dela movendo-se contra o tecido de sua camisa e o queixo dela pressionando suas costelas. Eles provavelmente poderiam comunicar muitas coisas sem falar, ali no escuro. Se a coxa dela subisse mais alguns centímetros, Marlie receberia a mensagem estimulante que havia sido telegrafada para as partes íntimas de Ewan quando as pontas dos dedos dela roçaram a pele sensível nas costas da mão dele.

O calor se espalhou por sua pele ao pensar nisso. Gotas de suor se formaram em seu lábio superior, embora o porão estivesse frio e seco. Ewan quebrara pulsos e dedos de homens, e lhes dissera calmamente o que mais quebraria se não falassem, sem transpirar, mas Marlie acomodada ao lado dele, como se fosse sua, era o suficiente para suas mãos ficarem úmidas.

— Essa é a menor das minhas preocupações agora — sussurrou ela com a voz rouca de quem acaba de acordar. — Ewan, quando você estava chateado mais cedo...

— Eu não estava chateado.

— Quando você pareceu estar chateado, então. Eu sei que Cahill estava frequentemente na prisão de Randolph. Ele fez algo com você? Foi por isso que fugiu? Você foi torturado?

Ela parecia tão preocupada com ele, e a ingenuidade de sua pergunta o fez arder de desejo por ela e querer afastá-la ao mesmo tempo. Ewan prendeu a respiração para evitar que seu peito tremesse com a risada triste que nasceu dentro dele. Se Marlie soubesse o que realmente se passara entre ele e Cahill...

— Não — respondeu ele. — Você sabe para onde ir quando sairmos daqui? Devíamos planejar algo.

Ela se sentou, afastando-se dele.

— Eu tenho uma ideia geral. Tenho certeza de que Hattie vai nos ajudar com os detalhes. Ainda não consigo acreditar que isso está acontecendo. — Ela suspirou. — Mesmo depois de ver todas aquelas pessoas fugindo ao longo dos anos, pessoas que se pareciam comigo, nunca me ocorreu que eu poderia estar no lugar delas um dia.

— Marlie, não acho que alguém poderia prever a situação com Melody e Cahill.

Na escuridão, ele ouviu um suspiro trêmulo.

— Talvez não, mas é exatamente isso. Eu senti que algo horrível estava prestes a acontecer, mas... — Ela fez uma pausa, se remexendo um pouco mais. — Eu pensei que via os fugitivos que ajudei como pessoas, mas acho que ainda os via como escravizados. Eu deveria saber que algo assim poderia acontecer comigo, mas achei que meus documentos de alforria me dessem algum tipo de imunidade. Nunca me considerei uma escravizada porque nasci livre, mas agora eu entendo. Essas pessoas também não se consideravam escravizadas.

Ewan tentou compreender a imensidão de suas palavras.

Houve um barulho de algo se arrastando e depois a porta do porão se abriu.

— Vocês podem sair agora.

Ewan ajudou Marlie a passar pela porta e depois saiu para a sala. Havia dois pratos postos em um móvel que lembrava vagamente uma mesa, com bolinhos de milho e folhas cozidas que demonstravam a falta de despensa.

Ele e Marlie se sentaram para comer em cadeiras tão bambas que provavelmente teria sido mais seguro sentar no chão. Os olhos de Ewan continuavam fixos na bagunça que ele não conseguira arrumar na noite anterior: portas de armário quebradas, suprimentos deixados em desordem. Bagunça sempre o incomodava, e saber como aquela ali acontecera a tornava ainda pior.

Após a refeição apressada, Marlie sentou-se ao lado de Hattie e verificou o estado de seus polegares.

— Já parecem melhores. Logo, logo você voltará a dar trabalho para a Guarda Nacional — disse ela, com um sorriso tão cativante que persuadiu até Hattie a corresponder com um duro.

Ewan não percebeu que estava encarando até que a garota ao lado dele pigarreou.

— Você tem um martelo e pregos ou alguma outra ferramenta? — perguntou ele, desviando o olhar de Marlie.

Penny se levantou obedientemente e correu para trás de uma área da casa fechada com cortinas, voltando um momento depois com uma pequena caixa.

— O kit de ferramentas do papai. A Guarda Nacional pegou as coisas que não conseguimos esconder.

Ewan assentiu e começou a trabalhar. Uma hora depois, a mesa e as cadeiras estavam tão niveladas e resistentes quanto possível, as portas dos armários haviam sido recolocadas e as prateleiras instaladas com certa ordem. Ewan foi para o fundo da casa e pegou o machado, transformando grandes pedaços de árvores em lenha.

Quando voltou, suado, mas com a mente lúcida, viu Marlie com o braço em volta dos ombros de Hattie.

— Então é a raiz, é isso? — perguntou Hattie baixinho e com a boca tensa.

A expressão de Marlie era séria quando assentiu.

— Sim. Se as suas regras não vierem, você pega a raiz de algodão novo e ferve, depois bebe esse chá durante três dias. Isso vai... resolver as coisas.

Hattie assentiu bruscamente e olhou para Ewan.

— É melhor vocês irem andando.

Quando eles saíram, Penny entregou um pacote para Marlie.

— Não temos muita coisa, mas aqui tem mais bolinho de milho.

Ela olhou para Ewan e suas bochechas ficaram rosadas.

— Obrigada pela gentileza — disse Marlie enquanto colocava a comida na bolsa.

Ela tirou algo de lá e entregou a Hattie, e Ewan percebeu que era dinheiro. Dólares, não o dinheiro confederado desvalorizado que circulava por aí.

— É perigoso lá fora, viu, garota? Você tem um bom coração, mas acho que nunca enfrentou perigo de verdade — disse Hattie, e seu olhar deslizou para Ewan. — Mas você? Acho que sabe uma ou duas coisas, então é melhor que a mantenha segura.

Marlie parecia confusa, mas Ewan assentiu.

— Farei isso.

— Voltem para a floresta, passando pela casinha de banho. Depois que embrenharem na floresta, é provável que encontrem alguns homens que podem avisá-los se estão indo no caminho certo. Penny, a fita.

Penny se aproximou com uma tira de fita vermelha nas mãos. Ela a tensionou e, pela maneira como começou a corar de novo, Ewan sabia que deveria esticar o braço. Ela amarrou no pulso dele.

— Esse é um dos sinais que os resistentes usam para mostrar que estão do mesmo lado — explicou Marlie. — Na Bíblia, Raabe escondeu espiões enviados pelos israelitas dentro de Jericó e os ajudou a escapar colocando uma corda vermelha sobre os muros da cidade.

— Sim — disse Hattie. — Aqueles homens ficaram nas colinas por três dias para escapar da captura. Tem sido um pouco mais do que três dias para nossos meninos, mas eles vão ajudar a dar um fim nesta guerra infernal.

Não havia mais nada a ser dito. Marlie e Ewan saíram noite adentro, a brisa suave da primavera contrastando com a jornada solene que estavam iniciando. Ewan olhou em volta enquanto caminhavam. A lua ainda brilhava, iluminando a clareira ao redor da casa mais do que ele gostaria. A floresta estava cheia de seus sons noturnos habituais — insetos, pássaros, pequenos animais —, mas então o som de pés pisoteando as agulhas dos pinheiros e a vegetação rasteira chamou a atenção de Ewan. Uma pessoa não podia ser tão barulhenta a menos que quisesse sinalizar que estava chegando, mas isso não significava que fosse amigável.

— Senhorita Hattie? — gritou uma voz masculina.

O tom era neutro — poderia ser tanto um Herói da América procurando por comida quanto um rebelde insatisfeito com a falta de respostas. Estavam muito longe da floresta para fugir e não conseguiriam voltar a tempo para a casa.

— Venha — disse Ewan, e puxou Marlie para a minúscula casinha de madeira que era o abrigo mais próximo.

O Destino parecia rir dele mais uma vez: no decorrer de vinte e quatro horas, ele havia saído de um sótão para um porão e agora para um banheiro externo.

O cheiro do lugar fechado invadiu suas narinas.

Marlie fez um som baixo de angústia, então ele segurou a parte de trás da cabeça dela e a puxou para perto.

— Tenho certeza de que meu cheiro não está muito melhor, mas...

Ela seguiu seu exemplo, acomodando a cabeça na curva de seu pescoço e inalando.

Ele sentiu os lábios dela se curvarem em um sorriso contra sua clavícula e as cócegas de seu hálito quente ao exalar.

— Seu cheiro é bom — sussurrou ela, e inalou novamente. — Em comparação.

Os lábios dela roçaram sua clavícula ao falar, e Ewan tentou ignorar como a sensação era agradável.

— Este ar rançoso é pior que o cheiro da prisão. Ou de enxofre, se acabar em briga e eu perder. Vamos esperar aqui até que quem quer que seja vá embora.

A menos que Hattie precise de nós.

Ewan se permitiu baixar a cabeça para que seu queixo descansasse contra a cabeça de Marlie e seu nariz pairasse perto do cabelo dela. Se ele tinha que ser inundado por algum cheiro, queria que fosse o perfume de glicínia e de mulher. Ele disse a si mesmo que era simplesmente bom senso, mas, apesar do fato de estarem em grande perigo e apertados em um lugar tão nojento quanto Ewan poderia imaginar, seu corpo começou a reagir.

— Enxofre? — sussurrou ela. — Você supõe que vai para o inferno?

— Suposições são para homens que carecem de fatos.

— Ewan — sussurrou ela, afastando a cabeça.

A luz da lua penetrava pelas ripas empenadas e um facho iluminou a censura em seus olhos.

— Não se preocupe comigo — disse ele. — Eu tenho um gostinho do céu agora, e um gostinho é mais do que um homem deveria pedir.

Ewan não sabia de onde vieram aquelas palavras. Não sabia por que seus braços se apertaram ao redor dela, ou por que ele não queria nada além de beijá-la naquele lugar fedorento em que estavam presos. Era totalmente ilógico. Mas sabia que as pupilas dos olhos de Marlie se dilataram tanto que as cores diferentes quase se igualaram. Sabia que o corpo dela estava se pressionando ao dele em vez de se afastar.

Então, ouviu-se um som do lado de fora da casinha, e Ewan tirou os braços de Marlie e pegou o rifle que Tobias lhes dera. Ele o segurou pelo cano, pronto para atacar com a coronha o nariz ou a garganta ou alguma outra parte vulnerável de qualquer pessoa que ousasse abrir a porta.

Houve um rangido quando a porta foi puxada e as bordas empenadas resistiram. A respiração de Marlie era audível agora, um efeito colateral do pânico.

Ewan não permitiria que nenhum mal acontecesse a ela.

A porta se abriu completamente e um homem parou com a mão no fecho da calça, os olhos voltados para o chão. Seu traje era cinza confederado, ou algo parecido o suficiente; era óbvio que o tecido fora cortado rudemente e montado às pressas, como muitos dos uniformes dos recrutas mais pobres.

Ewan não estava em pânico, embora pudesse sentir o coração de Marlie batendo forte contra o peito, como um pássaro batendo no vidro da janela. Ele teria que lutar com aquele homem, era um fato. O homem ergueu os olhos e cambaleou para trás ao avistá-los. Então os encarou por um longo momento, e Ewan pôde ver a semelhança com Hattie em seu bico de viúva e nos lábios finos.

O homem se aproximou e Ewan colocou a mão na frente de Marlie, pronto para puxá-la para trás de si. Então, o soldado esticou a mão até a porta e a bateu com força.

Sua voz passou pela madeira torta, amigável demais para um rebelde.

— Me desculpe incomodar. Deveria ter batido.

Os seus passos se afastaram, e depois chegaram até os degraus da entrada no fundo da casa de Hattie. A porta se fechou com força.

Ele estava deixando claro que estava virando as costas, assim como anunciara sua chegada.

Marlie tremia ao seu lado.

— Talvez desejar não seja para tolos afinal de contas. Vamos, antes que ele volte.

Os dois saíram do anexo e entraram na floresta. Quando ninguém apareceu depois de vários quilômetros, diminuíram o passo e continuaram indo em direção ao Tennessee.

Capítulo 19

MARLIE ESTAVA EXAUSTA. Tinham parado para comer os bolinhos de milho horas antes e continuaram andando pela noite. Tinha caído uma chuva fria e forte e foi preciso atravessar uma lama que ia até as canelas e ameaçava sugar as botas de seus pés. Ambos haviam caído em valas, o que deixara suas roupas encharcadas e cobertas por uma camada de sujeira. A lua fornecera um pouco de claridade, mas, mesmo nos trechos mais iluminados, era fácil tropeçar em raízes retorcidas e bater em galhos que pareciam feitos para arrancar seus olhos e arranhar seus rostos. Os pés de Marlie doíam, ela sentia-se esgotada e encarava a possibilidade de estarem totalmente perdidos.

— Acho que já devíamos ter passado pelo condado de Guilford, ou talvez Forsyth se estivermos indo para o oeste como deveríamos — disse ela, enquanto levantava a saia pela milésima vez naquela noite.

Mesmo assim, o tecido se prendeu em um arbusto de amoreira, e Marlie encontrou-se de repente no chão. Estava tão exausta que a resistência da saia fora o suficiente para puxá-la para baixo. Ela tentou puxar a roupa, mas suas mãos estavam desajeitadas e ineficazes por causa da fadiga.

Sentia-se totalmente desamparada. Ela sempre fora assim fraca ou sua vida de luxo com Sarah a reduzira a isso? Sempre se sentira forte quando estava com Maman, mas, na casa dos Lynch, seu cotidiano se baseava em uma vida sedentária de leitura e experimentações. Ela pressionou os nós dos dedos contra os olhos e não os afastou dali mesmo quando sentiu Ewan puxando gentilmente suas saias para longe dos arbustos. Lágrimas espremeram-se pelos espaços entre seus dedos, o calor salgado fazendo as feridas arderem.

— Logo vai amanhecer e ainda não vimos ninguém que possa nos guiar ou fornecer alguma outra ajuda — disse Ewan. — Talvez haja uma casa por perto, ou um celeiro onde possamos nos esconder. Na pior das hipóteses, teremos que encontrar cobertura sobre os pinheiros e torcer para que ninguém apareça, mas prefiro levá-la a um lugar mais seguro do que isso.

Marlie enxugou as lágrimas e olhou em volta. Ela não tinha visto nada além de árvores por quilômetros. Perguntou-se se talvez não estivesse presa em algum tipo de purgatório, onde andaria sem parar pelas florestas da Carolina. Quando ficou de pé, sentiu algo contra os seios. Sua raiz de glória-da-manhã. Marlie colocou a mão sobre o amuleto, apertou e fez um pedido, como uma criança que ainda acreditava nessas coisas.

Por favor, nos ajude a encontrar abrigo logo.

Quando abriu os olhos, Ewan estava olhando para ela e Marlie se perguntou o que ele estaria pensando. Provavelmente a julgaria se soubesse que ela estava fazendo um pedido a um objeto inanimado, mas aquilo não importava mais. Marlie sentira o olhar dele sobre si várias vezes enquanto andavam pela floresta. Alguém poderia imaginar que ele relutava em desviar o olhar, se esse alguém quisesse ter pensamentos perigosos.

Ela tentou não pensar em como tinha acordado no porão, com a mão na dele, ou como ele a puxara para mais perto no banheiro. Odiava ainda sentir aquela estranha atração por ele e odiava se perguntar, sempre que Ewan a olhava, se Stephen teria olhado para sua mãe da mesma maneira. Vivienne era muito mais forte do que Marlie. Se conseguiram tirar proveito dela, como Marlie poderia sequer confiar em si mesma?

— Você consegue? — perguntou ele, esfregando as mãos na calça.

— Preciso conseguir — disse Marlie.

Ela avançou por entre os arbustos, sem esperar por ele. Caminharam em um silêncio monótono, em busca de abrigo, enquanto Marlie tentava esconder seu pânico crescente. Passaram por uma área de mata fechada que exigia muita concentração para evitar quedas e a exaustão fez com que Marlie demorasse a se dar conta de que seus pés, numa fração de segundo, não sentiam mais a terra. O chão cedeu e ela teve certeza de que estava caindo para a morte, mas, em vez disso, aterrissou a uma curta distância mais para baixo, ilesa.

— Marlie? Marlie!

— O chão cedeu! — gritou ela, surpresa com o medo na voz de Ewan. — Estou bem.

— Onde você está? — perguntou ele.

— Consegue se guiar pelo som da minha voz? Não caí muito longe.

Um momento depois, Ewan se enfiou no espaço escuro e acendeu um fósforo, revelando o que Marlie havia suspeitado.

— É um esconderijo de desertores — disse ela, enquanto ele acendia uma vela que havia sido deixada para trás.

Ele a segurou, iluminando mais o pequeno lugar. Certamente não poderia ser chamado de grande, mas havia espaço suficiente para dormirem e uma pequena fogueira para aquecer o frio das paredes de terra. Se mantivessem o fogo baixo e sem fumaça, ficariam bem.

— Vou subir e consertar a folhagem por onde você caiu.

Ewan entrou em ação fazendo o que fazia de melhor: ser prestativo. O homem não conseguia ficar parado sabendo que havia trabalho a ser feito e, quando não havia trabalho físico...

Bem, aí tem você.

Marlie suspirou. Ela era um passatempo, algo para manter a mente dele ocupada quando não havia lenha para cortar ou coisas para organizar. Lembrar disso era a única maneira de sobreviver àquela viagem com o coração intacto. Ela não podia repetir o erro de sua mãe.

A lembrança de que ela era, essencialmente, um erro nascido de uma traição atingiu Marlie com uma nova onda de tristeza. Sua mãe pensava em Stephen toda vez que via seus olhos estranhos? Ela se arrependia do nascimento da filha? Marlie pensou no dia em que Vivienne a mandara embora e em como raramente a vira depois disso. Tinha se convencido de que a mãe a mandara embora por amor, mas isso fora antes de saber a verdade.

A dor fez suas lágrimas recomeçarem. Marlie caiu no chão, envolveu os joelhos com os braços e chorou. Havia escapado de Lynchwood, mas Melody de fato vencera. Ela tomara o seu lar, sua identidade, e agora — o mais imperdoável —, Melody tomara sua mãe. Marlie não tinha absolutamente nada, e percebeu que nunca tivera. Como o tempo em que escondera Ewan, tudo não passara de uma ilusão que não sobreviveria à luz da verdade.

Marlie acordou com o cheiro de fumaça e musgo. Quando se espreguiçou, os dedos dos pés descalços cravaram na terra. Quando é que havia tirado os sapatos? Algo se moveu, e ela olhou para cima para encontrar Ewan encarando-a. Seu rosto estava inexpressivo, seu olhar penetrante. Marlie se perguntou qual seria sua aparência: cheia de lama, o cabelo desgrenhado por ter ficado preso em galhos baixos.

— Eu acendi uma fogueira para secar nossas coisas. — A madeira estalou além do seu campo de visão, como se confirmasse a afirmação. — Tem água morna se quiser se limpar. E talvez você… Bem, eu sequei minhas roupas e nossos sapatos. Eu não tinha certeza se você queria… seu vestido ainda está bastante úmido da queda na vala.

Um rubor se espalhou pelas maçãs do rosto acentuadas de Ewan, apagando os anos e permitindo que Marlie o imaginasse quando criança. Não infantil — ela tinha certeza de que ele sempre fora muito sério —, mas mais suave, menos rígido. Ela queria passar a ponta dos dedos pela pele rosada até chegar ao cabelo ruivo, mas se levantou em vez disso.

Foi até o fogo, onde Ewan tinha enfiado alguns gravetos no chão em um ângulo que permitia pendurar suas roupas.

— Vou me virar.

Quando ela olhou por cima do ombro, viu que Ewan estava de frente para a parede.

A bolsa dela estava ao lado dele e, em cima dela, a pasta com os papéis da mãe.

Os dedos dela congelaram nos botões.

— Você mexeu na minha bolsa?

— Eu quis ficar um pouco de vigília, caso estivéssemos invadindo o esconderijo diurno de alguém.

Ela viu os ombros dele subirem e descerem.

— E meus documentos particulares serviram de entretenimento enquanto você esperava?

A raiva e o desespero que sentira antes de chorar até cair no sono voltaram com o dobro de força. Marlie nunca fora do tipo que se irritava com facilidade, mas sentiu algo afiado na ponta da língua pronto para atingir um alvo.

— Só estava conferindo se não tinham molhado durante a viagem — disse ele, em um tom seco que demonstrava o quanto estava ofendido. — E, enquanto eu olhava os papéis, percebi que você sofreu um trauma, agravado ainda mais por não ter ouvido a verdade pela boca de sua mãe. Achei que talvez pudesse confortá-la ler por conta própria e saber algo além dos insultos que Melody lançou contra você. Porque isso agora é mais do que a história da sua mãe. É a sua história. Você merece saber.

Marlie prendeu a respiração. Ela pensou no olhar penetrante de Ewan e como às vezes ele parecia ler seus pensamentos. Talvez *ele* tivesse o dom que outras pessoas frequentemente atribuíam a ela? Ela voltou a desabotoar o vestido pesado.

— E se eu não quiser saber? — perguntou ela baixinho. — E se eu não quiser descobrir que minha mãe não me queria?

Ewan riu, e o som a irritou novamente.

— Talvez eu tenha falhado no meu trabalho como tradutor. Como disse, meu francês está abaixo da média. Mas, se estivermos lendo a mesma coisa, a única dedução lógica é que foi escrito por alguém que te amou muito.

Marlie não disse nada enquanto passava as mangas pelos braços. Ela olhou para as costas de Ewan, observando o movimento de seu cotovelo enquanto anotava algumas palavras.

— Minha mãe foi atacada antes de virmos para os Estados Unidos. — Ele ainda estava escrevendo. — Durante as Remoções, quando os ingleses nos forçaram a sair de nossas terras. Ela nunca tinha estado em um barco antes daquela viagem de semanas e pensou que seu mal-estar era causado pelo mar tempestuoso. Só depois que atracaram é que ela percebeu estar grávida. Minha irmã, Donella, não se parece com ninguém da minha família. Ela era o produto do momento mais terrível da vida de minha mãe. E, por mais irritante que ela seja, a danada é a filha favorita da mamãe.

Marlie lutou para se livrar das mangas e poder enxugar as lágrimas quentes que escorriam, mas estava irremediavelmente imobilizada pelo pano úmido enrolado em seus pulsos. Ela soltou um soluço e Ewan se virou.

— Estou precisando de ajuda — disse ela antes de voltar soluçar de novo.

Ewan colocou os papéis cuidadosamente de volta à pasta e foi até ela. Ele puxou as mangas até os ombros, em seguida, puxou-as mais uma vez para baixo, com cuidado, metodicamente, evitando a bagunça que ela tinha feito. Ele passou por uma mão e depois a outra.

— Eu não conheço as circunstâncias da sua concepção — disse ele enquanto a virava. Houve um puxão no cordão do avental amarrado sobre a saia, depois outro no vestido. Ambos se agruparam a seus pés, deixando-a apenas de camisola. — Só conheço você. E não importa como veio parar aqui. Você é linda, inteligente e corajosa, e tenho certeza de que sua mãe achava isso também.

— Por que você está me dizendo isso? — perguntou ela, virando-se.

O olhar dele estava fixo no rosto dela, apesar de seu estado de nudez. O coração de Marlie batia descontrolado e ela desejou se lembrar de como era respirar corretamente.

Embora a raiva e a dor permanecessem ali, algo cálido e prazeroso abria caminho, expulsando toda a raiva e suspeita. Um sentimento que a fez querer dar um beijo nas sardas na ponta do nariz dele. Um que não se importava que ambos estivessem em vários estados de nudez, mas que estava bastante ciente do que poderia se passar entre dois adultos naquele estado. Subitamente, Marlie sentia-se bastante obstinada.

— Não sei — respondeu Ewan, com a voz tensa. — Devo admitir que não tenho sido exatamente eu mesmo desde que conheci você.

— Digo o mesmo — falou Marlie, e ficou surpresa ao se ver sorrindo. — Para ser honesta, eu não tinha o hábito de beijar homens estranhos, por mais bonitos que fossem.

Agora Ewan era quem estava sorrindo, uma curva rígida nos cantos de sua boca que demonstrava mais do que só diversão.

— E eu não tenho o hábito de tomar liberdades com mulheres bonitas, por mais competentes que fossem.

— Liberdades?

A única resposta de Ewan foi dar um passo à frente, segurar o rosto dela com as mãos calejadas e pressionar a boca contra a dela. Marlie fez um barulho de surpresa, Ewan gemeu, a união daqueles sons a escandalizou completamente. Marlie já sabia que ele era mais do que proficiente em beijos, mas quando sua língua se enrolou na boca dela, uma pontada intensa de prazer percorreu todo o seu corpo.

O joelho dele colidiu com o dela, e Marlie percebeu que ele estava a guiando pelo pequeno espaço.

— O que você está fazendo, Ewan?

— Nadando para bem, bem longe do meu navio — respondeu ele no momento em que Marlie sentiu a parede de terra em suas costas.

As mãos de Ewan desceram pelo rosto dela, os dedões deixando rastros de sensações em seu pescoço à medida que viajavam para baixo, até roçarem nos mamilos enquanto ele segurava seus seios.

Marlie já havia se tocado antes — tinha até imaginado Ewan tocando-a ao fazer isso —, mas talvez sua criatividade só prestasse para assuntos científicos. Ela nunca poderia ter imaginado a insistência descarada do dedão dele em seus mamilos rijos, nem como a fricção do tecido da camisola e a pele sensível multiplicaria por cem, mil vezes o prazer que pulsava entre suas pernas e se espalhava por todo o corpo. Suas línguas se entrelaçavam enquanto Ewan acariciava os seios de Marlie, que gemeu e suspirou como uma devassa.

Ewan deslizou uma das mãos para baixo e apertou sua cintura. No mesmo instante, ela sentiu algo duro e quente pressionado contra sua barriga. Era Ewan. Tudo aquilo.

— Posso tocar você? — perguntou ele.

— Você já está me tocando — disse ela através da confusão de prazer.

— Entre as suas pernas? Por favor?

Marlie soltou uma risada chocada. Ewan era capaz de ser gentil e direto na mesma frase.

— Sim, pode — sussurrou ela.

Com a mão ainda na cintura dela, ele começou a enrolar o tecido da camisola para cima, usando só os dedos. Quando Ewan enfim acariciou a pele nua, o quadril de Marlie se projetou na direção dele por conta própria. Ela fechou os olhos com vergonha.

— Não tenho muita experiência — disse ela. — E por muita, quero dizer nenhuma.

Um beijo gentil pousou em uma de suas pálpebras e depois na outra. Ela abriu os olhos e viu que ele a encarava.

— Bem, nem eu, mas espero que minha engenhosidade seja suficiente, como sempre.

O olhar de Marlie percorreu o seu rosto; ele era um homem lindo.

— Mas você é tão…

— Fácil de se conviver? — arriscou ele enquanto suas mãos trabalhavam nos laços da roupa íntima dela. — Amigável? Pouco propenso a julgamentos?

Marlie riu, mas logo os dedos longos de Ewan acariciavam seus pelos, deslizando mais e mais a cada movimento. Sua respiração ficou acelerada e o calor ardeu dentro dela, mas, por mais maravilhoso que fosse o toque, não era o suficiente.

— Você já se deu prazer antes? — perguntou ele.

Ela assentiu. Ewan mordiscou sua orelha, passou a língua pela parte de cima. Então ele parou a mão sobre o sexo dela e disse:

— Me mostre como você faz.

Marlie mexeu a mão e cobriu a dele para descobrir que não era a única pessoa trêmula. Ela pressionou os dedos de Ewan, mostrando qual era a quantidade certa de pressão, e a diferença de tamanho e força entre a mão dele e a dela foi atordoante, fazendo-a arfar e tremer. Marlie moveu os dedos em círculos, mantendo a pressão, e ele seguiu adiante com o movimento. Ela parou de usar as mãos e sua cabeça pendeu para trás, porque, óbvio, Ewan a estava tocando exatamente da maneira certa.

— Ah, isso... — gemeu Marlie.

Ele baixou a cabeça até o seio dela e seus dentes roçaram no mamilo através do tecido. Ele aos poucos ia mudando a pressão dos dedos, empurrando com mais força seu centro úmido, movendo-se implacavelmente enquanto o prazer irradiava pelos dedos dos pés e das mãos dela, lentamente abrindo caminho até o âmago do prazer.

— Ewan...

Com a ponta dos dedos, Marlie acariciou a extensão do membro dele por cima da calça, fazendo Ewan gemer. Ela não sabia o que a compelia a fazer isso, exceto a curiosidade de ver se poderia exercer sobre ele o mesmo efeito que ele exercia sobre ela; aparentemente, sua hipótese estava correta. Ele estremeceu e jogou o quadril para a frente. A mão livre dele se atrapalhou com a abertura da calça, mas em segundos ela estava sentindo o membro rijo e quente com a ponta dos dedos. Suas mãos enfaixadas não permitiriam mais.

Os olhos de Marlie se fecharam com a sensação que crescia dentro dela, e então ela os abriu para encontrar o olhar dele.

— Já me imaginei tocando você... — confessou ela.

— Ah.

— Eu queria... fazer isso. Tocar você, como você está me tocando. Mas minhas mãos...

— Ah.

Marlie esperava uma reação maior, mas então ele se aproximou e posicionou o membro entre as coxas dela, deslizando-o entre suas dobras. Marlie congelou por um segundo, mas logo percebeu que ele não a tinha penetrado, que ele nem estava tentando.

— Encontrei algumas ideias úteis em todos aqueles livros gregos empoeirados — disse ele. — Tudo bem por você?

Ele movia seus quadris lentamente, o ângulo permitindo que o membro deslizasse para cima e contra o botão sensível dela. A umidade do sexo de Marlie lubrificou o pênis, facilitando o movimento. A pressão era ainda mais intensa, mais erótica, do que a mão dele havia sido.

— Sim. Isso é perfeito, Sócrates.

— Ewan — disse ele, rouco.

— Ewan — repetiu ela, gemendo.

Ele continuou o movimento, indo e voltando. Sua boca cobriu a dela novamente, mas seus olhos permaneceram abertos e ela o imitou. Marlie apertou as coxas com mais força, e então Ewan gemeu contra seus lábios, encostando a testa na dela.

— Deus, Marlie, eu... eu...

Ele balançou a cabeça e a beijou.

As estocadas eram fortes agora, descontroladas. De olhos fechados, Ewan estremecia de desejo. Ao mesmo tempo, o corpo inteiro de Marlie latejava de excitação. Ver aquele homem sempre tão reservado se soltando...

Um raio ou algum outro fenômeno natural atingiu Marlie. Suas costas se arquearam, as mãos agarraram os braços de Ewan e ela mordeu o ombro dele para abafar um grito. Então as costas dele se curvaram, seus quadris estremeceram e um calor desceu pelas coxas dela.

Os dois ficaram ali parados, trêmulos, o peso de Ewan pressionando Marlie contra a parede de terra.

— Você está bem? — perguntou ele.

— Muito — respondeu ela, mas definitivamente não estava.

Ela pressionou o rosto no peito dele por um momento, ouviu seu coração batendo forte e lembrou-se de que ele acabara de prestar a ela um serviço; um serviço agradável, mas do qual ele também se beneficiou.

Tomar é diferente de amar. O problema é que parece muito com amar até você descobrir que não é.

Marlie se afastou, indo em direção à água esquentando perto do fogo. Enfiou a mão na bolsa para pegar o sabonete que colocara junto com seus outros pertences, segurando-o entre as pontas dos dedos por um momento enquanto olhava para as chamas.

Sim, era melhor ter isso em mente. Aquilo era meramente uma troca de favores e, com Ewan McCall, era tudo que podia ser.

Capítulo 20

Ewan cometera um erro grave. Ele percebeu isso assim que sentiu as coxas de Marlie se apertarem em torno de seu membro, assim que sentiu o calor do sexo dela envolvê-lo com uma fricção deliciosa. Mais que isso: ele soube quando olhou nos olhos dela.

As experiências anteriores de Ewan tinham sido distantes. Impessoais. Ele nunca se incomodara com aquilo, sempre se certificara de que fosse dessa maneira. Nenhuma quantidade de zombaria dos soldados indo para o bordel tinha mudado isso. Para Ewan, sexo sem sentimento não fazia sentido, e sexo com sentimento tinha sido algo que ele não se permitiria. Tinha sido um tolo em pensar que poderia atravessar aquela interação com Marlie com seus princípios intactos.

Ele sentiu algo rompendo dentro dele quando ela gritou em seus braços, como se um muro de contenção tivesse desmoronado e cada sentimento por ela que ele reprimira tivesse o dominado, como uma correnteza. Ewan estava se afogando, e Marlie parecia contente em ficar na margem do rio, assistindo.

— Tem certeza de que sabe para onde estamos indo? — perguntou ele enquanto caminhavam pela floresta.

A pergunta era irritante, mas Marlie não falava com ele havia três horas. Ela se fechara e Ewan a deixara em paz. Tinha certeza de que o encontro fora tão emocionalmente desgastante para ela quanto para ele, e Marlie ainda estava lidando com as notícias chocantes que recebera. Antes de partirem, ele havia trabalhado na retradução das páginas que Melody roubara, dessa vez prestando atenção em cada palavra; traduzir com fidelidade e com o melhor de sua habilidade demandara até a última gota de sua moral.

Stephen Lynch, aparentemente, amara a mãe de Marlie, se é que um homem pudesse amar verdadeiramente uma mulher de quem era dono. Ele disse que a libertaria e, quando ela engravidou, disse que começariam uma vida juntos, que seriam uma família. Quando o pai de Stephen soube do plano, mandou Vivienne embora. Grávida, mas alforriada. Stephen disse que se juntaria a ela em breve.

Ewan entregara as páginas a Marlie e observou-a enquanto ela as lia, semicerrando os olhos à luz do fogo. Ele esperou por alguma reação, mas Marlie virou para o lado, de costas para ele. Ela continuou em silêncio depois de se levantar, e assim permaneceu enquanto marchavam pela noite, aparentemente desorientados e desconectados.

Marlie parou e olhou para ele.

— Não era você o especialista em fugas? Pode liderar o caminho, se souber mais do que eu.

— Eu só estava tentando entender...

— Você só estava tentando dizer que estou errada — disse ela. — Bem, eu sei que estou errada. Eu sei! Posso ter sido boa o suficiente para aplacar sua vontade, mas não espere mais nada de mim, está bem? Eu não sei onde estamos ou para onde vamos e... — Para o horror dele, os olhos dela se encheram de lágrimas. — Eu sou uma inútil... — murmurou ela, enxugando o rosto com raiva.

Ewan estava chocado. Marlie era protegida, com certeza, mas nunca imaginou que lhe faltasse autoconfiança. Mas ali estava ela, chorando com soluços tão fortes que desencadearam um pânico em Ewan enquanto ele se embananava para consertar as coisas.

Ewan estendeu o braço em meio às sombras da floresta até encostar no braço dela.

— Marlie, não chore. Você está longe de ser inútil.

— É claro que você não me acha inútil — disse ela. — Homens como você sempre terão uso para mulheres como eu.

— Homens como eu?

Ela fez menção de puxar o braço para longe, mas Ewan insistiu no toque.

— Esquece. Precisamos seguir em frente.

Marlie olhou para o céu noturno nublado como se isso fosse apontar a direção certa.

— Precisamos, sim, mas, se eu fiz algo que te magoou, você precisa me dizer agora.

Ewan sentiu as primeiras pulsações de uma dor de cabeça entre os olhos.

— Não quero falar sobre isso — disse ela baixinho.

Marlie não tentou se afastar de novo; seu braço tinha ficado mole sob o toque de Ewan.

— Como posso consertar as coisas? — perguntou ele.

— Você pode me soltar agora e nunca mais me tocar — disse ela, com a voz trêmula, mas aquilo não foi o suficiente para amenizar o corte.

— O quê?

Ewan não esperava uma sentença tão definitiva. Na verdade, ele pensou que talvez pudesse apenas beijá-la. Era o que as mulheres queriam quando estavam chateadas, ouvira dizer. Ela tinha desejado isso dele antes. Ewan estava completamente perdido.

— Estou pedindo que você me solte. Pelo resto de nossa viagem, não faça suposições sobre o que se passou entre nós. Nem me toque com tanta ousadia novamente.

Ewan a soltou, a dor de cabeça aumentando.

— Posso perguntar por quê?

Não havia lógica em seu comportamento ou, se havia, ele não conseguia vê-la.

— Porque, se aprendi alguma coisa com o que li hoje, é que não posso confiar em você ou em mim mesma. — A voz de Marlie tremeu um pouco, mas ela manteve a cabeça erguida.

— Não é justo me punir pela covardia do seu pai — disse ele, sem saber por que estava discutindo.

Ele não *queria* mais nada. Certo?

— E não é justo você me pedir para não o fazer — retrucou ela. — A minha vida inteira foi baseada em mentiras, vindas de pessoas que me conheciam e gostavam de mim. E eu deveria esperar mais de você, que mal conheço? Certamente sabe que, quando chegarmos ao Tennessee, você voltará para sua vida e eu terei que começar a minha do zero. Não há nada a ganhar fingindo que algo pode resultar... *disso*, e estou cansada demais para fingir o contrário.

— Mas...

— Mas o quê?

Marlie deu um passo na direção dele, desafiadora, o luar refletido em seus olhos. Sob o olhar que o encarava, nenhuma palavra veio à mente de Ewan. Ela estava certa; ele havia passado as últimas semanas dizendo a si mesmo que seus sentimentos por ela eram algo a ser reprimido e ignorado. Mesmo que a ideia de se separar dela o fizesse se sentir vazio, ele não era do tipo de homem que ela precisava ou merecia. Era melhor cortar qualquer sentimento pela raiz naquele instante, antes que ela descobrisse quem ele era de verdade.

Pois o outro não irá feri-lo a menos que você queira. Só se fere aquele que pensa que está sendo ferido. Mas as palavras de Epicteto não explicavam a sensação de torpor que recaiu sobre ele, porque não era um torpor que eliminava todas as emoções, mas sim a dor ardente e impotente de um membro adormecido que entra em ação muito depressa.

— Então?

A voz dela era dura e frágil, uma casca de ovo contendo emoções que permaneceriam um mistério para Ewan, a menos que ele aplicasse pressão suficiente para quebrá-la.

— Nada — disse ele rigidamente. — Sou um estranho para você, e você não me deve nada. Vou me abster de qualquer outro contato durante a nossa viagem.

— Claro que você vai — cuspiu ela, e então virou e saiu furiosa.

Ewan estava completamente confuso. Ele havia aquiescido ao pedido dela, mas isso pareceu deixá-la mais zangada. Teve vontade de exigir saber exatamente qual era o jogo dela, mas o que ele ganharia com isso? Ou ela, na verdade?

Ewan se manteve a alguns metros afastado, seguindo os sons de seus passos. A noite avançou e, depois de certa hora, Marlie começou a mais tropeçar do que andar. Mais uma vez, Ewan lutou contra o desejo de ir até ela. Por fim, os tropeços pararam e ele percebeu que era porque estavam indo por um caminho muito batido. Ele correu para alcançá-la, mas ela não se virou, mesmo quando ele estava ao seu lado.

— Você acha sensato seguir essa trilha? — perguntou ele.

— Você acha sensato não seguir? — retrucou ela. — Precisamos encontrar algum esconderijo. Escute.

Ewan se esforçou e não ouviu nada por um momento, mas então um murmúrio baixo soprou o vento da manhã. O sol ainda não havia nascido, mas ele ouviu o som baixo de uma cantoria, como se um serviço religioso estivesse acontecendo. Eles seguiram nessa direção e, depois de um tempo, chegaram a uma pequena clareira, onde um círculo de pessoas estava em volta de uma fogueira. As pessoas estavam recolhendo as coisas, como se estivessem se preparando para partir.

Ewan olhou para o grupo: peles escuras e roupas esfarrapadas. Por um momento, os considerou fugitivos; então viu as grandes panelas de metal no chão — ele ouvira dizer que, em reuniões secretas, era uma técnica segurá-las para evitar que qualquer som se espalhasse. O grupo se virou para eles, os olhos de uma mulher arregalados de medo, e vários rostos contorcidos, confusos, quando viram Marlie e Ewan e perceberam que estavam juntos.

— Olá — disse Marlie calmamente, como se estivessem todos reunidos em frente ao armazém da cidade e não no meio de uma floresta.

— Oi — respondeu um dos homens e vários outros o repetiram.

— Você conhece algum lugar por aqui onde possamos nos abrigar até o anoitecer? — perguntou ela. — Estamos indo para o Tennessee.

O grupo compartilhou outro olhar, um que envolvia sobrancelhas levantadas e carrancas pensativas.

— Podem vir comigo — disse uma mulher mais velha, suspirando.
— Há espaço no palheiro, e o sinhô nunca sobe lá. Escondi alguns ianques lá na semana retrasada e ficou tudo bem.

— Tem certeza, Sallie? — perguntou um dos homens. — Também tem aquela casa vazia perto da plantação.

— Não, aquele lugar não é seguro. Os caçadores de escravizados ficam por lá, esperando. Um homem que tinha encontrinhos com a esposa por lá acabou sendo chicoteado porque disseram que ele estava tentando "fugir".

Um homem mais velho com as mãos enfiadas nos bolsos se manifestou.

— Eu até levaria eles, mas o sinhô ficou desconfiado depois que um dos últimos fugiu levando um dos porcos dele. Ele confere o terreno todas as noites e fica de olho em mim.

Ele olhou diretamente para Ewan.

— Eu não vou roubar bicho nenhum.

O homem continuou a encará-lo.

— Nem qualquer outra coisa — disse Ewan. — Eu não tiraria vantagem da bondade concedida a mim dessa forma.

Ele propositalmente não olhou para Marlie, porque não tinha certeza se ela faria coro à afirmação. Sentiu uma pressão no crânio ao se lembrar do que ela lhe dissera, mas não havia mais nada a discutir. Ele a queria, não poderia tê-la e tentar convencê-la ciente de tudo isso seria tão cruel quanto ela achava que ele era.

— Tem alguns rebeldes rondando a minha casa, procurando por desertores — disse uma mulher mais jovem, olhando para Marlie e depois rapidamente para o chão. — Além disso, você tem certeza de que confia nela, com esses olhos?

— Eu disse que vou levar eles, e vou — disse Sallie, balançando a cabeça e se virando para Marlie e Ewan. — Vamos lá.

Ela ergueu uma das panelas pesadas e acenou um adeus para o grupo. Ewan apareceu ao lado dela.

— Deixa que eu carrego isso — disse ele.

— Aham — respondeu ela, entregando a panela.

— Obrigada por nos ajudar — disse Marlie.

— Aham — respondeu Sallie novamente.

Caminharam em silêncio. Ewan não sabia dizer se a mulher estava irritada, cansada ou era simplesmente quieta, então manteve a boca fechada.

— Eu preciso que vocês falem a verdade: por que estão viajando juntos?

Marlie respirou fundo.

— Não tenho nada a ver com os assuntos de vocês — disse a mulher, depois riu um pouco. — Tudo bem, isso não é verdade, eu sou intrometida. Mas também preciso saber que não estou colocando minha família e meus amigos em risco porque o filho de um sinhô passou dos limites e resolveu fugir com sua amada. Eu ainda vou ajudar, mas preciso saber de onde estão fugindo e o quão perto estão as pessoas atrás de vocês.

Ewan apreciou a franqueza e decidiu responder com a mesma moeda.

— Sou um soldado da União fugindo da prisão, tentando voltar para o Norte. Ela é livre, e está fugindo para não ser vendida para um prostíbulo. Temos um inimigo em comum, e é isso.

— Sim, é isso — ecoou Marlie. — É um acordo mutuamente benéfico.

— Aham — disse Sallie novamente.

— Pela conversa lá na clareira, parece que seu grupo ajuda muitas pessoas a caminho do Norte — observou ele.

— É, ajudamos — disse Sallie.

— Algum de vocês alguma vez se juntou a eles? — perguntou Ewan.

Ele sentiu o cutucão de Marlie em seu braço e se virou para encará-la com as sobrancelhas levantadas, capaz de distinguir a censura em sua expressão no brilho fraco do sol da manhã.

— Alguns de nós tentaram fugir por conta própria. Alguns conseguiram. A maioria não — respondeu Sallie.

— Você pode vir conosco, se quiser — disse Ewan. — Tem família que gostaria de trazer? Amigos?

Não via nenhum problema nisso. Se fossem muitos, eles poderiam se dividir em grupos menores. Ele poderia ficar à frente, responsável pelo reconhecimento do terreno.

Sallie parou para olhar para ele. Seus olhos escuros eram inescrutáveis.

— Se fosse tão fácil, você acha que ainda estaríamos aqui? Somos muitos para fugir. Muitas vidas para arriscar — disse Sallie, e balançou a cabeça. — Você sabe que é o primeiro ianque que pergunta isso? — Ela retomou a marcha. — Às vezes é como se eles pensassem que a gente vive perambulando pela floresta, procurando fazer algo de bom para eles, como se não tivéssemos nossos próprios parentes para fazer o bem. Eles quase nunca dizem "por favor" ou "obrigado". Às vezes falam por cima de nós, como se nem estivéssemos ali.

— E você ainda oferece ajuda sem hesitar? — perguntou Marlie.

— Deus não disse que é preciso gostar da pessoa para ajudar — disse Sallie. — Só estou fazendo o que posso, de onde posso. E contando com Lincoln e seus ianques para fazer o que puderem para vencer esta guerra.

Ewan sentiu um nó na garganta. Ele sabia muito bem como Sallie e seus amigos teriam sido tratados; a maioria de seus colegas soldados não era abolicionista. Eles contavam piadas horríveis sobre contrabando e se ofendiam quando eram repreendidos. Ewan ouvira comentários obscenos sobre as mulheres negras e de outras etnias que trabalhavam nas prisões e nos acampamentos do exército e, mesmo quando eram gentis, muitas vezes tratavam os negros como crianças em vez de pessoas com vida e sonhos próprios.

— Vou fazer todo o possível, Sallie — disse ele. — Pode não ser muito, mas vou fazer a minha pequena parte.

Sallie olhou dele para Marlie e de novo para ele.

— Se você diz.

Ela não sabia que, para Ewan, *todo o possível* implicava causar dor aos outros. Desde que fora preso, ele frequentemente evitava pensar no que sua chegada ao Norte significaria. Quebrar ossos. Fazer homens adultos chamarem por Deus e pela mãe e às vezes até pela avó.

Talvez ele secretamente tivesse esperado que as coisas dessem certo enquanto estivera preso, que poderia ter sido solto em uma nação reunificada na qual a única coisa que ele teria que quebrar seria a cabeça lendo algum livro.

Sentiu a culpa invadi-lo. Ele deveria ter fugido de Randolph antes. Ele deveria ter estado lá, ajudando, em vez de ceder às próprias fantasias de uma vida tranquila, conversando com Marlie e a ajudando com seu trabalho.

Quando olhou para ela, Marlie estava olhando para o chão à sua frente, as pontas dos dedos segurando as saias enquanto caminhava.

Ele tinha sido um homem de palavra uma vez, e seria novamente. Ewan jurou lutar contra a Confederação e nunca tocar em Marlie de novo, e ele manteria as duas promessas, não importava o quanto custasse à sua alma.

Capítulo 21

Eles passaram por um aglomerado de pequenos barracos de madeira na plantação de tamanho médio e caminharam até um celeiro. As poucas vacas abaixavam e balançavam as caudas enquanto Sallie os conduzia em direção à escada instável que dava no palheiro. Ela desceu calmamente, e o som ritmado do leite espirrando em um balde de metal quebrou o silêncio que pairava entre Marlie e Ewan. Ele queria dizer algo, mas talvez o silêncio fosse melhor. O silêncio não poderia machucá-la como palavras mal escolhidas podiam.

Alguns momentos depois, a escada rangeu e Sallie apareceu de novo. Entregou a eles um balde contendo uma garrafa de leite, sanduíches e um pedaço de bolo. Marlie pegou o bolo velho — glacê seco, sabe-se lá a data de preparo — e as lágrimas surgiram em seus olhos.

— Se alguém estiver doente, posso ajudar — disse ela. — Ou tentar.

— Você tem o dom? — perguntou Sallie, com as sobrancelhas levantadas.

— Eu posso ajudar — respondeu Marlie novamente, mas Ewan percebeu que não era uma negação.

— Ela vem de uma longa linhagem de conjuradoras — disse ele. — E ela leu tantos livros quanto qualquer médico. Ela tem o dom.

Sallie olhou entre eles.

— Não façam nenhuma tolice aqui, certo? Com dom ou não.

Ewan se endireitou.

— Nós não te...

— Sei, sei. Bem, temos alguns doentes, já que venderam nossa curandeira depois que o sinhô quase morreu há alguns meses. A sinhá tinha certeza de que alguém havia rogado uma praga nele, em vez de se perguntar se talvez o Senhor o estava punindo por seus pecados. — Sallie deu de ombros. — Você pode cuidar deles antes de ir.

Ela desceu a escada, deixando-os sozinhos. O silêncio recaiu novamente e Ewan desejou poder pensar em palavras que tinha certeza de que eram as certas, embora conversar não devesse ser uma prioridade dada a situação. Mas isso não diminuía a vontade dele de ouvir a voz dela.

— Agora você não está mais cansado dessa conversa de vodu? — perguntou Marlie enquanto acomodava-se no feno a alguns metros dele.

Ewan lamentou seu desejo de quebrar o silêncio.

— Foi mesquinho dizer o que eu disse naquele dia. — Ele tirou um pouco de feno de sua camisa. — Se quer saber a verdade, eu disse a primeira coisa tola que veio à minha cabeça porque, se não fizesse, iria beijar você.

Ela se remexeu um pouco, produzindo um farfalhar baixo no feno.

— Então, insultar minha mãe e meu passado era preferível a ter me beijado? Que ótimo.

Ewan exalou profundamente.

— Não, foi mau e errado. Embora eu deva dizer que foi você quem disse que não acreditava mais nessas coisas.

— Você gostaria se eu contestasse algum parente seu, Sócrates? Se eu achasse que você concordaria comigo?

Ele não gostou que Marlie estivesse o chamando de Sócrates novamente. Antes tinha sido algo que os unia, mas agora ela estava usando como uma forma de mantê-lo afastado.

— Não. Eu não deveria ter dito nada. Tenho tendência a dizer a coisa errada, quase sempre tentando fazer a coisa certa.

Ela não disse nada por um longo tempo.

— Eu tentei voltar para casa quando cheguei a Lynchwood. Primeiro me encontraram na estrada com um dos cavalos. Então tentei... Eu tentei conjurar. Trouxe um pouco de terra comigo da casa da minha mãe. Fiz tudo que eu deveria fazer.

Ele imaginou Marlie criança, colocando todo o seu amor e a sua esperança num punhado de terra.

— Não funcionou, e eu me senti muito traída. Como se minha mãe tivesse me mandado embora com uma faca que esfarelou quando tentei cortar as cordas que me prendiam. Mas, se você acha que a ciência é diferente, é só porque algum homem branco com um título chique deu essa importância. — Houve mais movimentos inquietos no feno. — Você tem uma ideia. Você decide testá-la. Às vezes funciona, e então você precisa descobrir exatamente por que isso aconteceu. Independentemente de você achar que se trata do poder da natureza ou do de algum ser superior, isso não muda o resultado.

— Não vou dizer que estou totalmente convencido, mas vou tomar cuidado com minha presunção no futuro.

— Ótimo — disse Marlie, e depois mais baixinho: — Eu me pergunto o que Maman poderia ter realizado se este país tivesse permitido.

Ele ia responder que Marlie era um exemplo do que ela poderia ter feito, mas não era verdade. Marlie tinha recebido mais vantagens. Embora, no final, estivesse sujeita às regras da mesma sociedade. Apesar do nome, do dinheiro e da habilidade, ela estava em um palheiro, em fuga, porque poderia ser vendida apenas por causa da cor da pele.

Mais tarde naquela noite, Ewan ajudou Marlie enquanto ela cuidava de um bebê que não queria o leite da mãe, uma menina com uma erupção que cobria o rosto e pescoço e de várias pessoas mais velhas com dores nas articulações. Algumas pessoas no Norte presumiam que senhores de escravizados os tratavam bem, como fariam com qualquer investimento; teriam ficado surpresos ao ver o triste estado das pessoas que eram obrigadas a trocar a vida por trabalho.

Ewan ficou refletindo quando Sallie lhe entregou a comida. A barriga dele estava cheia, às custas de pessoas como aquelas que Marlie estava atendendo na cabana. O fato de ele ter abandonado a guerra por tanto tempo havia custado a eles também. Ele sabia racionalmente que a Guerra Entre os Estados não dependia de sua participação, mas também sabia que havia reunido informações valiosas antes de seu encontro com Cahill e seu tempo preso. Qualquer informação que o Norte conseguia os levava para mais perto da vitória — levava Sallie, sua família e os outros escravizados para mais perto da liberdade.

— Por enquanto é isso. Mais do que isso e as pessoas ficarão desconfiadas — disse Sallie, entregando-lhes mais alguns pedaços de frango. — Vocês deveriam seguir viagem.

— Obrigado pela gentileza — disse Ewan, olhando para as pessoas ao seu redor. — Temos comida, se precisarem.

— Considere isso um empréstimo — disse Sallie com uma piscadela. — Quando vocês ianques vierem cavalgando com a vitória, aí pode me pagar.

Ewan assentiu.

Sallie andou ao lado de Marlie enquanto caminhavam em direção à floresta.

— Não sei o que vocês procuram quando chegarem ao Tennessee, mas espero que encontrem.

— Eu também — disse Marlie. — Nunca estive tão longe de casa antes.

— A primeira coisa que quero fazer após a vitória é ir ver coisas — disse Sallie. — Vai ser o suficiente atravessar este país e ver tudo o que ouvi e nunca vi com meus próprios olhos.

— Você parece tão certa de que o Norte vai ganhar — disse Marlie.

— Você é que tem olhos que podem ver o passado e o futuro — disse Sallie. — Acha que o Sul vai ganhar? Você *sente* isso?

Marlie fechou os olhos, respirou fundo e balançou a cabeça.

— Não.

— Então preciso começar a planejar. Acho que posso ir para o Oeste e encontrar algum ouro — disse ela, com uma risada suave.
— Boa sorte.
Ewan e Marlie caminharam noite adentro mais uma vez.
— Ela disse para seguirmos essa estrela até atingirmos os trilhos do trem e, então, seguir para o oeste — disse Marlie, apontando para o céu.
— Você tem alguma ideia do que vai fazer quando chegar ao Tennessee? — perguntou Ewan.
As palavras de Sallie trouxeram à tona uma questão que incomodava Ewan desde que ele dissera para Marlie que a levaria consigo. O que seria dela?
— Vou escrever para alguns conhecidos e ver se há alguma maneira de continuar ajudando na guerra — disse ela.
— Continuar?
— Não é da sua conta — afirmou Marlie.
Ewan respirou fundo.
— Eu concordei em não tocar em você. Eu disse que era um estranho, mas isso é mentira. Eu me importo com o que acontece com você e, se está falando sobre entrar em contato com conhecidos que nunca viu, quero ajudar. Também tenho contatos. Não há motivos para nã...
— Não preciso da sua ajuda — disse ela. — Eu vou me sair bem sozinha.
— Com base em que você diz isso? Que eu saiba, esta é a primeira vez que sai de Lynchwood sem sua irmã ou Tobias. Alguns dias longe de casa não mudam o fato de você ser protegida e inexperiente.
Ele não entendia por que Marlie insistia em rejeitar sua oferta de ajuda. Era ilógico e irritante, e só de pensar no que poderia acontecer com ela as mãos de Ewan se fechavam em punhos. Os soldados confederados não eram o único perigo para uma mulher como Marlie. As pessoas que poderiam machucá-la sem pensar duas vezes eram infinitas, e o corpo inteiro de Ewan ficava tenso de raiva só de pensar.
Marlie estalou a língua nos dentes.

— Você não me achou tão protegida e inexperiente a ponto de não me tocar. Ou está tudo bem tirar vantagem de uma mulher como eu quando você é o único que se beneficia? — Bem, ele tinha merecido essa. — Caso não tenha notado, eu encontrei abrigo e comida, cuidei das pessoas, e sou eu quem está nos levando para o Tennessee! Pare de agir como se eu fosse um cordeirinho perdido!

Ela marchou para o meio das árvores e Ewan tentou recuperar a compostura antes de retomar a conversa. Ela estava certa, mas ele não estava errado. Devia haver algum acordo racional que pudessem fazer para permitir que ele a ajudasse.

— Marlie.

O som da caminhada dela na vegetação rasteira parou abruptamente. O som das cigarras e dos pássaros noturnos preencheu o silêncio que ela havia deixado.

— Marlie?

Ewan pressentiu a arma às costas antes mesmo de senti-la e reagiu sem pensar. Ele se jogou no chão, o braço erguido para agarrar a arma e mirá-la para longe. Quem a estava segurando puxou a arma, cravando os pés no chão, e Ewan se lançou para trás, derrubando o atacante.

— Droga — grasnou uma voz masculina.

Ewan saltou e se virou, a mão pressionando a frágil traqueia e cortando qualquer som futuro.

— Marlie! — gritou ele, o pânico aumentando dentro de si.

Sua cabeça latejava, a respiração estava ofegante.

Ele precisava saber onde ela estava.

Um flash de luz vermelha e amarela chamou sua atenção, e ele virou a cabeça para ver um grupo de homens vindo em sua direção por entre as árvores. Um deles segurava Marlie, a mão cobrindo sua boca enquanto ela lutava. O olhar de Ewan se fixou nela e ele se levantou em um salto, empunhando a arma que havia tirado de seu agressor.

— Solte a moça. Agora — falou, com a voz saindo pouco mais do que um grunhido.

— Parece que você está em um número um pouco baixo para fazer exigências — disse uma figura sombria ao lado de Marlie.

— Ai! — gritou o homem que a segurava e, de repente, a voz dela ressoou pela clareira.

— Mostre a fita a eles! — disse Marlie.

Ewan havia se esquecido completamente da fita vermelha que Penny havia amarrado. Ele ergueu o pulso, como ela ordenou, revelando-a.

— Somos amigos — disse ela. — Na verdade, estamos fugindo do mesmo homem que está caçando vocês.

— Qualquer um pode usar um negócio vermelho — gritou um homem.

— E qualquer um pode atacar uma mulher no meio da floresta escura — rebateu Ewan. — Vocês se chamam de heróis?

— Olhe para nós! — disse Marlie. — Nós parecemos confederados?

— Solte a garota — disse um dos homens.

Marlie foi cambaleando até Ewan, que segurou sua mão sem pensar. Um estrondo de risadas se espalhou pela floresta, revelando que muito mais homens estavam assistindo do que ele imaginava. Muitos para sequer considerar brigar.

— Temos dois amantes em fuga aqui, companheiros — disse um homem. — Não é a primeira vez.

— Não — disse Marlie ao lado dele. — Vocês têm aqui um membro da Liga da Lealdade e um representante do Exército de Potomac, prontos para ajudá-los.

— Liga da Lealdade? — sussurrou Ewan. Ele sabia que Marlie guardava mistérios, mas nunca imaginou que esses mistérios incluíam espionagem. Ewan tinha os próprios segredos, mas isso não o impediu de ficar indignado com a traição. — O que está fazendo?

— Cuidando da minha própria vida pelo menos uma vez — sussurrou ela de volta, então se virou para os homens. — Alguém precisa de cuidados médicos?

Capítulo 22

Marlie se recusou a olhar para Ewan novamente. A expressão dele era séria e, francamente, um pouco assustadora. Ela uma vez dissera que não conseguia imaginá-lo em um campo de batalha, mas, naquele momento, viu que estava enganada. A agilidade com que ele derrubara o homem que o atacou, a maneira como sua mão tinha encontrado com tanta confiança a garganta dele... aquilo não era por acaso.

A guerra não melhora homem algum, e eu com certeza não sou a exceção.

Marlie se lembrou de todas as vezes que ele insinuou o que tinha feito antes de ser preso, mas só agora estava percebendo que ele nunca falara abertamente a respeito. Não sobre seu regimento ou em quais batalhas lutou. Ewan nunca mentia, mas parecia que ele era mais do que propenso a esconder partes de seu passado de que não queria que ela soubesse.

— Acho que agora sei por que você tinha uma cifra de Políbio — disse Ewan, ríspido.

— Isso já é mais do que eu sei sobre você — retrucou Marlie.

Não era totalmente verdade. Ela sabia muito sobre Ewan — mas de um Ewan anterior à guerra. De um Ewan escondido em seus aposentos. Mas Marlie começava a ver as lacunas e como elas se alinhavam com o período da guerra. Lembrava-se de Ewan subjugando o agressor, pressionando a palma da mão em sua garganta e olhando loucamente ao redor.

Ele estava procurando por você. Ela deveria estar assustada com isso, e estava, mas a parte dela que fora enganada, abandonada e forçada a fugir de casa sentiu uma onda de calor.

— Como pode achar que isso é uma boa ideia? — perguntou ele.

— Não disse que era uma boa ideia e certamente não obriguei você a vir comigo —- disse ela.

Calor ou não, ela ainda estava chateada com ele. Com tudo.

Ewan emitiu um som baixo que transmitia o quão frustrado estava e um dos desertores marchando ao lado olhou para ele, atento.

— Você acha que eu deixaria você com um grupo de homens estranhos que são conhecidos por saquearem o interior? — perguntou ele.

Um lampejo de luz passou por seu rosto, revelando o quão zangado ele realmente estava.

— Esses homens lutam contra a Confederação — disse ela.

— Ter um inimigo em comum não significa que sejam nossos amigos — disse ele. — Eles não vão proteger você e, tendo em vista que são muitos, nem eu vou conseguir.

Ele estivera falando em voz baixa, mas a última parte saiu alta e ríspida. A boca de Ewan se fechou em uma linha branca e pálida, como se ele tivesse acabado de revelar informações confidenciais. Visto o quanto mantinha seus pensamentos para si, talvez tivesse.

— Sua mulher está segura aqui — interrompeu o homem segurando a lanterna. — Meu nome é Henry. Se alguém causar problemas, diga que é amigo de Henry. Você não terá mais problemas, mas eles talvez tenham.

Marlie olhou para ele; sua pele era apenas um pouco mais clara do que a dela, mas seu cabelo era comprido, escuro e liso. Ela sabia que havia homens Tuscarora[*] guiando soldados da União e lutando com os desertores, mas não tinha certeza sobre qual seria o povo dele.

— Obrigado, Henry. Eu sou Marlie, e este é Ewan.

Henry acenou com a cabeça.

---

[*] Povo nativo americano. (N.E.)

— Temos regras como qualquer exército aqui e, ao contrário da Guarda Nacional, nós obedecemos. É proibido machucar mulheres e crianças.

— Já que você está aqui com os desertores, presumo que não tenha servido ao exército — disse Ewan. — Mas com certeza você sabe o que os soldados fizeram, soldados de ambos os lados, quer as regras permitam ou não.

Henry parou e encarou Ewan.

— Como eu disse. Basta dizer que você é amigo de Henry. Os homens não são idiotas, mas, ainda que sejam, qualquer um vai saber que não deve machucar um amigo meu. Sua mulher está segura.

Marlie estava prestes a dizer que não era mulher de ninguém, mas Ewan assentiu e pegou a mão dela novamente. Se ela se afastasse, criaria uma cena, então continuou andando, o rosto quente. No entanto, aquela seria a última vez; Marlie estava tomando decisões por conta própria a partir de agora.

— Para onde você está nos levando? — perguntou Ewan.

— Para ver nosso comandante. Ele adoeceu depois do último conflito — disse Henry. — Temos muitos homens doentes por aqui. Se você puder cuidar deles seremos muito gratos.

— Quantos são ao todo? — perguntou ela.

Marlie tinha algumas garrafas de tônicos, folhas secas para chás de cura...

— Cerca de quinhentos ou mais — disse ele. — Sofrem de tudo. Disenteria, dores de cabeça, difteria, feridas purulentas, problemas no sangue, febre. A vida longe de casa não é fácil, moça.

Marlie ficou espantada com os números, mas, ao mesmo tempo, foi tomada por uma espécie de paz. Esperava encontrar uma maneira de ajudar. Ela não era detetive, não era combatente, mas poderia ajudar cuidando das pessoas. E, se firmasse uma relação em nome da Liga da Lealdade, poderia oferecer a possibilidade de uma aliança, como LaValle havia solicitado. Com o apoio certo, aqueles homens poderiam causar ainda mais danos à Confederação, como uma doença que enfraquece o sistema por dentro, tornando o corpo suscetível ao menor golpe externo.

— Vou ajudar da melhor maneira que puder — disse ela.

Eles subiam uma ladeira, e Marlie percebeu que estavam nas montanhas. Tinha ouvido falar de desertores nas cavernas daquela região, e parecia que os relatos estavam corretos.

— E eu vou ajudar você — disse Ewan, interrompendo novamente.

— Eu não preciso da sua ajuda — sussurrou Marlie, enfim puxando a mão. — Eu posso fazer isso sozinha. Sei que sou um dos seus projetos, mas, se precisa se manter ocupado, certamente há outras maneiras de se fazer útil.

Ewan franziu a testa.

— Eu entendo que tudo na sua vida mudou, Marlie. Mas meus sentimentos por você não se alteraram. Eu não sei de que projeto está falando, mas eu disse que iria protegê-la e ajudá-la, e pretendo fazer isso.

— Sentimentos por mim? Alguns beijos no escuro não significam sentimentos, Sócrates. Você precisa entender uma coisa e entender muito bem: eu não estou sob seu controle.

Ela andou na frente, tremendo de raiva por um motivo que não conseguia identificar. Ewan não tinha feito nada para receber tal bronca, mas era o alvo mais conveniente. Ela podia entender isso — de maneira lógica, o que ele apreciaria —, mas estava simplesmente zangada demais, e a intensidade derretera sua lógica, deixando apenas um espinho que furaria quem estivesse por perto.

Eles caminharam em silêncio até que Henry os conduziu para trás das folhagens que escondiam a entrada de uma caverna. Não era grande o suficiente para caber quinhentos homens, mas uma boa quantidade havia se espremido, a julgar pelos murmúrios que ecoavam nas paredes de pedra — e pelo fedor.

Fogueiras baixas estavam queimando, mais para iluminar do que para emitir calor, e o trio abriu caminho entre os homens exaustos deitados no chão. Não era muito diferente da prisão: homens sem sorte e sem recursos. Mas Tobias não estava a poucos metros de distância, pronto para intervir se necessário. Nenhuma carruagem esperava fora dos portões para levá-la de volta à sua vida de luxo.

Ewan está aqui, uma voz interior incômoda a lembrou, e ela tentou não se permitir se sentir animada por isso.

Chegaram perto de um homem deitado em um catre, uma perna da calça cortada, revelando um curativo desleixado. Ele era mestiço, a pele marrom-clara estava corada pela febre. Estava quente na caverna, mas não tão quente a ponto de induzir o suor escorrendo entre a sujeira de seu rosto. O homem tremia, o que não era um bom sinal.

— Esta mulher está aqui para cuidar de você, coronel Bill — disse Henry enquanto Marlie se ajoelhava ao lado dele.

O homem virou a cabeça rigidamente e se assustou um pouco quando a avistou.

— Esses olhos. Você é bruxa? — perguntou ele, batendo os dentes.

Marlie pensou numa resposta. Semanas atrás, ela teria se ofendido com a pergunta, mas então se lembrou das memórias de sua mãe, no trabalho que aprendera e que foi transmitido de geração em geração.

— Algo assim — disse ela gentilmente, colocando as costas da mão na testa dele. — Vou fazer o possível para ajudar você e seus homens.

— Minha esposa e filhos estão esperando por mim — disse ele. — Eu disse que voltaria para casa, então agradeceria muito se conseguisse.

O homem se esforçou para sorrir e Marlie se levantou.

— Vou buscar os itens de que preciso. Você pode colocar bastante água para ferver?

— Sim, senhora — disse Henry. — Precisa de escolta?

— Pelo amor de Deus, eu vou com você, Marlie — pediu Ewan, a frustração evidente em seu tom.

Marlie revirou os olhos. Henry deu um risinho.

— O dia vai raiar em breve — disse ela —, o que significa que nenhum de vocês pode aparecer lá fora. Faremos a primeira viagem e, se precisarmos de ajuda, você me empresta alguns homens.

Henry entregou a eles alguns sacos de tecido grosseiro e eles voltaram para a luz fraca do amanhecer que se aproxima. Marlie não olhou para Ewan, não porque estava com raiva, mas porque o havia afastado a ponto de não saber como agir.

Desceram a montanha em silêncio, e ela pensou que talvez fosse assim que as coisas seriam entre eles dali em diante. Era isso o que ela queria, não era?

Ela avistou alguns brotos de dentes-de-leão. Suas raízes eram um potente analgésico, e começou a ir em direção a eles. Ewan a segurou pelo braço, mantendo-a no lugar.

— Marlie.

Ele fechou os olhos por um momento, as narinas dilatadas, e — maldição — a cena a lembrou do momento em que ele gozara entre suas coxas. Pensar nisso enviou uma onda de desejo por ela, incompatível com a ordem interna de evitar contato com ele a todo custo.

Ewan aproximou a boca em direção à dela, lentamente, dando a ela tempo para desviar, mas Marlie não o fez. Ela esperou pelo que parecia muito tempo, e então os lábios dele pressionaram firmemente contra os dela. Ficou maravilhada com o quão familiar — o quão certo — era a sensação daqueles lábios se movendo contra os dela, daquela língua deslizando. Ele a beijou como um homem incapaz de falar, cujo único método de transmitir uma mensagem fosse aquela comunhão espetacular. Marlie se permitiu ter um momento de felicidade, o desejo correndo por ela de forma imprudente, e então jogou a cabeça para trás.

— O que está fazendo, Ewan? Você prometeu que não me tocaria de novo. Com muita facilidade, devo acrescentar.

Ele fez um som de frustração.

— Comunicação não é algo fácil para mim. Nem sempre sei o que as pessoas querem dizer, se estou entendendo mal as palavras e ações. Mas não entendo o que aconteceu entre o nosso... encontro e hoje. Por favor, me explique.

Ele ficou esperando como um tutor à espera das respostas da tabuada.

— Nós já conversamos mais cedo que não devo nada a você — disse Marlie. — Me solte, Ewan.

— Porque você não sabe nada sobre mim, certo? — perguntou ele, de testa franzida, contemplando a ideia. — Então me permita contar. Meu nome é Ewan Alexander McCall. Minha família trabalhou na terra de Helenburgh até que fomos expulsos da Escócia e chegamos aos Estados Unidos, onde nos estabelecemos no Kentucky. Eu contei sobre a minha infância, mas suspeito que é sobre a guerra que queira saber.

Marlie assentiu, imobilizada pela emoção pura por trás das palavras dele, pela intensidade daquele olhar. Estava congelada, não por medo, mas por curiosidade.

— Eu me alistei e fui considerado um soldado medíocre, e com razão. Mesmo assim, subi rapidamente na hierarquia quando descobriram que sou especialmente bom em uma forma específica de extração de informações que beneficiaria a União nestes tempos difíceis. Pela primeira vez, minha atenção aos detalhes, minhas perguntas implacáveis e minha... — ele fez uma pausa — ... minha falta de compaixão, como me disseram, foram consideradas benéficas.

Marlie queria se afastar, porque sentiu um pavor que sabia não ser um presságio, mas bom senso.

— Benéfico para quê? — perguntou ela.

— Eu era... eu *sou* um agente da contraespionagem — disse ele, relaxando os ombros, mas não o aperto. — Quando um agente inimigo de muito valor era capturado, eu ficava encarregado de interrogá-lo. E, se eles não colaborassem, se não fornecessem as informações que eu sabia que tinham...

— Você os torturava — completou Marlie.

E então desejou que Ewan nunca tivesse falado, que ela tivesse permitido que ele continuasse a beijá-la até que o mundo desabasse. Ela se afastou e ele, enfim, a soltou.

— E é por isso que você conhece Cahill — acrescentou ela.

Porque são farinha do mesmo saco.

Ewan assentiu.

— Exato. Você reparou que ele caminha com dificuldade, certo? Bem, fui eu quem causou isso durante um interrogatório.

— Isso é orgulho em sua voz?

— Não, é arrependimento. O dia em que o interroguei foi o dia em que comecei a questionar tudo. Deveria ser objetivo: ele cometeu um ato indigno e cruel, ele tinha informações e eu precisava delas para evitar mais males. Mas Cahill despertou algo em mim... pela primeira vez tive prazer em machucar outra pessoa. Pela primeira vez machuquei um homem porque quis. — Aqueles olhos azuis gelados dele estavam cheios de uma dor e confusão que Marlie não tinha visto antes. — Eu não matei Cahill porque tive medo de me tornar um monstro. Em vez disso, o soltei, e ele acabou indo parar na sua porta.

Marlie tentou conciliar o homem gentil e prestativo que conhecia com alguém que poderia enfrentar um homem como Cahill e sair vitorioso. E conseguiu, agora que realmente estava prestando atenção. Como Ewan fazia tudo com tanta precisão e era capaz de justificar qualquer coisa. Mas não fazia sentido... Quando Ewan a magoou com suas palavras, ele sofreu. O que lhe custou ferir homens com as próprias mãos, causar dor física?

— Por que você está me contando isso? — perguntou ela.

— Porque eu me importo com você, Marlie. Eu nunca me importei com outra pessoa, eu nunca *quis* me importar com outra pessoa, como me importo com você.

Duas confissões seguidas que puxaram seu coração em direções opostas. Marlie sentiu uma dor verdadeira e colocou a mão no peito como se quisesse evitar que se partisse em pedaços.

— Ewan...

— Eu não vou mentir, e sei que isso significa que você não vai me aceitar. Mas prefiro que me odeie pelas razões certas do que por falsas suposições. — Ele apertou a ponte do nariz e fechou os olhos, como se estivesse com dor, então seu olhar glacial estava nela mais uma vez. — Você quer me pintar como um vilão que te usaria e jogaria de lado como me conviesse, como Stephen fez com sua mãe. Como um homem que não valorizaria seu intelecto, seu corpo e seu espírito a ponto de se capaz de abandoná-la no meio da rota para o Tennessee sem pensar duas vezes. Talvez isso fosse melhor para nós dois, mas eu jamais te descartaria, Marlie. Mas você merece mais do que um homem como eu, então esse argumento é irrelevante.

Ele se virou e entrou na floresta, abaixando-se para examinar um arbusto a alguns metros de distância.

— Amora. Dá para usar as folhas, os frutos e a casca, correto?

Marlie olhou para sua forma curvada, ainda cambaleando por suas palavras.

— Correto.

Ewan continuava prestativo e, naquele momento, ela entendeu essa característica pelo que era: não um passatempo, não uma distração, mas uma forma de devoção. Era, no entanto, a devoção vinda de um homem que usaria de violência para forçar outro a fazer suas vontades. Mesmo que Ewan nunca tenha levantado um dedo contra ela, era uma coisa assustadora.

Marlie estava absurdamente confusa, mas o dia estava nascendo e os homens dependiam dela. Ela não sabia o que dizer para Ewan, então foi até os dentes-de-leão e começou a colhê-los com as mãos trêmulas.

Capítulo 23

Marlie sentou-se ao lado de Bill, erguendo mais uma vez a caneca de chá de raiz de dente-de-leão até os lábios dele como tinha feito horas antes, e durante grande parte da noite anterior.

— Obrigado — disse Bill. — Eu não tinha certeza do que era essa tal Liga da Lealdade, se era uma armadilha ou algo assim, mas, se eles têm membros como você, talvez precisemos reconsiderar.

— Conversaremos mais tarde — disse ela, embora estivesse orgulhosa.

Com a ajuda de Ewan, Henry e alguns dos outros homens, Marlie tinha improvisado um local de trabalho e vinha fazendo misturas sem parar desde sua chegada, com exceção de algumas horas em que dormira aos pés da bancada de trabalho.

Além do chá de dente-de-leão analgésico para Bill e os outros, fez tisana de raiz de amora-preta e goma doce para quem estava com disenteria. O tônico de fruto do corniso que estava preparando funcionaria tão bem quanto quinino para febre. Ela fez suas rondas pelas dezenas de homens, descobrindo quem precisava do quê, aplicando o adstringente à base de ervas que fez com plantas diversas para limpar cortes e feridas abertas.

Seus dedos doíam de descascar, esmagar e macerar. Marlie estava mais cansada do que jamais estivera na vida, mas continuou andando. Se parasse, teria que enfrentar Ewan, que a seguia, oferecendo qualquer ferramenta ou tônico de que ela precisasse. Ela não tinha certeza se ele estava brincando de enfermeira ou sentinela, mas estava exausta demais para recusar ajuda.

Marlie estava com raiva dele, mas isso não significava muita coisa, porque estava com raiva de todo mundo. Ele agora era mais um em uma longa lista de pessoas que esconderam coisas dela. Por quê? Para protegê-la?

Mas também doía por ele. Ewan não tinha muita prática em cuidar de doentes, mas ela podia ver como o rosto dele se iluminava quando a dor de um homem era aliviada. Quando não estava ao lado dela, ele ajudava os doentes a se locomover, esvaziando penicos e trazendo água limpa e tiras de pano para que aqueles que não podiam se mover pudessem se limpar. Esses doentes eram projetos, como ela os chamava, mas não os projetos de um homem sem empatia, ou de um homem que sentia prazer na dor dos outros.

Você deveria estar com medo, lembrou a si mesma. *Você deveria estar enojada.*

Ocorreu-lhe que os homens a quem ela estava oferecendo serviços haviam feito coisas que ela poderia considerar más em outras circunstâncias: roubar gado e colheitas, emboscar rebeldes. Podem ter sido esses os homens que queimaram a casa de Cahill. Mas ela poderia julgá-los e dizer que estavam errados enquanto a Guarda Nacional torturava suas famílias e os caçava como cães? Marlie sempre achou que a linha entre o certo e o errado fosse clara, mas agora estava irremediavelmente borrada.

Ela tropeçou em um desertor deitado e a mão de Ewan disparou para firmá-la. Por que aquele toque, rápido como se estivesse pronto para pegá-la, a irritava e a fazia querer chorar ao mesmo tempo?

— Talvez um pouco de descanso te faça bem — disse ele. Sua voz era monótona, nem ríspida de raiva nem terna. — Em algum lugar melhor do que no chão de pedra, onde você caiu de exaustão depois de tanto trabalhar.

Marlie assentiu.

— Existe algum lugar onde ela possa descansar longe dos homens? — perguntou Ewan.

Henry saiu de um grupo e acenou para eles, conduzindo-os para fora da caverna e subindo um pouco a montanha, até as árvores, onde uma caverna menor havia sido cavada sob as raízes de um carvalho.

— Ninguém vai incomodar vocês aqui.

Ele deu um tapinha no ombro de Ewan, dando às palavras um subtexto que lembrou Marlie do que acontecera da última vez em que estiveram num lugar como aquele.

— Vamos nos locomover mais tarde esta noite para conseguir suprimento para uma greve que estamos planejando. Venha conversar comigo assim que o sol se pôr.

— Obrigado. Nós iremos — disse Ewan e a conduziu para o espaço pequeno.

Marlie se deixou cair sobre o cobertor que cobria o chão duro, estremecendo quando as raízes retorcidas e as pedras na terra dura a espetaram. Passado um momento, não se importava mais com o desconforto, feliz apenas em poder ficar parada.

— Você trabalhou muito — disse Ewan, acomodando-se ao lado dela.

Ele deixou o maior espaço possível entre os dois, mas sua mão estava estendida na direção dela.

— Foi bom poder fazer algo a mais pela guerra. Estou cansada, mas também me sinto cheia de... Eu não sei. É como se todos que ajudei me dessem um pouco de ânimo, talvez, e consigo sentir isso. Eu costumava sentir o mesmo depois de visitar a prisão. — Ela deu um risinho zombeteiro. — Tenho certeza de que acha isso ridículo.

Era estranho como ainda parecia normal sentar e conversar com ele, mesmo sabendo de tudo que ele tinha feito. Ewan tinha torturado pessoas, mas ainda tinha um instinto bondoso. Ela o vira em todas as coisas pequenas que ele fizera para ajudar, tanto em seus aposentos quanto depois que deixaram Lynchwood. Ela não podia ignorar o que ele tinha feito, mas deveria condená-lo por isso? Ela poderia?

Ewan se mexeu um pouco.

— Você sabe o que eu senti depois que fiz minha parte para ajudar a União?

Por favor, não diga que se sentiu bem, torceu Marlie, como se isso importasse. Ele era um torturador, não era diferente de Cahill. Mas uma parte teimosa de si não queria aceitar.

— Nada — respondeu ele, quando ela não o fez. — Acho que senti a satisfação de um trabalho bem-feito, mas não me senti triste ou feliz. Recebi uma tarefa e a concluí. Portanto, se você consegue ter uma sensação de paz ou realização ajudando a Causa, não vou julgar isso.

Marlie sentiu a pressão das lágrimas em seus olhos, e as perguntas que estivera reprimindo desde que Ewan lhe contara sobre aquilo finalmente começaram a sair.

— Por que você fez isso? — perguntou ela. — Como você se viu nessa posição?

Ewan parecia preparado; conhecendo-o, ele tinha passado o tempo desde que contara a verdade decidindo o que diria se ela perguntasse.

— Poucos meses depois de me alistar, fui enviado para fazer um reconhecimento com meu comandante e outro soldado — disse ele. — Ele recebeu a notícia de que um destacamento de confederados estava tentando transmitir mensagens confidenciais para a Virgínia pela fronteira com a Geórgia. Bem, nos deparamos com um soldado rebelde realizando um ato que só direi ser imoral ao extremo. E, naquele momento, pensei que, se o sujeito parecia não ter escrúpulos sobre o uso da dor, talvez eu também não devesse. — Ewan pegou uma pedra do chão e ficou passando-a de mão em mão. — Achei que seria repreendido, achei que eu tinha falhado na única coisa que havia buscado para mim no serviço militar: autodisciplina. Mas meu comandante não ficou com raiva, ele ficou entusiasmado. O soldado em que bati revelou todas as informações que poderíamos desejar. E quando isso foi retransmitido para aqueles no comando… bem, parecia que o que eu considerava o pior de mim era um trunfo para o Exército Federal.

— Você ainda não sente nada? — perguntou ela.

— Em relação às minhas missões, não sinto nada. Entrei para ajudar a União e assim fiz. Pela primeira vez na vida, tudo de errado em mim foi útil para fazer algo certo. A única vez que realmente senti algo foi com Cahill. — Ewan jogou a pedrinha na parede da caverna. — Ele foi o último homem que torturei.

Ele a encarou, e ela percebeu que não era um olhar frio; mas cauteloso. Era o olhar de um menino que ouvira o chamarem de estranho e errado a vida inteira, até que algum oficial do exército decidiu usar aquela estranheza como ferramenta.

A importância das últimas palavras dele foram absorvidas depois de um momento.

— Você foi capturado pela primeira vez depois de perder a compostura com Cahill?

Ele assentiu, e ela perguntou:

— Como é possível que alguém tão sensato continuasse indo parar nas prisões confederadas? — Marlie se sentou, quando algo que durante muito tempo pareceu atípico finalmente começou a fazer sentido. — Tão habilidoso em se mover silenciosamente, em sair de confinamentos. Mas, mesmo assim, você continuou sendo capturado.

— Eu não diria dessa forma — disse ele, fazendo um movimento brusco com os ombros antes de recuperar a compostura. — Eu só tive uma onda de azar.

Algo em Marlie se condoeu ao vê-lo sentado diante dela, incapaz de admitir a verdade para si mesmo.

— Você se permitiu ser capturado porque não queria continuar machucando pessoas — afirmou ela lentamente.

— Não — disse ele, e balançou a cabeça com força. — Recebi ordens e as executei. Eu não fugiria de meus deveres. Isso seria covarde. Traição, até.

— Isso seria humano, Ewan — disse Marlie suavemente. — Tudo bem admitir que você não gostou desse trabalho, mesmo tendo se destacado nele.

— Meu irmão é detetive — disse Ewan, sua voz cheia de emoção. — Ele vai regularmente até as tocas dos leões confederados para garantir que, quando a poeira baixar, a União sairá vitoriosa. Que tipo de homem eu seria se ficasse enojado por causa de alguns rebeldes feridos? Que tipo de homem eu seria se me escondesse dos simples deveres atribuídos a mim enquanto outros homens lutam e morrem nos campos de batalha?

— Me diga você — falou Marlie. — O Ewan McCall que conheço é atencioso e gentil. Ele me ajuda em meu trabalho e ouve tudo que digo como se fosse importante. Ele limpa casas destruídas por rebeldes e nina bebês doentes em senzalas, e mostra aos desertores como consertar suas armas.

— Sou o tipo de homem que deixa homens chorando e depois dorme bem. Eu gostaria de poder dizer que sou algo diferente.

Marlie sabia que ele não estava mais falando da guerra. E tudo bem, porque ela também não estava.

— É contra suas regras querer coisas que não podem acontecer — lembrou ela. — E talvez você seja exatamente o tipo de homem que deveria ser.

— O tipo que quebra o dedo de um homem para conseguir o que quer?

— O que você queria?

— A localização de um arsenal de armas contrabandeadas por separatistas do Norte, e o nome dos rebeldes.

— E, ao obter essas informações, você salvou vidas e ajudou a proteger a União, certo?

— Não — grunhiu ele, aproximando-se dela, sua expressão raivosa visível na luz fraca que entrava no esconderijo. — Não tente me imaginar de outra forma, Marlie. Não sou um fruto ou uma planta venenosa que você pode transformar em algo melhor. Eu não sou bom.

— Não há nada em seu *Manual de Epicteto* no sentido de que, se um homem faz algo injusto porque acredita que é seu dever, então é ele quem está ferido?

Ele respirou fundo, então sua mão segurou o rosto dela, o dedão acariciando sua bochecha. Ela podia sentir o cheiro reconfortante de amora, pinho e corniso.

— Você diria o mesmo de um rebelde? — perguntou ele. — Um senhor de escravizados?

— Não! Eu não dou a mínima para um rebelde ou um senhor de escravizados! — Ela ergueu a mão para segurar o rosto dele da mesma maneira. — Até você admitiu que há limites para o uso da lógica, assim como posso admitir que é o caso com a ciência. Me preocupo com você por razões que não posso explicar e não consigo evitar. Eu sei que, assim que chegarmos ao Tennessee, tomaremos caminhos diferentes, talvez até antes disso, mas isso não me impede de querer... — Ela parou, abalada pela imensidão do sentimento que brotou dentro dela. — Eu não tenho que transformá-lo em algo bom porque você já é bom. Eu sei disso. Sinto isso da mesma forma que posso dizer quando um tônico foi tão bem feito que atingiu seu potencial de eficiência. Pode chamar isso de superstição boba ou me chamar de protegida, mas isso não muda o que eu sei.

Ele olhou para ela por um longo momento, o olhar glacial dele analisando o rosto dela.

— Você leu o *Manual de Epicteto* até o fim? — perguntou ele.

Marlie assentiu. Um arrepio a percorreu quando os dedos dele roçaram seu pescoço.

— "Quem cede ao destino é sábio entre os homens. Eu me considero mais sábio do que a maioria."

Ewan, então, a beijou. Seus lábios se moveram sobre os dela com firmeza, mas não sem delicadeza. As mãos a puxaram para mais perto até que não houvesse espaço entre os dois, como se o destino os tivesse costurado juntos, unindo-os de maneira irremediável.

Todo o corpo de Marlie ardia de necessidade, pronta para mais do que o toque da mão direita dele em seu corpete e da esquerda em seu cabelo. Ewan a deitou no chão, seu corpo sendo um peso delicioso em cima dela.

Marlie acariciou as costas dele, sentindo o movimento dos músculos enquanto ele abaixava o quadril, movendo-o de uma forma que imitava o que ela sabia que poderia acontecer entre eles. O que ela queria que acontecesse entre eles.

Suas mãos deixaram as costas dele, caindo para os lados a fim de levantar a saia. Ele forçou o peso para cima com os braços para ajudá-la, e então se ajoelhou entre suas coxas.

Ela ergueu a saia até a cintura, o tecido amontoado bloqueando a visão das mãos dele, mas ah, como ela as sentia! Ewan agarrou a parte interna de suas coxas e deslizou os dedos lentamente pela pele sensível. Marlie soltou um gemido baixo e mordeu o lábio com o que veio a seguir: Ewan segurou uma coxa com uma mão enquanto posicionava a outra sobre seu sexo, o dedão pressionando com força suas dobras, acariciando-a. Marlie tremeu, seu corpo despreparado para a rapidez com que o toque a levou à beira do precipício. E não apenas o toque; Ewan olhava para ela, e de repente aquele olhar glacial ficou quente, com as pálpebras pesadas. Ela respirou fundo e o polegar dele se moveu com mais insistência, seu olhar a prendendo com mais força.

— Você é tão linda — disse ele. — Eu quero ver você usando a minha mão para se dar prazer...

Marlie retesou quando ele deslizou um dedo para dentro dela, empurrando e acariciando ao mesmo tempo. Sentiu seu corpo retê-lo enquanto a fricção enviava ondas de sensações, do seu ventre até os dedos dos pés. Ewan ainda a observava, focado em nada além de lhe dar prazer. As costas dela se arquearam para que Marlie pudesse ir de encontro à mão dele, seu corpo exigindo uma liberação.

— Isso. Assim...

Marlie se lembrou de uma vez em que calibrara mal o alambique e o vapor se acumulou, quente demais, rápido demais, estilhaçando o vidro. Tinha quase certeza de que a mesma coisa estava para acontecer com ela, então fechou os olhos com força e sentiu um prazer intenso percorrer seu corpo, sem gemer ou ofegar, mas ainda presa nos dedos invisíveis da paixão.

Ewan puxou a mão e Marlie tentou absorver o que tinha acontecido. Quando relaxou de novo no chão e abriu os olhos, ela podia ver que a mandíbula de Ewan estava tensa, o tecido de sua calça esticado. Uma certeza recaiu sobre ela, mas aquilo não dissipou a timidez que vinha junto com o pedido que estava prestes a fazer:

— Eu quero... você quer... — Ela respirou fundo, estremecendo.
— Faça amor comigo, Ewan.

Ele arregalou os olhos, e suas narinas inflaram.

— Não tem nada que eu queira mais do que isso, mas...

— Sei que não tenho muita experiência, mas escolho compartilhar essa experiência com você.

— É só que...

— Sei que você acha que fui muito protegida e não sei o que quero, mas eu sei — disse Marlie, irritada.

— Eu nunca fiz isso antes — disse Ewan de uma vez, e o choque obliterou a indignação de Marlie.

— O quê?

— Eu já disse, não me dou muito bem com outras pessoas. Tenho experiência com mulheres, mas não *essa* experiência em particular.

Marlie tivera tanta certeza de que ele usaria sua virgindade contra ela que não sabia como proceder.

— Ah. Entendo. Suponho que esteja se guardando para alguém especial.

Ela virou a cabeça de lado, vergonha esbofeteando-a de todos os lados.

— Marlie — disse ele. — Você ainda não entendeu? Eu só tenho um requisito.

— Capacidade cognitiva elevada — disse ela.

— Exatamente. Embora eu tenha acrescentado compaixão, vivacidade e beleza a essa lista, então suponho que agora tenho quatro requisitos. Ou melhor, não, apenas um. — As pontas dos dedos dele roçaram o queixo dela, virando sua cabeça para que seus olhares se encontrassem. — Você. Marlie Lynch.

— É um bem específico — disse ela, sentindo o coração bater descontroladamente no peito.

— Não acredito em superstição, mas talvez estivesse me guardando para alguém. Para você.

Então, ele se inclinou, usando as mãos como apoio, e dessa vez seu beijo foi extremamente suave, roçando os lábios contra os lábios machucados dela. Seus quadris se pressionaram contra os dela enquanto se beijavam, e Marlie sentiu o membro dele enrijecer. Ewan parou de se mover quando Marlie começou a abrir a calça dele, exceto pelo leve tremor que o percorreu com o toque dela. Ele estava tremendo... por causa dela.

Quando o membro quente e pesado repousou nas mãos dela, Ewan mordiscou os lábios dela, chamando sua atenção. Seu olhar encontrou o dela enquanto a pressionava mais uma vez.

— Se doer...

— Não pode doer mais do que essa raiz cutucando minhas costas — disse ela, arrancando risos dele.

Marlie também riu e a tensão entre eles diminuiu um pouco. Ewan ainda estava tremendo quando se posicionou entre as pernas de Marlie, e até quando pressionou a cabeça larga do pênis em sua carne macia.

Marlie arfou e agarrou suas costas com a sensação chocante de plenitude seguida pela de incompletude. O rosto dele se aninhou no pescoço dela enquanto arremetia lentamente. Sua respiração era uma carícia quente contra a pele dela, e os pequenos gemidos que acompanhavam a fricção quente de seu ritmo eram quase demais para aguentar.

— Você está bem? — perguntou ele, erguendo a cabeça para examinar o rosto dela, preocupado como sempre.

Ela passou a mão pelo cabelo ruivo dele e o segurou pela nuca.

— Estou sempre bem quando estou com você.

Ewan a estocou com mais urgência, o comprimento de seu membro a enchendo, e ela gritou com a dor inesperada.

— Eu sinto muito, amor.

Ele a beijou e acariciou seu rosto por um longo momento.

Marlie suspeitou que ele também estivesse se recompondo e, segundos depois, ele voltou a se mover devagar, e ela seguiu seu exemplo. A dor não havia cessado totalmente, mas foi superada pelo prazer estranho de Ewan afundando dentro dela. Cada estocada era um pouco mais prazerosa e um pouco menos dolorida, até que estabeleceram um ritmo mais rápido, com ele descendo e ela subindo para encontrá-lo. A união deles foi desajeitada, e ocasionalmente perdiam o ritmo ou batiam com os dentes ou as testas, mas isso não diminuía o fato de que ambos estavam se aproximando do ápice. Ewan estava se movendo mais rápido agora, sua respiração ofegante no ouvido dela... Ela se contraiu ao sentir faíscas de prazer intenso.

— Marlie — avisou ele, movendo-se com força algumas vezes, depois fez uma pausa. — Eu imagino que resistência é algo que vem com a prática, mas...

Marlie se mexeu, empurrando-o mais profundamente dentro dela. Ewan retomou as investidas, então, um momento depois, praguejou e se retirou, estremecendo sob as mãos dela. Uma umidade quente jorrou sobre as coxas de Marlie e então ele desabou ao seu lado.

Ficaram parados por um longo momento, Ewan puxando Marlie para seu peito e acariciando suas costas com a mão. Os dois estavam cansados demais para arrumar as roupas, e ela se contentou em descansar da forma que estavam. Sentia-se dolorida e tinha certeza de que seu cabelo estava irremediavelmente emaranhado, mas estava sentindo calma e felicidade. Marlie se deu conta de que mesmo a guerra e a injustiça não conseguiam impedir os momentos de alegria. Era por momentos como aquele que estavam lutando.

— Lá na casa de Hattie, você contou a ela sobre algo que poderia impedir uma gravidez.

Horror drenou o pequeno oásis de calma de Marlie. Era isso que ele estava pensando em silêncio? Como se livrar de qualquer possível evidência do momento dos dois juntos? Lágrimas escaldaram seus olhos, e ela desejou não ser tão fraca. Por que aquela pergunta a machucou mais do que qualquer coisa?

Ela se sentou, sentindo-se realmente suja.

— Não se preocupe. Eu sei como prevenir uma gravidez. Você não terá que se preocupar com uma criança indesejada.

A mão de Ewan acariciou o cabelo dela e a puxou de volta para seu lado.

— Não, não era isso que eu estava pensando. Bem, eu cheguei a pensar: "E se eu engravidar Marlie?" Que tipo de homem eu seria se eu não o fizesse? — Ela o olhou com cautela, embora não tenha se afastado da carícia tranquila da mão dele em seu cabelo. — Então me lembrei do que ouvi você dizer a Hattie, sobre a raiz de algodão. E pensei em todas as misturas de ervas de Vivienne. E eu lembrei de você pensando que sua mãe não te queria.

Ele a encarou, como se esperasse que ela tivesse alguma grande revelação.

— Marlie, sua mãe sabia como prevenir uma gravidez e como interrompê-la, mas não fez nenhum dos dois. Em vez disso, ela deu a você tudo que sabia e, quando isso não era suficiente, entregou você para alguém que poderia lhe dar mais.

Tudo se encaixou, então, e a compreensão atingiu Marlie como um golpe. Nem toda mulher na situação de Vivienne tinha escolha, mas ela sim, e sempre escolhera a filha e o que era melhor para ela.

Marlie enxugou as lágrimas e Ewan ajudou, colhendo as gotas quentes com os nós dos dedos.

— Jamais pense que é fácil se afastar de você.

Sua voz estava baixa e sua expressão estava encoberta.

— Precisamos descansar — disse ela, forçando um sorriso.

Assim como em seus aposentos, a caverna tinha sido um breve respiro da realidade. Pensar algo diferente disso só traria sofrimento. Ela aceitaria o que fosse possível antes de chegarem ao Tennessee, mas não se permitiria uma falsa segurança que terminaria em dor.

Capítulo 24

Ewan nunca tinha pensado em sua virgindade como algo sagrado, apesar de ter a preservado por mais tempo do que a maioria de seus compatriotas. Homens falavam de relações sexuais em termos de conquistar, reivindicar, possuir, como se fossem saqueadores em vez de amantes. Talvez Ewan tivesse feito algo errado, porque era ele quem se sentia vulnerável, vencido. No começo, tinha pensado naquele encontro carnal como um problema a ser resolvido, mas os suspiros de Marlie, seu rosto, a pressão dela em volta de seu pênis — tudo aquilo roubara seu controle até ele virar um amontoado de nervos, grunhindo, ofegando, suando. Mas Marlie ficara saciada, então talvez ele não tivesse estado tão errado, afinal. O problema era que, carecendo de referências, Ewan não tinha certeza se a ternura e a calma que sentia enquanto a observava dormir eram normais ou não. Ou a vontade de beijá-la até que ela acordasse e de deslizar para dentro dela novamente.

Mas a calma dele não era absoluta; Marlie continuava falando sobre se separar uma vez que chegassem ao Tennessee. Ele tinha evitado pensar profundamente naquilo quando decidiu que não havia nenhuma chance de mais nada acontecer entre eles, por causa de quem era e do que fizera. Marlie não mudara a ideia que Ewan tinha de si mesmo, mas, se ele acreditava mesmo que ela era inteligente e gentil, porém não imprudente, teria que levar a opinião dela em consideração. Marlie achava que ele merecia perdão. Em vez de julgá-lo fraco, achava que tudo bem ele se sentir machucado pelo que teve que fazer. Portanto, qualquer plano que envolvesse caminhos separados era um problema e, assim como com qualquer problema que surgisse diante de Ewan, ele precisava resolvê-lo.

Ele se levantou e comeu um punhado de amoras e um pouco do milho doce que Henry lhes dera, deixando Marlie dormir. Foi uma curta caminhada até a caverna maior, mas ele se moveu com cuidado à luz do dia, sempre temendo a Guarda Nacional ou soldados errantes à espreita.

Ewan parou quando uma sombra chamou sua atenção, mas era apenas um grupo de desertores subindo pela passagem. Outros estavam parados em frente à caverna, alguns sentados limpando suas armas, alguns fazendo exercícios. Quando chegaram, Ewan pensara que o campo de desertores era uma prisão de Randolph em miniatura, mas agora podia ver que se parecia mais com seu antigo batalhão. Não eram um grupo de homens tristes e famintos, mas sim uma milícia treinada.

Ele entrou na caverna de uma maneira que mostrava deferência, mas não covardia, uma habilidade aprendida no exército e na prisão, e em casa antes disso.

O cheiro de milho, porco e grãos, provavelmente roubado de alguns dos confederados locais, emanava de várias fogueiras, e os homens faziam fila para recolher suas porções. Alguns limpavam a bagunça acumulada durante a noite, e outros estavam ocupados arrumando as sacolas para uma marcha.

No fundo da caverna, Henry estava ajoelhado ao lado do coronel Bill, que ainda se recuperava. O coronel estava com uma aparência muito melhor, embora Ewan duvidasse que pudesse ir muito longe sem ajuda. As habilidades de Marlie tinham raízes no misticismo, mas ela não era uma feiticeira.

Henry apontou algo em um mapa aberto no colo de Bill, e o semicírculo de homens aglomerados ao redor deles contribuiu com informações e opiniões.

Ewan se aproximou, mas parou a alguns metros de distância. Todos os homens se interromperam e olharam para ele, o forasteiro.

— Você e sua senhora estão voltando para a estrada? Porque podemos precisar de mais tratamentos dela em breve, dependendo de como a noite for — disse Bill.

Ewan olhou ao redor, observando os movimentos dos homens com mais atenção. Percebeu então que o que pensara ser a conclusão de tarefas diárias era, na verdade, a preparação para uma batalha.

— Essa decisão cabe a Marlie — disse Ewan.

Era verdade, mas ele também estava se esquivando. Embora aceitasse que os desertores tinham tido bons motivos para fugir do alistamento e tivesse descoberto que eles eram tão bem preparados quanto os soldados da União com os quais Ewan havia lutado, ele não tinha certeza do seu papel em tudo aquilo. Marlie queria ajudar, e Ewan queria ajudá-la. Agora que os homens estavam se preparando para ir à batalha, ele não sabia como proceder.

— O que exatamente vai acontecer para exigir os cuidados dela, se você não se importa que eu pergunte?

— Estamos indo atrás da Guarda Nacional — disse Bill, inclinando-se para a frente como se fosse ficar de pé, então estremeceu. — Bem, eu não. Meus homens. Sofremos muitas perdas na semana passada e temos que enviar a mensagem de que eles precisam nos deixar em paz ou enfrentar as consequências.

— Não durmo na minha cama há sete meses — disse um homem. — Não sentei à mesa com minha esposa e filhos, nem arei minha terra. Estou cansado de viver assim.

— E você acha que ir atrás da Guarda hoje mudará as coisas.

Não era uma pergunta; Ewan estava tentando descobrir o que exatamente levaria aqueles homens a pensar que aquela era a melhor abordagem.

Henry deu de ombros.

— Talvez sim. Talvez não. Não vai trazer meu irmão de volta, mas se eu puder dizer que matei aqueles que mataram meu irmão, será melhor do que nada.

Quando o olho por olho seria o suficiente? Mas Ewan observou os homens com seus ombros curvados e olhos cansados e entendeu que eles *eram* a guerra, só que sem a glória concedida pelos estados-nação e pela retórica do governo. A guerra era atacar ou esperar para atacar, buscar vingança ou liberdade ou, geralmente, alguma combinação de ambos. Era ao mesmo tempo o comportamento humano mais lógico e ilógico, e tentar demovê-los seria tão inútil quanto tentar impedir Menelau de sitiar Troia.

— De fato — disse ele. — Posso dizer o que sei sobre Cahill, se você acha que pode ser útil.

— O que você sabe que nós não sabemos? — perguntou Bill.

— Que ele é um homem difícil de quebrar. Física e mentalmente. Não vou chamá-lo de mau, porque essa palavra o torna mais do que ele é. Por trás de tudo isso, ele é apenas um homem que não vê o bem em si mesmo ou nos outros, e não se importa em machucar qualquer um por causa disso.

Ewan sentiu como se algo tivesse se afrouxado um pouco dentro dele enquanto falava em voz alta os pensamentos que ficaram encobertos pelo próprio julgamento por muito tempo. Ele estivera retendo Cahill como uma força malévola com a qual se comparar, mas, se fosse realmente parecido com ele, não teria se importado com o que qualquer um, incluindo Marlie, pensava de suas ações. Havia agido errado, em um cenário onde o certo e o errado se misturavam com noções como Deus e nação; ele não estava se oferecendo um perdão, mas sim um reconhecimento de que, embora não fosse um bom homem, como Marlie acreditava, talvez pudesse se tornar um. Quando isso acabasse, o país teria que lavar as manchas de sangue e seguir em frente. Por que Ewan não deveria ter a mesma oportunidade?

— Isso parece pessoal — disse Bill. — Talvez esse sujeito tenha um motivo tão bom para ir a Lynchwood quanto nós.

— Lynchwood.

Ewan não percebeu que seu comportamento havia mudado até que os homens à sua frente se levantaram, segurando os rifles casualmente, mas não tão casualmente como alguém que não vê uma ameaça faria. Ele respirou fundo e abriu os punhos.

— Acho que deve ter havido um mal-entendido — disse ele. — Você está dizendo que estão a caminho de Lynchwood, lar dos Lynch, em Randolph?

Ewan não era de desejar, mas naquele momento se encheu com a esperança de que talvez tivesse ouvido mal, ou que houvesse outra Lynchwood em qualquer outro lugar.

— Sim — disse Bill. — Um de nossos batedores ficou sabendo que a Guarda Nacional está planejando uma grande batida, com o objetivo de nos destruir de uma vez por todas. Eles vêm atrás de nós onde vivemos e nós vamos atrás deles onde vivem, simples assim.

Era simples, mas de um jeito assustador. Era a guerra pela União numa escala menor; ele teria dito ao presidente Lincoln para não reunir tropas depois do bombardeio de Sumter? Ao general McClellan para ir embora depois da derrota em Gettysburg? Haveria luta até que houvesse algum consenso para não o fazer. Não havia como dissuadir os desertores com a lógica: havia alguma interpretação mais fundamental do próprio conceito de lógica do que a ideia de "olho por olho"? E, se Ewan contasse a eles a verdadeira razão pela qual eles deveriam mudar seu plano de ataque, isso transformaria Marlie de salvadora em peão?

Eles afastaram o olhar de Ewan e se concentraram em algo atrás dele, algo que reduziu a tensão na caverna e fez o semicírculo de homens relaxar o aperto nas armas.

— Droga — murmurou Ewan, antes de olhar por cima do ombro.

Marlie estava absorvendo a cena como ele havia feito quando entrou e, quando seu olhar pousou nele, um sorriso constrangido apareceu em seus lábios, lembrando-o do que haviam compartilhado horas antes. Ela desviou o olhar rapidamente. Vê-la o enterneceu, mas pontadas horríveis e enlouquecedoras surgiram em seu crânio. Marlie tinha caminhado direto para o meio do perigo, e a mente dele rodava freneticamente enquanto tentava descobrir como tirá-la daquela situação.

Sua pele estava quente e sua mandíbula estava cerrada. A caverna de repente parecia estar se fechando em torno dele.

O sorriso de Marlie desapareceu quando ela se aproximou. Ela colocou a mão em sua manga, e a sensação o acalmou, fazendo com que se concentrasse em um objetivo: proteger Marlie.

— Você comeu frutas estragadas de novo, Sócrates? — perguntou ela.

Seu comentário bobo foi a gota d'água. Os pensamentos frenéticos que giravam em sua mente cessaram e ele conseguiu pensar com clareza.

— Temos um pequeno problema. — Sua voz saiu forte e natural, como se tivesse captado a calma de Marlie e se portado de acordo.

— Temos? — Henry deu um passo à frente. — Parece que o único com um problema aqui é você. Não pense que, só porque é um homem alistado, pode vir aqui nos julgar pelo que fazemos e como fazemos.

— Ewan?

— Isso é um pouco mais complicado do que frutas, Marlie. — Ele queria puxá-la para cima e correr, começar a atacar cegamente para abrir caminho por entre os homens. Mas não iria mais mentir para ela, nem mesmo por omissão. — Bill e Henry decidiram que o próximo alvo é Lynchwood.

Ele se preparou para as lágrimas ou para segurá-la enquanto ela desmaiava, mas a mão dela deixou seu braço quando ela se virou para Henry tão depressa que sua saia levantou a terra da caverna.

— Isso é verdade?

Lá estava, escondida sob a pergunta, a fúria silenciosa que brotava dela de vez em quando, como os gêiseres no Oeste. Ewan olhou para Henry e Bill, que não entenderam a mudança repentina de comportamento dela. Henry assentiu resolutamente.

— Lynchwood é meu lar — disse ela. — Depois de tudo que fiz para ajudá-lo, acredito que tenho o direito de pedir que você não ataque a minha família.

— Talvez a sua família não devesse abrigar porcos rebeldes — disse um homem.

— Bem, talvez suas esposas não devessem deixar a Guarda Nacional saquear suas casas — respondeu Marlie bruscamente, causando uma agitação furiosa entre os homens. — Ah, não é tão simples? Vocês não podem simplesmente dizer à Guarda para ir embora quando ela decide levar o que é seu?

— Marlie.

Ele sabia que ela o ouviu, mas Marlie nem mesmo olhou em sua direção.

— Eu entendo que sua batalha é com Cahill, mas você não vai vencer destruindo a casa das mesmas pessoas que alimentam suas esposas e seus filhos, que lutam para sobreviver enquanto vocês jogam esse jogo de gato e rato. — Ela olhou para os homens. — Você acha que a fazenda Lynch será tão caridosa se minha família for morta em um ataque de desertores?

Ewan viu o momento em que a compreensão atingiu os homens mais próximos deles. A abordagem inicial dela, de tentar fazer com que sentissem empatia, podia ter saído pela culatra, mas fazê-los perceber que estavam atacando os próprios interesses era a coisa certa.

— Bem, o que devemos fazer, então? Apenas deixá-los escapar impunes por nos empurrar para fora de nossas casas e nos fazer viver feito bichos?

— Eu não disse isso. Só me pergunto se vocês vão queimar todas as casas nos três condados. Porque ele só vai passar para outra se queimarem Lynchwood — disse Marlie.

Ewan ouviu aquele tom sinistro em sua voz, o mesmo que ouvira quando ela mencionara que poderia envenenar Cahill para se livrar dele.

— Se querem lutar contra ele, então lutem contra ele. Posso dizer por experiência própria que ele deixa Lynchwood todas as noites para fazer patrulhas, então, se forem incendiar a propriedade durante a noite, devo supor que é porque vocês preferem evitar um verdadeiro confronto.

Bill olhou para Henry e depois de volta para Marlie.

Ela pareceu se acalmar um pouco, e seu olhar estava suplicante quando encontrou o de Bill.

— Cahill já me forçou a sair de casa. Saber que meu lar foi destruído por causa dele, que até mesmo a possibilidade de voltar me foi tirada, seria demais para suportar. Por favor. Reconsiderem.

Bill suspirou e então reajustou sua perna escorada.

— Sabe, estávamos a caminho de Lynchwood quando cruzamos com a Guarda Nacional outro dia e terminei ferido assim. Poderíamos ter queimado aquela casa com você lá dentro, você, que veio e nos enfaixou e medicou. Deus trabalha de maneiras curiosas, não é?

Ewan deu um passo à frente.

— Eu posso ajudar vocês se isso significar deixar Lynchwood em paz. Posso atrair Cahill e seus homens para algum lugar longe da casa.

A ideia se consolidou em sua mente. Tudo, desde que ele se alistara, estava levando a um confronto entre ele e Cahill. Poderia ajudar esses homens e...

— Não, está tudo bem — disse Henry, interrompendo abruptamente o glorioso confronto que havia começado a se desenrolar na cabeça de Ewan. — Podemos lidar com isso sozinhos.

Ewan acenou com a cabeça, reprendendo-se. Aqueles homens eram uma milícia, mesmo que não fosse certificada pelo Estado. Ele não podia apenas entrar na caverna e assumir o comando — admitira livremente que não tinha sido um bom soldado, mas por um momento presumiu que este grupo de desertores precisaria dele, como se não tivessem travando uma guerra por conta própria havia meses. Sua arrogância o envergonhou e o lembrou de como era fácil para o ego de um homem convencer seu dono de que poderia ser um salvador quando, na verdade, ninguém precisava ser salvo.

— Certo — disse Ewan, balançando a cabeça. — Marlie, o que você quer fazer?

Ela torcia as mãos.

— Talvez devêssemos esperar aqui com os feridos. E assim, quando Henry e os outros voltarem, poderei ajudar. Antes de seguirmos nossa viagem.

E assim vai poder garantir que mantiveram a palavra e que Lynchwood está a salvo.

— Apenas me diga o que precisa de mim — disse ele.

— Podemos pedir a alguns de nossos homens para guiá-los em direção ao Tennessee e colocá-los em contato com alguns condutores da Underground Railroad — disse Bill. — Nossa maneira de dizer obrigado.

— Nós gostaríamos muito disso. Quanto mais cedo eu chegar ao Tennessee, melhor — disse Marlie com um aceno de cabeça, então se virou e começou a fazer sua ronda pelos homens feridos.

Ewan a observou, com a sensação de que seu coração estava saturado novamente, como se estivesse equilibrando uma xícara cheia até a borda que ameaçava transbordar a cada passo. *Quanto antes melhor?*

Ewan tentou usar a lógica, mas não havia nenhuma quando se tratava de Marlie. Não podia forçá-la a mudar de opinião, mas a ideia de deixá-la ir era incompreensível, uma dor pior do que as dores de cabeça de que ele sofria. Seu irmão, Malcolm, apesar de ser um mulherengo, sempre falava do amor como se fosse uma praga que só levava à ruína. Ewan presumira que Malcolm estivera errado quando soube que ele agora tinha uma esposa, mas, observando Marlie andar entre os homens de costas para ele, como se ele já estivesse fora de seus pensamentos, Ewan percebeu o tamanho do erro que cometera ao pular do próprio navio. E o problema era que o navio ao qual havia se agarrado desesperadamente por tanto tempo já havia zarpado. Não havia como voltar atrás e, se Marlie não o quisesse, também não havia como seguir em frente.

Ewan reuniu todas as suas forças diante daquela constatação dolorosa e seguiu Marlie em silêncio, pronto para ajudar. Se essa fosse a única maneira de permanecer por perto dela por enquanto, ele aceitaria.

Capítulo 25

Marlie tentou acalmar os tremores em seus dedos enquanto trocava bandagens e aplicava cataplasmas. A coragem que tomara conta dela ao interromper a conversa dos desertores havia ido embora, e agora ela tentava se concentrar no trabalho à sua frente, em vez de nos homens juntando as armas e bolsas e saindo da caverna. Em vez de em Ewan, que estivera mergulhado dentro dela, que a levara à loucura com prazer e restaurara sua alma, tudo no espaço de um dia.

Como ela poderia olhar para ele novamente, quando ainda estava dolorida pelo que compartilharam? Ela disse a si mesma que não significaria nada, que era uma tolice pensar que um ato físico poderia mudar o destino deles, mas não tinha antecipado o quanto queria estar errada.

Tomar é diferente de amar, ela se lembrou, mas Ewan também não havia se entregado? Era muito para pensar; estava só no mundo agora, e sair dos cuidados de Sarah para os de Ewan só provaria que ela era realmente tão indefesa quanto pensava ser. Uma vez que eles chegassem ao Tennessee e se separassem, ela iria... iria...

Henry se aproximou, o último dos homens saindo em sua missão.

— Só quero que você saiba que eu estava falando sério. Sua família está a salvo, pelo menos de nossas mãos.

Ela pensou em Sarah sentada em casa, preocupada, e como ela esteve perto de ser ferida. A garganta de Marlie se fechou. Não conseguia deixar de achar que a Providência a colocara ali para mudar a opinião daqueles homens.

— Obrigada — ela conseguiu dizer, através do nó na garganta.

Ele acenou com a cabeça e marchou atrás de seus homens, puxando o cabelo comprido e escuro para trás e o amarrando com uma tira de couro. Marlie percebeu que o movimento não era estético, mas uma preparação para a batalha, e seu estômago embrulhou.

O que estou fazendo aqui?

Ela colocou a mão no peito enquanto o desejo de segui-los e voltar para Lynchwood a seduzia. Se Cahill fosse derrotado, talvez houvesse uma chance de voltar para casa, mas... Melody ainda estaria lá. Mesmo que não estivesse, ela já havia deixado claro para Marlie que nem seu dinheiro, nem sua inteligência, nem seu sobrenome a protegeria. Ela teria que fazer aquilo sozinha.

Não havia como voltar atrás.

— Marlie? Você está bem?

Ewan surgiu ao seu lado outra vez, lembrando-a de como ele se movia silenciosamente. De repente, a imagem deles em uma casa, a casa deles, e Ewan se aproximando sorrateiramente e dando um susto nela antes de beijá-la surgiu em sua mente.

Não. Pare com essa tolice.

— Estou bem. Aliviada que Sarah estará segura.

— Eu também, mas me referia a estar bem fisicamente.

As bochechas dele ficaram rosadas, e ela soube exatamente no que ele estava pensando. Seu rosto esquentou também.

— Um pouco dolorida — disse ela. — E você?

— Eu? Eu gostaria que pudéssemos voltar para aquele pequeno buraco no chão e não pensar em Cahill ou na guerra ou no Tennessee.

Seu olhar passou para a boca dela, e ele deu um passo adiante. Ela queria se inclinar para ele, mas, em vez disso, deu um passo para trás.

— Seu livro tem um motivo para advertir sobre o desejo. Nem todos os desejos do mundo podem mudar a realidade.

— Qual realidade impede que fiquemos juntos ou diz que devemos seguir caminhos separados assim que chegarmos ao solo da União?

E lá estava: a verdade que não poderia ser evitada.

— Aquela em que posso ser vendida como uma porca premiada e você não — disse Marlie.

Os olhos de Ewan se fecharam com força e suas narinas inflaram. Ele levou as pontas dos dedos à testa e pressionou forte por um momento antes de abrir os olhos novamente.

— Marlie. Não consigo entender como deve ser isso, mas você está me punindo por coisas que estão fora do meu controle. Mais uma vez.

— O que você vê como punição por coisas além do seu controle é a única coisa da qual tenho controle.

Ela tentou se agarrar a isso, porque era a única maneira de se manter a salvo do mundo e manter seu coração a salvo de Ewan.

— O que aconteceu entre nós não significou nada para você?

Seu rosto não mostrava raiva nem aborrecimento, mas Marlie aprendera que Ewan mantinha as coisas mais importantes para ele submersas em racionalidade. Ela viu sua emoção no aperto de sua mão e na maneira como seu pomo de Adão se mexia.

— Significou tudo — admitiu ela, com a garganta ficando áspera de repente. As palavras mal conseguiam sair. — Mas o que fazemos na privacidade dos meus aposentos ou em alguma caverna escondida não tem relação com o mundo real. Depois de voltar para o Norte, você realmente arriscaria seu relacionamento com sua família, suas amizades, sua posição em sua comunidade, por mim?

Ela se recusava a chorar. De novo, não. Mas seu coração doía pelo que poderia ter acontecido entre eles.

— Sim — respondeu Ewan com impaciência, como se ele tivesse se cansado de explicar um conceito simples para ela. O olhar dele se cravou no dela, e seu corpo quase zumbia de tão tenso. — Eu entendo sua reticência, mas você faz suposições sobre o que eu faria ou não faria sem me consultar. Isso se chama fantasia.

— Não, isso se chama lógica — disse ela baixinho. — Preciso ver os homens.

Marlie se moveu para passar por ele, que permitiu, dizendo tudo que ela precisava saber. Ele poderia fingir o quanto quisesse, mas alguma parte de Ewan devia entender que não havia futuro para eles em um mundo onde a morte e a destruição assolavam a terra e os homens lutavam para decidir se pessoas como ela sequer mereciam liberdade.

Só horas depois Marlie finalmente se sentou ao lado de Bill e Ewan. A maioria dos homens estava bem, mas ela conferiu tudo diversas vezes e depois começou a preparar lotes maiores de decocções que poderiam ser úteis quando ela partisse.

— Como está se sentindo? — perguntou a Bill.

— Irritado — respondeu ele. — Eu odeio não poder acompanhar meus homens. Henry é um excelente líder, mas sinto o mesmo que senti quando meus filhos começaram a ir à escola sozinhos. — Ele deu uma risadinha. — Mas não diga a ele que eu disse isso. Ele nunca me deixaria em paz.

— Seu segredo está seguro comigo — disse Ewan.

Marlie olhou para ele. Sua expressão era cuidadosamente neutra. Ele não retribuiu o olhar.

— Suponho que você saiba como é, Ewan. Ouvi dizer que quase arrancou a cabeça do velho Larry quando pensou que eles pretendiam fazer mal à sua mulher — disse Bill, acrescentando baixinho: — Ver vocês dois me faz sentir uma saudade terrível da minha esposa.

— Ela está em Randolph? — perguntou Marlie, evitando a implicação das palavras de Bill.

— Não, ela foi ficar com algumas pessoas em Guilford. Outros negros livres. Éramos os únicos em nossa área e, uma vez que me juntei aos Heróis, não tinha ninguém para cuidar dela. Eu mando cartas para ela às vezes, mas minha escrita não é lá essas coisas.

Ele desviou o olhar, e Marlie reconheceu a vergonha que vira com frequência nos escravizados que seguiam para o Norte, quando apareciam em farrapos e eram recebidos por Marlie em seu vestido extravagante. Era uma pena saber que a escravidão havia negado a ele algo vital. O coração de Marlie doeu por aquela vergonha deslocada, mas ela não podia lhe dizer como se sentir. Ela nunca estivera em seu lugar, e teve o privilégio de ser capaz de fugir quando fora ameaçada com o mesmo destino.

— Tenho certeza de que ela fica feliz de ter notícias suas — disse Marlie.

— Bem, eu ficarei feliz quando a Confederação for para o inferno e pudermos ficar juntos novamente. Essa é a pior parte de viver assim, escondido. Às vezes eu acordo, esperando encontrar ela ao meu lado, e não há nada além do traseiro peludo de Carl. — Ele acenou com a cabeça em direção a um homem a poucos metros de distância. Rugas se formaram ao redor de seus olhos enquanto ele ria. — Não diga a ninguém que eu disse isso também.

Marlie entendeu as palavras de Bill muito bem; tinha sentido um momento de pânico ao acordar e encontrar a luz sumindo do lado de fora da caverna, e Ewan ausente em vez de ao lado dela, onde ela esperava que ele estivesse. Apenas algumas noites, e agora parecia estranho — errado — acordar sem aquela figura quente e magra ao lado. Isso, e a ternura em seu clímax, foram um lembrete muito necessário de quão doloroso seria o momento da separação. Mas ela havia cauterizado alguns ferimentos dos desertores e poderia cauterizar o próprio coração se isso significasse sobrevivência.

Foi isso que Maman fez?

Sua linda mãe, que rejeitara todos os homens que mostraram interesse durante a juventude de Marlie. Ela sempre pensara que era porque a mãe não precisava de um homem, mas talvez a verdade fosse mais terrível: ela só amara um. E ele se aproveitara dela e a abandonara.

Ewan se levantou, sua expressão tensa.

— Voltarei em breve — disse ele.

Bill e Marlie assentiram e ele se afastou.

— Ele tem uma bexiga pequena — disse Marlie, quando Bill lançou um olhar curioso para ela.

— E um coração enorme, que ele deixa qualquer um ver — respondeu Bill.

Depois disso, houve silêncio entre eles. Bill cutucou a pequena fogueira com um graveto, e o estalo da madeira se misturou aos murmúrios dos homens feridos ao redor deles.

Marlie disse a si mesma que foi o silêncio que fez o tempo se alongar, que estava sendo boba, mas de repente ela estava de pé e olhando para Bill. Não sabia o que a levara a fazer isso, ou porque *Vas-toi! — Vá!* — ecoou em sua cabeça, mas sabia que tinha que ir.

Bill pegou seu rifle e o usou para cutucar Carl. Então fez um sinal e logo todos os homens capazes estavam pegando suas armas.

— Você ouviu alguma coisa? — perguntou ela.

— Não, mas quando alguém com olhos como os seus pula como se um fantasma tivesse sussurrado algo em seu ouvido, é melhor estar pronto para o que vier.

Carl se aproximou.

— O sentinela deveria ter voltado dez minutos atrás. Achei que talvez ele tivesse parado para se aliviar, mas...

— Ewan — disse Marlie, e girou para correr, mas algo agarrou sua saia.

Ela olhou para baixo e encontrou Bill segurando o tecido com a mão.

— Sair correndo e morrer não é exatamente o que aquele seu homem iria querer.

O medo contraiu sua garganta ao ouvir falar em morte, e seu desejo de chegar até Ewan beirava ao pânico. Mas Bill estava certo. Se isso fosse algo mais do que um palpite, ela não poderia sair às cegas noite adentro.

Ancestrais, me ajudem.

Bill soltou sua saia e se virou para conversar com Carl. Marlie usou a distração para escapar. Havia um abismo na diferença entre sair correndo noite adentro e não fazer nada, e a última não era uma opção.

Capítulo 26

O sorriso no rosto de Ewan era anormal, indesejado, e ainda assim ele não conseguia formar qualquer outra expressão. O sorriso surgiu quando percebeu que estava cercado pela Guarda Nacional enquanto fechava a calça, e se manteve ali quando ele foi levado a Cahill, que segurou uma lanterna diante de seu rosto e o olhou friamente antes de dizer:

— Então *era* você.

Ewan pensou que sentiria raiva ou medo quando encontrasse Cahill cara a cara novamente, mas não sentiu nada. Sua mente registrou os detalhes da situação: onde estavam os homens armados, os ângulos das sombras causadas pelas lanternas, o fato de o bigode de Cahill ter sido aparado de maneira descuidada, um lado mais alto do que o outro.

— Espalhem-se e procurem os outros — ordenou Cahill.

— O que fazemos com ele? — perguntou Roberts.

— Amarre-o a esta árvore.

Ah, então é assim que vai ser.

Ewan tinha considerado lutar, mas, dado o número de homens e armas apontadas para ele, isso teria sido pedir uma morte rápida em vez de uma lenta; a lenta não seria mais agradável, de forma alguma, mas ele tinha alta tolerância à dor, e isso significava que havia uma chance de escapar e chegar até Marlie. Ele não serviria de nada para ela morto, então era melhor que o matassem lentamente.

Ewan tivera que deixar a caverna. A conversa alegre com Bill o deixara louco, quando tudo o que ele queria fazer era exigir que Marlie lhe desse uma chance de provar que estava errada. Mas a vida não era assim. Ele não poderia obrigá-la mais do que o Norte poderia obrigar o Sul, ou os rebeldes poderiam obrigar os desertores. E então ele saíra intempestivamente, sem se importar com a própria segurança.

Agora, com os homens despachados para cumprir suas ordens, Cahill simplesmente ficou parado diante de Ewan. Estava de costas para ele, primeiro observando os homens se espalharem para procurar algum desertor na floresta. Agora que eles estavam todos fora de vista, ele ficou parado como se esperasse que algo emergisse da floresta escura.

Os braços de Ewan foram amarrados atrás de uma velha nogueira, na altura dos pulsos. Ele ainda estava completamente vestido, mas a lateral da sua barriga estava completamente exposta, como um animal preparado para a vivissecção. Era uma comparação mórbida, mas não imprecisa.

Ewan ouviu um tiro à distância e gritos de homens e, finalmente, sentiu algo. Ele se repuxou contra as cordas enquanto a raiva e o medo se transformavam em energia. Marlie estava lá, com apenas um grupo de homens feridos e doentes para se defender do ataque da Guarda Nacional. Não parecia haver muitos deles; era provável que um destacamento tivesse se separado do esquadrão principal com a intenção de fazer uma emboscada depois que os desertores se dirigiram para Lynchwood. Ou a Guarda tinha um homem infiltrado, ou Cahill previa o futuro, mas Ewan não estava disposto a quebrar o silêncio para perguntar.

Em vez disso, ele virou a mão e correu as pontas dos dedos sobre a corda amarrada em seu pulso. Ele só conseguia roçar as bordas, então tentou cravar as unhas nela para descê-la um pouco.

Seu olhar estava focado em Cahill enquanto trabalhava, o sorriso horrível em seu rosto funcionando como disfarce para sua frustração enquanto a corda resistia ao aperto de suas unhas curtas.

Os ombros de Cahill subiram e desceram em um suspiro, então ele se virou e caminhou na direção de Ewan. Deu cinco passos com dificuldade e então levantou a perna ilesa e chutou Ewan, esmagando a perna dele contra a árvore. Uma dor alucinante fez Ewan gritar. Ele não era de aço e algumas dores não podem ser toleradas em silêncio. Pássaros saíram voando dos galhos das árvores, o som de sua partida assustada se fundindo com o eco do berro. Todas as ilusões que ele tinha sobre sua tolerância à dor foram destruídas, junto com a tíbia. Tentou se controlar, mas a saliva voou por entre os dentes cerrados enquanto ele tentava colocar peso na perna, e uma dor diferente de tudo que ele já sentira explodiu onde apenas um momento antes não havia nenhuma.

— Não é tão divertido quando se está recebendo — disse Cahill.
— Você me ensinou isso.
— Nunca é divertido — disse Ewan, sua voz estrangulada pelo esforço de manter a compostura.

Ele inspirou com força e tentou respirar apesar da dor, reclinando-se na árvore em busca de apoio. Tinha quebrado um membro quando criança, o braço, e não contara a sua família por dias. Não quisera ser um incômodo, e a dor se transformou em uma coisa abafada que só despontava se ele era descuidado. Quando o médico teve que quebrar novamente o osso, depois de sua mãe finalmente perceber que havia algo errado, aquilo doeu muito mais, mas também fora administrável. Isso seria administrável também, se ele sobrevivesse.

— Isso é porque você estava fazendo errado — disse Cahill. — Eu me lembro de você, todo vermelho e nervoso. Achei que você fosse chorar, garoto. — Cahill deu uma risadinha. — A diferença entre nós é que você se importava. Você se preocupava com aqueles escurinhos recebendo o que mereciam, como se nunca tivesse visto um animal sendo abatido antes. Você se importava em nunca receber nenhuma informação de mim, porque pensou que tinha que me quebrar, que tinha que me ensinar uma lição.

Cahill puxou uma faca que parecia projetada para cortar um homem ao meio. Ewan se mexeu e mordeu o lábio quando a dor irradiou por toda a sua perna.

— Se você não se importa, por que está aqui? — perguntou Ewan.

— Não me entenda mal. Eu *acredito* no que estou fazendo. — Cahill puxou um galho pendurado e passou a faca afiada através dele, fácil como se estivesse cortando banha, e se aproximou de Ewan. — Eu acredito que o Norte está cheio de homens covardes que merecem morrer na própria sujeira. Acredito que esses escurinhos são uma merda na sola do meu sapato e que, quando a Confederação vencer, eles vão se arrepender do dia em que caíram naquela baboseira abolicionista. Mas eu não me *importo*. Estou aqui porque gosto de fazer isso.

Ele estava perto de Ewan agora, a ponta da faca pressionando o tecido na coxa da perna que Ewan estava usando para se apoiar. O rosto de Cahill se manteve inexpressivo enquanto ele lentamente pressionava através do pano, deslizando a faca na carne de Ewan torturantemente devagar.

Os olhos dele lacrimejaram e seu estômago embrulhou, mas Cahill o olhava nos olhos, e ele se recusou a mostrar como a dor era nauseante. Em vez disso, rangeu os dentes para contê-la, jogou a cabeça para trás até atingir a casca da árvore, então bateu a cabeça para a frente, executando uma cabeçada tecnicamente perfeita. Ele ia morrer, mas ao menos morreria sabendo que havia dominado algumas coisas na vida.

E sabendo que você fugiu de Marlie sem dizer que a ama.

Era um arrependimento em que ele não podia pensar naquele momento. Concentrou-se no pequeno lampejo de prazer que recebeu quando Cahill largou a faca e levou a mão ao rosto, tropeçando para trás. Foi uma reação maior do que as que obteve do homem quando o interrogara.

Cahill ergueu os olhos por entre os dedos ensanguentados, depois se ajoelhou e pegou a faca.

Ele caminhava devagar — queria que Ewan tivesse tempo para pensar no que aconteceria quando ele chegasse perto, isso estava claro. Ewan suspirou e encostou a cabeça na árvore. Ele não daria ao homem essa satisfação. Seus dedos ainda lutavam contra os nós que prendiam o pulso, a tarefa um pouco mais fácil já que ele havia liberado espaço ao afrouxar a corda. Mas não o suficiente.

Ele pensou no sorriso de Marlie no pátio triste da prisão, na curva de seu ombro nu quando ela entrara na cabana com Tobias. De sua boca na dele ao aceitá-lo dentro de si, o mais doce prazer que ele já conhecera na vida. Ele abriu os olhos, pronto para enfrentar a morte, e a náusea o atingiu de novo porque lá estava Marlie, exatamente onde não deveria estar.

Ela veio correndo por trás de Cahill, uma pedra erguida sobre sua cabeça com as duas mãos, sua expressão uma carranca entre a fúria e o medo.

Ewan abriu a boca para atrair Cahill, para distraí-lo, mas não houve tempo. Marlie se moveu rápido, mas não o suficiente. Cahill a notou assim que ela se lançou, esquivando-se; a pedra o atingiu, mas apenas superficialmente. Marlie tropeçou, mas não caiu, girando e recuando enquanto Cahill avançava em sua direção.

— Boneca — disse ele.

O prazer em sua voz enviou um arrepio pela espinha de Ewan. Era a primeira vez que ele o ouvia se emocionar, e a alegria em seu tom era a de um gato que tropeçou em um roedor infeliz.

— Pensei que não veria você de novo, mas Deus deve estar sorrindo para mim esta noite.

Marlie não respondeu, apenas olhou para ele, os dentes batendo. Ela passava o peso do corpo de um pé para o outro, como se estivesse debatendo se deveria correr ou atacar.

— Corre, Marlie! — disse Ewan.

Ele se arrependeu instantaneamente; quando viu o sorriso malicioso que apareceu na boca de Cahill, entendeu que acabara de revelar seu trunfo.

O homem se lançou para a frente, mas era uma finta. Marlie se sobressaltou e jogou a pedra na direção em que ele havia se lançado, mas Cahill já estava girando para fora do caminho. A pedra caiu com um baque, deixando Marlie indefesa, e Cahill se endireitou da posição agachada, sua faca cruel captando o brilho fraco do luar.

Cahill atacou e Marlie se virou para correr, seu olhar em pânico deslizando sobre Ewan enquanto o fazia. O medo nos olhos dela foi como uma lança no peito dele.

Não.

Cahill a agarrou por trás, na altura dos joelhos, e segurou suas pernas com força enquanto se colocava por cima dela. Ewan rosnou de frustração e inclinou todo o peso para a frente, ignorando a dor aguda nas pernas. Seu olhar estava preso em Marlie e sua mente estava focada nas mãos escorregadias de suor, puxando lentamente através do espaço que ele tinha conseguido ganhar na corda. Mais um puxão e a corda prendeu na carne de suas palmas. Ewan avançou, usando as pernas como alavanca, praticamente de pé sobre a árvore, paralelo ao solo, empurrando-se para a frente e puxando as mãos presas.

Na frente dele, Cahill virou Marlie e colocou uma mão em seu pescoço.

— Eu disse que você não duraria cinco minutos — disse ele.

Marlie agarrou a mão dele, chutando, fechando e abrindo a boca enquanto lutava por ar.

Não!

Ewan deu um último suspiro, sentindo o sangue jorrar em sua coxa ao mesmo tempo que suas mãos enfim se livraram da corda. Por um momento ele estava em queda livre, então, pousou de bruços, com as pernas machucadas batendo no chão com tanta força que a dor o fez vomitar. Mas Marlie precisava dele. Ele se agachou e se arrastou em direção a eles. A rocha abandonada estava a poucos metros de distância das pernas de Marlie. Ewan pegou a pedra e ergueu o braço.

— Cahill.

O homem olhou para ele, seu rosto uma máscara de excitação, e Ewan jogou o punho para a frente com toda força. O golpe atingiu Cahill na têmpora com um barulho horrível e ele voou para longe de Marlie.

O braço de Ewan tremia com a força do impacto, mas ele segurou com mais força a rocha e avançou, pronto para terminar o trabalho que tinha começado havia muito tempo. Ewan se ajoelhou ao lado do corpo ensanguentado de Cahill e segurou a pedra bem alto sobre sua cabeça. Os olhos dele tremularam e seus olhares se sustentaram, mas então os olhos de Cahill ficaram desfocados e se fecharam novamente. Atrás dele, Ewan podia ouvir Marlie tossindo e, quando ele olhou para trás, ela havia rolado para o lado e estava o encarando. Ela não disse nada, provavelmente não poderia, mas também não deu a ele qualquer indicação do que queria.

Ele teria que decidir por si só.

Talvez você seja exatamente o tipo de homem que deveria ser.

Ele manteve a pedra no alto, respirando pesadamente, e depois a deixou cair, repousando ao lado da cabeça de Cahill. Ewan soltou uma respiração trêmula, e aquele movimento era o suficiente para provocar uma dor aguda na perna.

Marlie apareceu ao lado dele, também respirando com dificuldade. Em uma das mãos segurava a longa faca e na outra o comprimento da corda que o prendera à árvore. Juntos, amarraram Cahill o melhor que conseguiram.

— O que aconteceu com Bill e os outros?

— Eu corri para fora da caverna, pelas árvores, e então o tiroteio irrompeu atrás de mim.

Ewan tentou se levantar e ela veio para o lado dele, inclinando-se para que ele pudesse passar o braço por cima do ombro dela.

— Vamos sair daqui, a Guarda pode estar em qualquer lugar — disse ele.

Ewan tentou pensar em um plano, mas suas pernas doíam e sua cabeça girava.

— Vem. Você está perdendo sangue, preciso cuidar de você — disse ela.

— Você deveria me deixar aqui e correr — disse Ewan.

As palavras foram tão dolorosas para ele quanto as feridas.

— Não seja ridículo — disse ela.

Aquilo era raiva em seu tom?

— Marlie, seja lógica. Você já reforçou que devemos seguir caminhos separados quando chegarmos ao Tennessee. Não concordo com isso, mas vou respeitar. Estou ferido, por que esperar por uma linha geográfica arbitrária? Seja razoável.

Ela não disse nada, apenas continuou suportando seu peso enquanto se moviam pela floresta. Ela o estava arrastando mais do que o carregando e Ewan sabia que não iriam longe.

— Como está sua perna? — perguntou ela depois que eles fizeram algum progresso.

— Suportável.

— Acho que isso significa que você precisa descansar agora. — Marlie parou e o empurrou contra uma árvore. — Não consigo ver. Você sabe quais são os seus ferimentos?

— Uma perna está quebrada, e na outra levei uma facada que está sangrando muito.

— Jesus, Ewan, por que você não me disse que esteve sangrando todo esse tempo?

Ele ouviu o som de tecido se rasgando e então a mão dela encontrou a dele na escuridão.

— Me mostre onde estão as feridas — disse ela.

Ewan colocou as mãos dela sobre as coxas, mas seus braços pareciam pesados. Ele estava se sentindo muito letárgico, na verdade.

— Acho que perdi mais sangue do que imaginava — disse ele.

— Estou com muita vontade de dormir, embora tenha consciência de que não estou cansado.

— Não, Ewan..

A mão dela encontrou o ferimento em sua coxa e ela pressionou. A dor aguda serviu para revivê-lo um pouco. Ela trabalhou o mais rápido que pôde, sem muita ajuda dele, passando uma tira de tecido em volta da coxa como um torniquete.

Seus olhos lutaram para focar no rosto dela na escuridão das árvores, e em sua visão periférica ele viu uma estrela cadente cruzando o céu noturno.

— Eu desejo... que desejar algo transforme as coisas em realidade — disse ele.

Ewan não estava totalmente ciente de que falara em voz alta até que Marlie perguntou:

— Por quê?

Ela estava ocupada cortando a outra perna da calça. Ele levou a mão ao rosto dela.

— Porque eu desejaria que você ficasse segura depois que eu morrer — disse ele. — Porque eu te amo.

As mãos de Marlie pararam e uma delas repousou sobre a mão dele no rosto dela.

— Você não vai morrer — afirmou ela. — Se chegar a esse ponto, aconselho que guarde seus desejos para algo mais útil, Sócrates.

— E se eu desejasse que uma mulher bonita com um olho verde e outro castanho me aceite?

Ele ouviu sua respiração entrecortada, e sentiu as costas da mão dela deslizando suavemente ao longo do seu maxilar, a mais suave das carícias. Mas então a mão dela estava de volta em sua perna, o toque do polegar sobre sua canela fazendo-o estremecer de dor.

— É um desejo melhor — disse ela. — Mas guarde-o.

A decepção fez a cabeça de Ewan girar por um momento, mas então ela acrescentou:

— Não tenho certeza se você vai me querer depois que eu consertar este osso.

Ali, com a pior dor de sua vida, oscilando à beira da inconsciência e depois de perder um ou dois litros de sangue, Ewan sorriu e fez um pedido.

Capítulo 27

Marlie não sabia o que fazer ao ouvir o barulho de botas se aproximando. Ewan estava inconsciente, embora o sangramento tivesse parado. Ela mantinha as mãos pressionando a ferida, sua mente percorrendo diferentes possibilidades de tratamento. A verdade era que não sabia ao certo se *podia* curá-lo. E esse era um resultado que Marlie não aceitaria.

Ela se virou e viu o lampejo de uma lanterna, e o reflexo de uma faca afiada e familiar. Não deixaria Cahill machucar Ewan. Ela não deixaria...

A lanterna oscilante se aproximou, e foi então que percebeu que ela se movia suavemente — não havia aquele arrastar de pés oscilante e característico na pessoa que a carregava.

— Algum sinal deles? — gritou uma voz familiar.

— Henry! Henry, aqui, sou...

— Shhhh...

A voz veio de trás dela e, quando se virou, Marlie viu um homem inclinado ao lado de Ewan, com a mão no pescoço pálido do outro. O homem era mais escuro do que ela, uma barba espessa escondendo metade de seu rosto. Mas, quando olhou para cima, seus olhos castanhos a fitaram de um jeito tão duro que a fizeram estremecer tanto quanto os de Cahill. Não, não era duro: havia uma raiva líquida assustadora ali, mal escondida. O homem puxou um dos braços de Ewan, passando por seu pescoço, quando Henry se aproximou.

— É ele que estava procurando? — perguntou Henry ao chegar perto, com a lanterna em uma mão e a faca de Cahill na outra.

Marlie não perguntou como ele a conseguiu e o que tinha acontecido com o dono.

— Se for o McCall, sim — disse o homem, erguendo Ewan.

— Quem é você? — perguntou ela.

Henry deu um passo à frente, com a mão apertando o punho da faca de Cahill com mais força.

— Ele disse que era daquela Liga da Lealdade que você mencionou e perguntou por um ruivo. Pensei que fosse um amigo.

— Não sou um amigo — disse ele. — Sou um homem que não fica em dívida com ninguém. E tenho uma com o irmão deste homem. — Ele quase cuspia essas palavras, mas sua raiva não parecia direcionada a Ewan. — Me ajudem a levá-lo a um abrigo.

Henry e alguns outros desertores ajudaram a carregar Ewan para uma caverna ali perto, onde uma parte dos homens estava realocada depois do ataque. Os desertores tinham ganhado o combate contra a Guarda Nacional em Randolph, só para voltar e encontrar a base sendo atacada.

Marlie deu uma dose de sedativo de raiz de dente-de-leão a Ewan e alinhou seus ossos quebrados o melhor que conseguia. Ewan acordou por um momento, depois voltou a dormir. Tinha perdido tanto sangue...

Henry fez uma tala firme de galhos fortes de cerejeira para ele enquanto Marlie cuidava dos outros desertores.

Quando voltou ao lado de Ewan, o homem que os encontrara na floresta, Daniel, estava sentado, encarando-o. Ela sentou-se no chão ao lado dele e o esperou falar.

Depois de ignorá-la por mais tempo do que era confortável, ela perguntou:

— Você está com a Liga da Lealdade?

Ele assentiu.

— Fiquei bastante surpreso de saber que já tinha alguém operando por aqui. Especialmente alguém com quem nunca tinha tido contato. Especialmente uma Lynch. — Ele se recostou e a encarou com um sorriso zombeteiro no rosto. — Uma senhorita rica e bem cuidada brincando de guerra com seu soldado branco?

Marlie não gostou do tom condescendente.

— Você não sabe nada sobre mim, senhor, e se minha família tem ou não dinheiro é irrelevante para minha utilidade à Causa.

— E qual seria essa utilidade?

— Eu cuido das pessoas. Eu as curo. Um homem como você pode não achar importante, mas minha mãe achava, e a mãe dela antes disso. É um dom, e algumas pessoas da Liga da Lealdade parecem contentes em receber essa ajuda.

— E o que vai fazer quando se cansar da guerra? Ou quando ele cansar de você? — perguntou ele, inclinando a cabeça na direção de Ewan.

As palavras francas de Daniel a perpassaram, mas Marlie não desviaria de perguntas que ela mesma faria.

— Ewan não é do tipo que lida com os sentimentos dos outros de forma tão casual. Ele não mente. E, se eu decidir tentar algo com ele, não vou me arrepender, seja qual for o resultado.

— As pessoas mudam — insistiu Daniel. — Ou às vezes não, mas nunca chegamos a conhecê-las de verdade, para começo de conversa.

— Fala por experiência própria? — perguntou ela. — Já esqueceu de sua amada e espera o mesmo de todos os homens?

Daniel arfou, e Marlie esticou o braço instintivamente, tocando o ombro dele. Ele falara por experiência, ela percebeu, mas não a que ela presumira.

— Sinto muito. Eu não devia ter atacado você desse modo.

Daniel balançou a cabeça.

— Eu não devia ter provocado. Parece que esses McCall tem toda a sorte do mundo quando o assunto é amor.

— Eu não... — Marlie se interrompeu. — Eu sequer sei ao certo o que é amor.

— Eu vi você encarar um homem desconhecido com nada além das próprias mãos para proteger este McCall — disse Daniel. — Se você não sabe o que é amor, está prestes a descobrir. — Ele soltou um riso amargo e completou: — Que você tenha mais sorte do que eu tive.

Ewan acordou com a luz do sol da primavera aquecendo seu rosto. Ele não sabia onde estava. Sabia que estava numa cama de verdade, com a luz do sol brilhando através de uma janela. Um homem negro estava parado junto a ela, o braço encostado no batente.

A boca de Ewan estava muito seca, mas ele conseguiu soltar uma palavra:

— Marlie.

O homem se virou. Por um momento, sua expressão era gentil, mas logo ficou impossível de ler ao notar que Ewan estava acordado e não falando enquanto dormia.

— O filho pródigo acorda — disse o homem.

— Onde está Marlie? — perguntou Ewan, sentando-se.

Sua cabeça girou, mas a última coisa que se lembrava era de estar sentado com Marlie embaixo de uma árvore. Será que ela fugira quando teve a chance? Será que fora capturada? Seu coração começou a bater acelerado, e ele levou uma mão à cabeça.

— No Tennessee, assim como você. Ela está fazendo tisana e canja para você, como fez durante toda a viagem — disse o homem. — Eu sou Daniel. Seu irmão e sua... cunhada pediram para nós, detetives, ficarmos de olho para ver se encontrávamos você, e eles ficaram sabendo que alguém com a sua descrição era procurado depois de fugir de uma prisão da região.

— A Liga da Lealdade tem o hábito de usar recursos próprios para caçar parentes perdidos? — perguntou Ewan, irritado.

Ele queria ver Marlie, não podia confiar na palavra de um estranho.

— Não, mas se surgir uma oportunidade durante uma missão, eu não sou de dispensar — disse o homem. — E a oportunidade de estar quite com seu irmão não era uma que eu podia deixar passar.

— Você deve tanto assim a ele? — perguntou Ewan, confuso.

Ele conhecia o charme de Malcolm, mas a intensidade no rosto desse homem destoava de suas palavras.

— Eu o detesto por essa dívida. Eu o detesto pela esposa que tem. Mas ele salvou minha vida, e não posso viver sabendo que ele tem essa vantagem sobre mim.

A porta se abriu e Marlie entrou carregando uma bandeja. Ela estava mais magra e seu cabelo crespo estava bagunçado ao redor do rosto, mas o sorriso que ela abriu quando o viu sentado era radiante.

— Você acordou — disse ela, colocando a bandeja na mesa ao lado da cama dele.

— Certamente espero que sim. Se isso for um sonho e eu acordar em outra prisão dos confederados, vou ficar profundamente desapontado.

Ela riu, o som suave afastando as dores e preocupações dele.

— Daniel vai te acompanhar até o Kentucky — disse ela.

Ele olhou para o homem.

—- Ainda pagando a dívida?

Daniel assentiu e depois saiu da sala.

— Recebi uma carta. Da minha tia — começou Marlie. Ela serviu uma colher cheia de caldo para ele. Ewan degustou o sabor encorpado, mas seu olhar estava na expressão fechada dela. — Ela pediu desculpas, disse que me ama e pediu para eu voltar, porque Melody partiu assim que soube da morte de Cahill.

Ewan engoliu com força e perguntou:

— E você quer voltar?

Marlie inclinou a cabeça para o lado.

— Eu sinto saudade de Sarah. Quero voltar para casa. Mas não acho que Lynchwood seja mais minha casa. Vou ter que procurar outra.

Ewan abriu a boca para falar, mas viu seus lábios ocupados por outra colherada. Ela continuou:

— Meu contato na Liga da Lealdade perguntou se eu poderia acompanhar você e Daniel. Ele diz que há lugares ao longo do caminho em que meu trabalho pode ser útil, e ele gostaria que eu ensinasse alguns dos agentes.

Ewan sentiu tanto orgulho quanto preocupação, mas afastou esta última.

— Isso é maravilhoso, Marlie — disse ele. — E quando eu chegar em casa?

Ela colocou caldo na colher para ele, com um sorriso hesitante.

— Veremos, Sócrates. Abra a boca.

— Não esqueça que ainda precisamos terminar a tradução — disse ele antes de aceitar a colher.

Ao que parecia, não estava acima de fazer uso de manipulação.

Epílogo

Dois meses depois
Kentucky

— Tem certeza de que esse é o lugar apropriado?

Marlie levantou o olhar de onde estava aparafusando o alambique que ela e Ewan estavam construindo nas últimas duas semanas e o encarou. Ele assentiu, tenso, e pigarreou.

— Tudo bem. É seu modelo, então você saberia se não fosse.

— Correto — disse ela, inclinando-se para terminar o trabalho.

Ele se aproximou um passo, apoiou a bengala na mesa de trabalho que ficava no cômodo extra de sua pequena casa e colocou as duas mãos na cintura dela.

— Na verdade, acredito que talvez só tenha pedido minha ajuda porque estava cansada do meu comportamento irritante enquanto eu convalescia.

— Do que você está falando? — perguntou ela, endireitando a postura e virando para encará-lo.

Os dedos dele se mantiveram no lugar quando ela virou, traçando a circunferência da cintura através do vestido xadrez e depois se entrelaçando nas costas dela quando seu nariz estava a centímetros do dele. Os olhos de Ewan estavam iluminados com humor, quase azuis como o céu.

— Era óbvio que eu precisava de alguma distração nas semanas depois que terminamos a tradução do livro da sua mãe. Você ameaçou ou não quebrar minha outra perna caso eu não parasse de tentar andar por aí?

— Aquilo não foi uma ameaça, foi uma recomendação médica, apoiada por seu médico e pela sua mãe, devo acrescentar — disse ela. — Algumas vezes um paciente precisa ser coagido à saúde.

— E algumas vezes um paciente é bastante favorável a coerção, dependendo de quem estiver coagindo — disse ele, puxando-a para mais perto e aconchegando o rosto no pescoço dela. — Você só pode culpar a si mesma por me dar um bom motivo para me recuperar mais rápido.

E era exatamente isso. Ewan *estava* se recuperando depressa, o que significava que era hora de trazer o assunto que ele estivera evitando firmemente.

— Esse alambique também está quase terminado. Ele deve sobreviver à mudança sem problemas — disse ela.

Ele apertou os braços na cintura dela e depois soltou, como se tivesse percebido que estava apertando-a demais.

— Pensei que tínhamos concordado que essa sala era o melhor lugar para ele — disse Ewan. O bom humor tinha deixado seus olhos.

— Nesta casa, sim — disse ela. — Mas notei que tem um quarto para alugar que aceita negros na cidade, em cima da farmácia, na verdade. Acho que, agora que você consegue andar sem problemas, talvez eu deva me realocar.

Marlie não conseguiu olhar para ele ao dizer aquilo. Ela gostava das refeições diárias deles, de acordar ao seu lado na cama — até mesmo do tempo que passou com a mãe dele quando esta viera ver como o filho estava. Mas também tinha gostado de sua vida com Sarah, e aquilo não mudava o fato de que vivera, e fora amada, em meio a mentiras.

— Eu não entendo. Achei que ficaria aqui comigo — falou ele. — Malcolm chegará daqui alguns dias com a esposa. Quero que esteja aqui para conhecê-los.

— Posso vir jantar — sugeriu ela.

Marlie pegou uma chave inglesa e começou a apertar o parafuso, mas Ewan colocou a mão sobre as dela, parando o movimento.

— Não. Eu quero você *aqui* — afirmou ele.

— Por quê?

— Porque nos damos bem juntos. E estou acostumado a ter você por perto aqui.

— Podemos nos dar bem sem que eu more com você — disse ela, tentando esconder a decepção. — E estar acostumado com alguém não é o mesmo que... — Ela se interrompeu antes que falasse demais.

— Marlie — disse ele, com uma careta. — Você não gosta de estar comigo? Sei que sou difícil e não vou mentir e dizer que vou mudar completamente, mas posso melhorar algumas coisas se for preciso.

— Você é ótimo como é — disse ela.

Eu te amo como você é.

— Então por que insiste em ir embora?

A própria Marlie não tinha certeza. Talvez porque não soubesse o que ela era para Ewan, embora não duvidasse de que ele se importava. Porque ela estava morrendo de medo de nunca ser capaz de se recuperar quando ele decidisse magoá-la, como todos em sua vida tinham feito.

— Bem, eu me sinto bobo — disse ele, colocando a mão no bolso da sobrecasaca. — Devo pressupor que não tem interesse nenhum nisso aqui?

O coração de Marlie parou ao ver o anel brilhante na mão dele.

— O que é isso? — perguntou ela.

— É uma aliança de ouro, usada para simbolizar o desejo de passar o resto da vida com outro ser humano.

— Por quê?

— Bem, é um desejo que se manifesta principalmente quando se encontra a única pessoa que nos faz se sentir em paz e que sem a qual não se imagina viver um dia longe.

— Ewan.

Ele ergueu as sobrancelhas.

— Marlie.

— Me diga por quê.

— Porque eu te amo, o que você sabe, mas continua agindo sob o falso pressuposto de que é alguma piada. Pensei que talvez usar esta aliança pudesse servir como um lembrete do meu compromisso com você. E com sorte, do seu comigo, se assim desejar.

Ela estava encarando a aliança, sua felicidade lutando contra seu medo.

— Mas...

— Se quiser que eu me ajoelhe, isso não será possível agora, mas eu ajudo você a subir na mesa ao lado do alambique se isso tornar a situação mais romântica para você.

Marlie gaguejou algo entre um riso e um choro.

— Eu preciso de tempo — respondeu ela.

Se estava decepcionado, Ewan escondeu bem, mas aquilo não seria fora do normal para ele.

— Claro — concordou ele. — Só gostaria de ressaltar que eu estava planejando propor antes de você anunciar que estava partindo, então não ache que isso é uma reação a qualquer outra coisa que não seja meu desejo de ficar com você.

As bochechas dele coraram, e ele pigarreou antes de pegar a bengala e caminhar até a porta.

Marlie ficou parada, segurando a chave inglesa. Ela se lembrou das últimas páginas do livro de sua mãe, e as esperanças e os desejos que Vivienne tinha compartilhado.

"Sei que encontrará um grande amor neste mundo, assim como sucesso, não por causa da ciência que agora adora tanto, mas porque vi em meus sonhos e senti isso no meu âmago. Só posso ter esperança de que você entenda que merece algo melhor do que eu tive. Quando a hora chegar, feche os olhos e escute seu coração, pois ele pode fazer você se perder, mas sempre te guiará para o caminho que estava destinada a seguir."

Marlie fechou os olhos e apertou a chave inglesa na mão.

— Ewan?

Houve o barulho de sua bengala batendo no chão, e depois silêncio.

— Pois não?

— Sim.

— Essa é sua resposta? Já?

Ela abriu os olhos e começou a andar até ele.

— Mudou de ideia?

— Bem, não. Eu já tinha começado a criar um plano para fazer *você* mudar de ideia, e agora terei que descartá-lo.

Marlie se jogou nos braços dele e suspirou quando os lábios de Ewan roçaram na bochecha dela.

— Eu aprendi a gostar de discutir com você, sabe? Sinta-se à vontade para me convencer sempre que quiser.

Então ele a beijou, e o gesto foi apenas lógico.

Agradecimentos

Em primeiro lugar, gostaria de agradecer à equipe da Kensington Publishing, pelo constante apoio e orientação com a série Liga da Lealdade. Conhecer e trabalhar com todos da Kensington tem sido um prazer.

Também gostaria de agradecer a Bree, Courtney, Alisha e Rebekah, por estarem ao meu lado quando a coisa fica difícil; Lena, por ser uma ótima parceira de crime; Julia, por sempre me ajudar a colocar as coisas em perspectiva; e todos os autores que formam uma rede de apoio maravilhosa.

Por último, eu gostaria de agradecer aos leitores que fazem valer a pena escrever esses livros. Cada tweet, e-mail e mensagem me ajudam imensuravelmente.

Nota da autora

Um dos motivos pelos quais eu gosto de escrever sobre a Guerra Civil americana é a pesquisa. (Isso é um paradoxo, já que a pesquisa também é a parte mais difícil.) Como a narrativa na cultura pop tem sido achatada em histórias bidimensionais — as Belas do Sul, irmãos lutando contra irmãos etc. —, encontrar uma história dos Estados Unidos rica e diversa nas minhas pesquisas, e conseguir usá-la em meus livros, tem sido maravilhoso.

Em *Uma esperança dividida*, eu destaco sulistas que, por muitos motivos, lutam contra a Confederação em sua própria terra. Acho isso fascinante, visto que as lentes do orgulho sulista quase apagaram essas narrativas. Algumas dessas pessoas eram quacres ou abolicionistas, outras simplesmente não concordavam com a separação dos estados, mas todas trazem nuances para a história que tem sido contada na maioria dos estudos sobre os cidadãos do Norte e do Sul durante a guerra. Havia também pessoas a favor da União, como Sarah Lynch (baseada em Elizabeth van Lew, de Richmond, na Virgínia), por todo o Sul, determinadas a subverter a Confederação.

Listei alguns materiais de leitura, porém mais e mais pesquisas estão surgindo sobre o assunto, depois de anos de revisionismo da Causa Perdida, e espero que isso ajude os norte-americanos a verem que, mesmo quando parecermos mais divididos, sempre, *sempre* existirão pessoas lutando por liberdade. Isso não pode ser esquecido.

Bibliografia

Seguem aqui as obras usadas na pesquisa para este livro:

Abbott, Karen. *Liar, Temptress, Soldier, Spy: Four Women Undercover in the Civil War* [*Mentirosa, sedutora, soldado, espiã: quatro mulheres disfarçadas na Guerra Civil*]. Nova York: HarperCollins, 2014.

Auman, William T. *Civil War in the North Carolina Quaker Belt: The Confederate Campaign Against Peace Agitators, Deserters, and Draft Dodgers* [*A Guerra Civil no cinturão quacrer da Carolina do Sul: a campanha confederada contra pacifistas, desertores e insubmissos*]. Jefferson, CN: McFarland & Company, 2014.

Bynum, Victoria E. *The Long Shadow of the Civil War: Southern Dissent and Its Legacies* [*A grande sombra da Guerra Civil: a dissidência sulista e seu legado*]. Chapel Hill, CN: University of North Carolina Press, 2010.

Cooper, Alonzo. *In and Out of Rebel Prisons* [*Por dentro e por fora das prisões rebeldes*]. Oswego, NY: R. J. Oliphant, 1888.

Jordan, Robert Paul. *The Civil War* [*A Guerra Civil*]. Washington, D.C.: National Geographic Society, 1969.

Lause, Mark A. *A Secret Society History of the Civil War* [*Uma história da Sociedade Secreta sobre a Guerra Civil*]. Champaign, IL: University of Illinois Press, 2011.

McPherson, James M. *Battle Cry of Freedom* [*Brado pela Liberdade*]. Nova York: Oxford University Press, 2003.

Pratt, Fletcher. *The Civil War in Pictures* [*A Guerra Civil em imagens*]. Garden City, NY: Garden City Books, 1955.

Sprague, Homer B. *Lights and Shadows in a Confederate Prison* [*Luzes e sombras em uma prisão confederada*]. Nova York: The Knickerbocker Press, 1915.

Van Doren Stern, Philip. *Secret Missions of the Civil War* [*Missões secretas da Guerra Civil*]. Westport, CT: Praeger, 1959.

Este livro foi impresso pela Exklusiva, em 2021,
para a Harlequin. O papel do miolo é
pólen soft 80 g/m² e o da capa é cartão 250 g/m².